Das Buch

Franz Kafka zählt zu den bedeutendsten deutschsprachigen Schriftstellern des 20. Jahrhunderts, jedoch gleichzeitig auch zu den »dunkelsten«. Durch Kurzartikel erläutert dieses Lexikon Leben, Werk und Wirkung des Dichters. Im Mittelpunkt des Nachschlagewerks stehen Prosastücke, Erzählungen und Romanfragmente Kafkas mit Inhaltsangaben und Deutungen verschiedener Wissenschaftsrichtungen. So wird der Leser beispielsweise mit Interpretationen aus religiöser, psychologischer, marxistischer, soziologischer und philosophischer Sicht bekanntgemacht. Alle Zentralfiguren seiner Werke werden vorgestellt. Viele biographische Fakten über Kafkas Lebensumstände, seine persönliche Problematik, seine Sozial- und Liebesbeziehungen tragen zu einem vertieften Verständnis seines Werkes bei.

Der Autor

Dr. Hartmut Müller, geb. 1932 in Schorndorf/Württemberg; Studium der Germanistik, Geschichte, Anglistik und Philosophie; Promotion in Germanistik; Staatsexamen; als Autor tätig; lebt in Schwäbisch Gmünd; veröffentlichte Aufsätze und Bücher: u. a. »Formen moderner deutscher Lyrik« (1978^{3}), »Lord Byron« (1981), zusammen mit Johannes Schülen (Fotos): »Predigt in Farbe«. Spätbarocke Fresken von Johann Anwander und Joseph Wannenmacher in Schwäbisch Gmünd (1984).
Schubart-Literaturpreis 1982.

Für Ilse

Franz Kafka

Leben – Werk – Wirkung

von Hartmut Müller

ETB
ECON Taschenbuch Verlag

Hermes Handlexikon 1. Auflage 1985

Umschlagdesign: Ludwig Kaiser
Satz: Dörlemann, Lemförde
Druck und Bindung: Ebner Ulm
Printed in Germany
ISBN 3-612-10038-6

Die Reihe »Hermes Handlexikon«
wurde von Bodo Harenberg
begründet

Inhalt

Einführung

Die immer noch wachsende Zahl von Schriften, die sich mit der Person und dem Werk Franz Kafkas befassen – in den letzten zehn Jahren waren es immerhin ungefähr 1500 – zeigt die anhaltende Aktualität eines Dichters, der zu den bedeutendsten, aber auch dunkelsten deutschsprachigen Schriftstellern des 20. Jahrhunderts gerechnet wird.

Im Mittelpunkt dieses Lexikons stehen die Prosastücke, Erzählungen und Romanfragmente Kafkas. Eine knappe Inhaltsangabe dient jeweils der ersten Information, die anschließende Interpretation soll als eine Deutungsmöglichkeit verstanden werden. Hinweise auf andere Interpretationen machen das Spektrum der Deutungen sichtbar. Bei der Auswahl der Erzählungen mußten die zahlreichen Erzählansätze und Erzählkerne außer Betracht bleiben, die sich in Kafkas Tagebüchern finden. Nur in einzelnen Fällen wurden auch unvollendete Texte berücksichtigt, in denen eine für Kafka charakteristische Situation bis zu dem Grad entfaltet ist, daß der Leser die Zielrichtung des Erzählvorgangs erschließen kann. Eine zusätzliche Hilfe für das Verständnis der drei großen Romanfragmente ist die Vorstellung und Erläuterung einiger fiktiver Gestalten, die für die Handlung von Bedeutung sind. Spezielle Artikel beschäftigen sich mit den Figuren, die im Gesamtwerk immer wieder auftreten. Zu diesen Gestalten zählen Künstler, Kaufleute, Junggesellen, Väter, Mütter, aber auch die Tierfiguren, die in den Erzählungen eine wichtige Rolle spielen.

Für eine sachgerechte Erschließung der Dichtungen insgesamt ist eine Verständigung über Darstellungsweisen und Themen nützlich, die als typisch gelten können für Kafkas epische Welt. Doch gerade die Frage, welche Stilzüge charakteristisch sind und welche Themen in seinen Dichtungen zur Sprache kommen, fand zahlreiche, auch widersprüchliche Antworten und führte zu sehr verschiedenen Deutungen.

K., der Held in Kafkas Roman »Das Schloß«, rät seiner Gesprächspartnerin Amalia einmal: »Laß die Deutungen!« An diesen Rat haben sich die Interpreten und Kommentatoren aus gutem Grund nicht gehalten, denn die Rätselstruktur seiner Werke fordert zu vielfältigen Deutungen geradezu heraus. Immer wieder wurde aus religiöser, psychologischer, marxistischer, soziologischer und philosophischer Sicht der Versuch unternommen, das Zentrum seines Schaffens zu ergründen. Die wichtigsten Deutungsmodelle werden charakterisiert und ihre bedeutendsten Vertreter mit ihren Beiträgen zur Kafkaforschung vorgestellt. Keine Deutung kann einen Ausschließlichkeitsanspruch erheben. In einem Aphorismus des Dichters heißt es: ». . . mitteilen kann man nur das, was man nicht ist, also die Lüge. Erst im Chor mag eine gewisse Wahrheit liegen.« Diese Erkenntnis könnte man auch auf die Deutungen beziehen, die in ihrer Gesamtheit zusammenwirken, um das Dunkel seines Werks von verschiedenen Blickwinkeln aus zu erhellen.

Eine konsequente Gleichsetzung von Leben und Werk wird Kafkas Dichtungen sicher nicht gerecht, denn die Briefe und Tagebücher zeigen, daß sich bei ihm alles Erlebte schon im Erleben in Kunst verwandelt, doch ist die Berücksichtigung autobiographischer Bezüge ein notwendiges Korrektiv für die Deutung seines Werks. Schon aus diesem Grund sind Informationen über seine Lebensumstände, seine persönliche Problematik, seine sozialen Beziehungen, über Familie, Frauen und Freunde, Berufsleben, Reisen, persönliche Interessen, aber auch über literarische Einflüsse und die ihm nahestehenden Literaten des enge-

ren und weiteren »Prager Kreises« wichtige Grundlagen für das Verständnis seiner Dichtung.
Kafka ist kein Dichter, der, wie man früher gemeint hat, gewissermaßen voraussetzungslose und einzigartige Werke schuf. Die moderne Literaturwissenschaft wies vielfältige und fruchtbare Beziehungen auf zwischen seinem Werk und vielen Werken der zeitgenössischen und der Weltliteratur. Über diese Verbindungen orientieren zahlreiche Artikel.
Darüber hinaus erhält der Leser Auskünfte über das Weltbild Kafkas, über seine religiöse und politische Einstellung, seine Vorstellungen von Strafe, Schuld, Gericht, seine Urteile über Psychoanalyse, Judentum und Zionismus. Dem Schriftsteller Kafka, seinem Selbstverständnis als Künstler, seinen literarischen Vorbildern und seiner Nachwirkung gilt das besondere Interesse. Aber auch der weniger bekannte Kafka, der Zeichner, Lyriker, Redner und Rezensent wird ins Blickfeld gerückt.
Mit übersichtlich gegliederten, schnell verfügbaren Informationen versucht dieses Nachschlagewerk Lehrern, Schülern und Studenten und allen Literaturinteressierten einen Zugang zu eröffnen zum Verständnis Kafkas und seiner Welt.

Biographie

Arbeiter-Unfall-Versicherungs-Anstalt für das Königreich Böhmen in Prag
In der Folge der Sozialgesetzgebung der Regierung Taaffe wurde ein halbstaatliches Institut in Prag (Poříč 7) eingerichtet, das die neuen Rechte der Arbeiter auf Unfallschutz und Versorgung nach Unfällen vertreten sollte. Unternehmer und Arbeiter wurden zu Versicherungsleistungen herangezogen. Der Staat verwaltete die Anstalt, die ein Drittel der gesamten Unfallversicherung Österreichs repräsentierte. Nachdem Kafka seine Entlassung aus der → *Assicurazioni Generali* erreicht hatte, gelang es ihm am 1. 10. 1909, eine Praktikantenstelle in der Anstalt zu erhalten. Der juristische Aushilfsbeamte Kafka erhielt 1000 Kronen Grundgehalt, 300 Kronen Wohngeld und 130 Kronen Teuerungszuschlag. Die Arbeitszeit dauerte von acht bis zwei Uhr nachmittags. Kafka bearbeitete Korrespondenzen und befaßte sich besonders mit den »Rekursen«, d.h. mit den Einspruchsverfahren der Unternehmer, die gegen die geplante Einreihung ihrer Betriebe in eine höhere Gefahrenklasse protestierten. Später war er für die Unfallverhütung vor allem in der Holzbranche tätig.
Seine berufliche Tüchtigkeit und sein großer Fleiß wurden von seinen Vorge-

Das Gebäude der Arbeiter-Unfall-Versicherungs-Anstalt in Prag, in der Kafka beschäftigt war.

setzten anerkannt. Aufgrund seines Formulierungstalents wurde er mit der Abfassung größerer Schriftsätze betraut, die dann veröffentlicht wurden (»Umfang der Versicherungspflicht der Baugewerbe und der baulichen Nebengewerbe« u. a.). Im Dienst der Anstalt unternahm er mehrere Reisen, so z. B. eine → *Reise nach Friedland und Reichenberg* (→ *Reisetagebücher*). Im April 1910 wurde er zum Anstaltskonzipisten, drei Jahre später zum Vice-Sekretär ernannt, dem dreißig Referenten unterstellt waren. Selbst nach der Gründung der tschechoslowakischen Republik im Jahre 1918 konnte er als »Paradejude«, wie er selbst sagte, seinen Posten behalten. 1920 erfolgte seine Beförderung zum Anstaltssekretär (Abteilungsleiter), 1922 zum Obersekretär. Aus gesundheitlichen Gründen wurde er mit einer Pension von 1000 Kronen am 1. 7. 1922 in den Ruhestand versetzt.
Kafka fiel die Arbeit im Büro leicht, er fühlte sich keineswegs einer seelenlosen bürokratischen Maschine ausgeliefert. Allerdings verstärkte sich seit dem Jahr 1912 die Spannung zwischen seinem Brotberuf und seiner literarischen Berufung. Sein nächtliches Schreiben führte zu gesundheitlichen Krisen, er konnte seine Rückstände nur noch mit Mühe aufarbeiten, einige Male verlor er sogar Akten. Diese beruflichen Schwierigkeiten hat er z. T. in seinem Romanfragment → *Der Prozeß* verarbeitet.

Assicurazioni Generali
Durch Vermittlung seines Onkels → *Alfred Löwy* konnte Kafka am 1. 10. 1907 als »Aushilfskraft« in die Filiale einer privaten Triestiner Versicherungsgesellschaft in Prag am Wenzelsplatz eintreten. Zuerst machte er sich Hoffnungen, später einmal im Dienst der Versicherung »aus den Bureaufenstern Zuckerrohrfelder . . . zu sehn«, aber die lange Arbeitszeit von 8 bis 18.30 Uhr und die minimale Bezahlung von 80 Kronen verleideten ihm rasch die Tätigkeit bei diesem Unternehmen, und am 15. 7. 1908 verließ er die Firma mit Hilfe eines ärztlichen Attests, das ihm »Nervosität verbunden mit einer großen Erregbarkeit des Herzens« bescheinigte.

Felice Bauer
* 18. 11. 1887 Neustadt/Oberschlesien; † 15. 10. 1960 USA
Im Jahr 1899 war die Familie Bauer nach Berlin gezogen, wo der Vater als Agent einer ausländischen Versicherungsfirma arbeitete. Von 1904 bis 1910 lebten die Eltern getrennt, deshalb mußte Felice zum Unterhalt der Familie beitragen. Sie arbeitete als Stenotypistin bei einer Schallplattenfirma und später als Prokuristin in einer Firma, die Diktiergeräte herstellte. Am 13. 8. 1912 lernte sie Kafka im Haus der Familie Brod in Prag kennen. Kafka beschrieb diese erste Begegnung in seinem Tagebuch am 20. 8. 1912: »Fräulein F. B. Als ich am 13. August zu Brod kam, saß sie bei Tische und kam mir doch wie ein Dienstmädchen vor. Ich war auch gar nicht neugierig darauf, wer sie war, sondern fand mich sofort mit ihr ab. Knochiges, leeres Gesicht, das seine Leere offen trug. Freier Hals. Überworfene Bluse. Sah ganz häuslich angezogen aus, trotzdem sie es, wie sich später zeigte, gar nicht war. (Ich entfremde ihr ein wenig dadurch, daß ich ihr so nahe an den Leib gehe . . .). Fast zerbrochene Nase, blondes, etwas steifes, reizloses Haar, starkes Kinn. Während ich mich setzte, sah ich sie zum erstenmal genauer an, als ich saß, hatte ich schon ein unerschütterliches Urteil.« Ende Oktober begann zwischen beiden eine Korrespondenz, die bis 1917 andauerte (→ *Briefe an Felice*).

Kafka mit Felice Bauer bei deren zweiter Verlobung im Sommer 1917.

Felice war ein optimistisch eingestellter, praktisch denkender Mensch, ohne tieferes Verständnis für die literarische Arbeit Kafkas, der ihre Tüchtigkeit maßlos bewunderte. An Ostern 1913 und noch einmal im November besuchte Kafka Felice in Berlin, ein weiterer Besuch erfolgte an Pfingsten. Im Mai des nächsten Jahres machte ihm Felice einen Gegenbesuch in Prag. Nach langem Schwanken (»der Boden unter uns ist nicht fest und verschiebt sich ununterbrochen und gesetzlos«) entschließt sich Kafka, am 30. 5. 1914 mit seinem Vater zur offiziellen Verlobungsfeier nach Berlin zu reisen. Die Mutter und → *Ottla* waren schon vorausgefahren. Am 1. Juni wurde die Verlobung gefeiert. Doch bald fühlte er sich durch die Bindung an Felice »gebunden wie ein Verbrecher«. Er suchte sich zu befreien, vor allem, weil er fürchtete, durch eine Heirat werde seine literarische Arbeit beeinträchtigt und in der Hingabe an einen geliebten Menschen verliere er seine Identität. Andererseits sah er in der Ehe mit Felice nicht nur die Chance einer sozialen Verankerung, sondern er sehnte sich auch nach einem vertrauten Menschen. Schließlich aber überwogen seine Bedenken. Er wollte die ihm sympathische Halbdistanz zur Geliebten nicht zugunsten einer ständigen körperlichen Nähe aufgeben.

Am 12. 7. 1914 kam es zu einer erregten Aussprache zwischen Kafka, Felice, → *Grete Bloch,* Erna Bauer, der Schwester Felices, und → *Ernst Weiß* im »Askanischen Hof« in Berlin, die Verlobung wurde aufgelöst. Am 23./24. 1. 1915 trafen sich Felice und Kafka zum ersten Mal nach ihrer Entlobung im Grenzort Bodenbach. Dabei empfand Kafka nur »grenzenlose Bewunderung, Untertänigkeit, Mitleid und Selbstverachtung«. Ihre Beziehung erhielt eine neue Grundlage durch einen gemeinsamen Ferienaufenthalt im Hotel Balmoral und Osborne in Marienbad vom 2. bis 12. 7. 1916. »Zweifel bleiben. Aber schön der Blick ihrer besänftigten Augen, das Sich-Öffnen frauenhafter Tiefe.« Sie beschlossen, kurz nach Kriegsende zu heiraten und nach → *Berlin* zu ziehen. Anfang Juli des nächsten Jahres verlobte sich Kafka zum zweiten Mal mit Felice. Nach dem Ausbruch seiner Tuberkulose im Sommer 1917 trennte er sich dann aber endgültig von ihr. Felice heiratete im März 1919 einen reichen Berliner Geschäftsmann, mit dem sie sich zuerst in der Schweiz und dann in den USA niederließ. Felice Bauer hat einigen Figuren in Kafkas Werk ihre Züge geliehen: Frieda Brandenfeld in der Erzählung → *Das Urteil,* → *Fräulein Bürstner* im Roman → *Der Prozeß* und → *Frieda* im Roman → *Das Schloß* erinnern in mancherlei Hinsicht an Kafkas ehemalige Verlobte.

Oskar Baum

* 21. 1. 1883 Pilsen; † 20. 3. 1941 Prag

Romancier und Dramatiker

Baum verlor als elfjähriger Junge bei einem Kampf zwischen tschechischen und deutschen Schülern sein Augenlicht. Er brachte sich als Orgelspieler in der Synagoge, Musiklehrer, Musikkritiker und Journalist durch. Seine Werke sind stark autobiographisch geprägt. Seine Novellensammlung *Uferdasein* (1908) und sein Roman *Das Leben im Dunkel* (1910) gestalten die Erlebnisse blinder Menschen. → *Max Brod* machte Baum im Herbst 1904 mit Kafka bekannt. So beschrieb Baum diese erste Begegnung: »Den tiefsten Eindruck hatte mir die erste Bewegung, mit der Kafka in mein Zimmer getreten war, hinterlassen. Er machte mir, während der vorstellenden Worte Brods, eine stumme Verbeugung. Das war, sollte man glauben, eine sinnlose Förmlichkeit mir gegenüber, der ich sie ja nicht sehen konnte. Sein glattgestrichener Haarscheitel berührte indes, wohl infolge meiner etwas zu heftigen gleichzeitigen Verbeugung flüchtig meine Stirn. Ich fühlte eine Ergriffenheit, deren Grund mir im Augenblick nicht im vollen Umfang klar war. Hier hatte einer als Erster unter allen Menschen, die mir begegnet waren, meinen Mangel als etwas, das nur mich allein anging, nicht durch Anpassung oder Rücksicht, nicht durch die geringste Veränderung seines Verhaltens, festgestellt ... so überbot seine strenge, kühle Distanz die landläufige Güte ... an Tiefe der Menschlichkeit.« Von da an traf sich der von Brod so genannte engere → *Prager Kreis,* bestehend aus Brod, Kafka, Baum und → *Felix Weltsch,* fast jedes Wochenende. Sie lasen einander aus ihren literarischen Arbeiten vor. Am 24. 11. 1912 trug Kafka bei Baum den ersten Teil seiner Erzählung → *Die Verwandlung* vor. Kafka bewunderte den Dichter Baum sehr. So heißt es im Tagebuch von 1910: »Bei Baum gewesen, so schöne Sachen gehört.« Die Zeit vom 6. bis 13. 1. 1918 verbrachte Baum zusammen mit Kafka in → *Zürau.* Kafka las dem blinden Freund u.a. Tolstoi vor, und sie erzählten sich von ihren geplanten literarischen Arbeiten.

Hugo Bergmann
* 25. 12. 1883 Prag; † 18. 6. 1975 Jerusalem
Philosophischer Schriftsteller
Er war Anhänger des rationalen Theismus des Philosophen → *Franz Brentano,* Mitarbeiter der Prager → *Herder-Blätter,* begeisterter Anhänger des → *Zionismus.* Er emigrierte nach Palästina und wurde Professor an der Hebräischen Universität. Seine Hauptwerke sind: »Der Begriff der Verursachung und das Problem der individuellen Kausalität« (1914), »Der Kampf um das Kausalgesetz in der jüngsten Physik« (1929).
Bergmann war Klassenkamerad Kafkas. Er bestärkte ihn in seinen Plänen, nach Palästina auszuwandern. Im Frühjahr 1923 kam er zu Vorträgen über Palästina nach Prag. Damals notierte Kafka: »Es ist aufregend und verlockend mit ihm beisammen zu sein.«

Berlin
Vor allem in den Jahren 1913 und 1914 hatte Kafka seine Freundin → *Felice Bauer* wiederholt in Berlin besucht. Berlin war für ihn die einzige Stadt, in der er leben wollte; dorthin, in die Weltstadt, in die Stadt des literarischen Lebens, zog es ihn nach seinen Fluchtversuchen aus → *Prag* immer wieder. In einem Brief an → *Grete Bloch* schrieb er Berlin eine geradezu »stärkende Wirkung« zu.
Mit dem Scheitern seiner Heiratspläne im Juli 1914 verstärkte sich der Gedanke an eine Existenz als freier Schriftsteller in Berlin, aber der Kriegsausbruch vereitelte die Ausführung dieses Plans. Erst am 26. 9. 1923 nahm Kafka mit → *Dora Diamant* eine gemeinsame Wohnung in Berlin-Steglitz, Miquelstraße 8. Dort entstand die Erzählung → *Eine kleine Frau.* Nach Streitigkeiten kündigte die Zimmerwirtin, man fand eine neue Wohnung in der Grunewaldstraße 13 und später in Zehlendorf in der Heidestraße 25–26.

Straßenszene in Berlin (Unter den Linden, Ecke Friedrichstraße) am Anfang des 20. Jahrhunderts.

Das Leben in der Innenstadt fand Kafka »schrecklich«. Er war schockiert von den hohen Inflationspreisen. Vormittags besuchte er Vorträge über den Talmud in der »Hochschule für Wissenschaft des Judentums« (→ *Judentum*). → *Max Brod,* der ihn öfters in Berlin besuchte, machte Kafka mit dem Leiter des Berliner Verlags »Die Schmiede« bekannt, an den er die Erzählungen → *Erstes Leid,* → *Eine kleine Frau* und → *Ein Hungerkünstler* schickte. Am 29. 2. 1924 erhielt er den Besuch seines Onkels → *Siegfried Löwy,* der den Schwerkranken dazu überredete, nach Prag zurückzukehren.

Franz Blei
* 18. 1. 1871 Wien; † 10. 7. 1942 Westbury, New York
Schriftsteller, verfaßte Komödien und schrieb Kritiken und Essays
In seiner Literatursatire »Bestiarium literaricum« (1920) karikierte er auch Kafka. So beschrieb er ihn: »Die Kafka ist eine sehr selten gesehene prachtvolle mondblaue Maus, die kein Fleisch frißt, sondern sich von bitteren Kräutern nährt. Ihr Anblick fasziniert, denn sie hat Menschenaugen.« Blei war Herausgeber der Zeitschrift → *Hyperion,* in der Kafkas erste Arbeiten erschienen. Unter Kafkas → *Rezensionen* findet sich eine Besprechung von Bleis ziemlich belanglosem Buch *Die Puderquaste.* Für Kafka war Blei »ein nach Deutschland verirrter Anekdotenerzähler«; er fand ihn »riesig gescheit und witzig«.

Grete Bloch
* 21. 3. 1892 Berlin; † 1941 oder 1942
Briefpartnerin Kafkas, Freundin von → *Felice Bauer*
Kafka machte ihre Bekanntschaft Ende Oktober 1913 in Prag. Mit diesem Zusammentreffen begann ein einjähriger Briefwechsel (vom 29. 10. 1913 bis zum 15. 10. 1914). Sie kannte Felice Bauer seit April 1913. Auf ihrem Weg ins Exil nach Italien übergab sie ihrer Freundin einen Teil der an sie gerichteten Briefe Kafkas. Als die deutschen Truppen Italien besetzten, wurde Grete Bloch zusammen mit anderen Juden verhaftet. Vermutlich ist sie während der Deportation oder in einem Konzentrationslager umgekommen.

Franz Brentano
* 16. 1. 1838 Marienberg; † 17. 3. 1917 Zürich
Philosoph
Er verband die Philosophie eng mit der Psychologie. Nach seiner Lehre richten sich seelische Erscheinungen, die durch innere Wahrnehmungen unmittelbar bewußt werden, auf Gegenstände außerhalb des Bewußtseins. Aus der Gesamtheit dieser intentionalen Erlebnisse lassen sich drei Erlebnisklassen hervorheben: Vorstellungen, Urteile und emotionelle Phänomene, d.h. Willensakte und Gefühle. Urteile sind keine Vorstellungsverknüpfung. Sie unterscheiden sich von den Vorstellungen dadurch, daß beim Urteil immer etwas bejaht (anerkannt) oder verneint (verworfen) wird. Im Vollzug unmittelbar einsichtiger Urteile erleben wir die Evidenz der Wahrheit, die Evidenz garantiert die Absolutheit und Objektivität der Urteile. Ebenso wie die Urteile stets wahr oder falsch sein müssen, sind auch andere emotionale Bewertungen entweder berechtigt oder unberechtigt. In den Akten des Liebens und Hassens, Akten, die als in sich richtig, als evident erfahren werden, erkennen wir das, was als sittlicher Wert sein soll.
Im Sommersemester 1902 belegte der Student Kafka die vorgeschriebene einsemestrige Philosophievorlesung bei dem Prager Sprachphilosophen und Schüler

Brentanos Anton Marty. Der Kreis um Marty und die Privatdozenten Oskar Kraus und Alfons Kastil, der sogenannte Brentanistenkreis, traf sich regelmäßig im Café Louvre. An diesen Zusammenkünften nahmen vor allem studierende Angehörige des deutsch-jüdischen Großbürgertums teil, unter ihnen → *Max Brod*, → *Felix Weltsch*, Oskar Pollak und Berta und Max Fanta. Vom Sommer 1902 bis Anfang 1906 besuchte Kafka regelmäßig diese Gesprächsrunde.
Es ist nicht auszuschließen, daß die starke Betonung des autonomen Urteils durch Brentano und seine Schüler im Werk Kafkas Spuren hinterlassen hat. Vielleicht ist diese Lehre eine der Wurzeln für die zentrale Stellung von Urteil, Strafe und Prozeß und für die Vorstellung des Dichters, er müsse sich, ähnlich wie die Gestalten seiner Dichtung, dem Spruch eines → *Gerichts* stellen, das aufgrund eines unmittelbar einsichtigen, evidenten Urteils über das Schicksal des Angeklagten entscheide.

Max Brod
* 27. 5. 1884 Prag; † 20. 12. 1968 Tel Aviv
Schriftsteller, Essayist, Kulturphilosoph, Kritiker, Lyriker, Romancier, Komponist, Dramaturg, längere Zeit Jurist bei der Prager Postdirektion
In seinen Werken zeigt sich eine Entwicklung von einem erotisch betonten »Indifferentismus« zu religiöser, zionistischer Haltung. Von seinen zahlreichen literarischen Werken ist heute vor allem noch sein Roman *Tycho Brahes Weg zu Gott* (1916) bekannt. Brod trat in Prag als engagierter Vorkämpfer des → *Zionismus* auf, 1939 emigrierte er nach Palästina.
Am 23. 10. 1902 traf Brod in der → *Lese- und Redehalle deutscher Studenten* in Prag mit Kafka zusammen. In der »Sektion für Literatur und Kunst« hielt er damals einen Vortrag über »Schopenhauer und Nietzsche«. Kafka widersprach ihm energisch, als er Nietzsche einen »Schwindler« nannte. Von dieser Zeit datierte die Freundschaft zwischen Brod und Kafka. In der folgenden Zeit trafen sie sich täglich, unternahmen Ausflüge in die Prager Umgebung und gingen gemeinsam auf → *Reisen* nach Oberitalien, Weimar und Paris. Brod führte den Freund ein in das Prager Literatenleben (→ *Prager Kreis*) und machte ihn bekannt mit → *Oskar Baum* und → *Felix Weltsch*. Er ermunterte ihn zu literarischen Arbeiten und vermittelte Publikationsmöglichkeiten. In seinem Roman *Zauberreich der Liebe* (1904) entwarf Brod in der Gestalt des Richard Garta ein Porträt des Freundes. So beschrieb er Garta: »Garta überredet nicht, das ist nicht seine Art, auch entwickelt er kein System, das Systematische liegt ihm überhaupt nur wenig. Er liest nur immer und immer wieder diese und jene Stelle aus seinen Lieblingsautoren vor, mit seiner raschen ganz unpathetischen dabei aber Rhythmus und Steigerung mit geheim vibrierendem Gesange laut nachschaffenden Stimme, leuchtenden Auges, völlig hingegeben der Freude an menschlicher Größe; nur hie und da verzieht er leise, gar nicht bösartig, eher lustig zweifelnd (»na, na«) den Mund, wenn ihm etwas nicht ganz geglückt, krampfig übertrieben scheint. Das Forcierte in jeglicher Kunstäußerung schiebt er immer am weitesten von sich, es sei denn, daß es als Anstrengung doch wieder echt, dem Autor notwendig ist, wobei es freilich seine gelegentliche Schwäche verrät und nur Mitgefühl mit dem aus anderen Taten her Bewährten heischt. Kurz, er wirbt nicht für seine Erwählten, er sieht immer klar, Klarheit ist auch in seiner schrankenlosen Bewunderung, niemals versucht er, Christof zu überrennen; indes ist es bald soweit, daß Christof für die Schriften brennt, die ihm Garta eröffnet hat, ja daß er manches davon gegen Garta in Schutz nehmen zu müssen glaubt. Das alles geschieht mit freudigem Ernst, es ist ein holdes gegen-

Der junge Max Brod.

seitiges Belehren zwischen beiden, jeder Anhauch von Eitelkeit und Schein ist fern, die beiden haben das Gefühl, als entscheide sich gerade jetzt in ihnen die ganze Welt zur lautersten Wahrheit oder zum Wertlosen. Übrigens ohne daß dieses Gefühl sie stolz oder auch nur übermäßig sorgenvoll, bedrückt vor Verantwortung machte. Es ist ein ganz einfaches Gefühl: – das Gute ist da, und in unserer Macht liegt es, mitzutun oder, was sinnlos dumm wäre, es wegzustoßen.«
Sein Roman → *Arnold Beer* (1912) beeinflußte Kafkas Erzählung → *Das Urteil.*
Die Jahre von 1908 bis 1913 waren die Zeit der engsten Verbindung der beiden Freunde. Kafka lobte die Lebenstüchtigkeit und Weltläufigkeit Brods, und dieser bewunderte die Güte und Wahrheitsliebe Kafkas. Nach der Heirat Brods kühlten sich die Beziehungen etwas ab, u.a. auch wegen politischer Differenzen. Kafka wollte sich als Kriegsfreiwilliger melden, Brod war konsequenter Pazifist (→ *Politik,* → *Krieg*). Schon sehr früh sah Brod in Kafka den bedeutendsten Dichter der Gegenwart und machte als führender Mitarbeiter literarischer Zeitschriften und als Vortragsredner Kafkas Werke einer breiteren Öffentlichkeit bekannt. Als erster vertonte er auch ein Gedicht von Kafka (→ *Lyrik,* → *Vertonungen*).
In seinem Testament hatte Kafka den Freund gebeten, die meisten seiner Werke bis auf wenige Ausnahmen zu vernichten. Brod weigerte sich, diesen Wunsch zu erfüllen (→ *Testament und literarischer Nachlaß*). Bei seiner Flucht vor den Nazi-Truppen brachte er den Nachlaß Kafkas im Handgepäck über die Grenze

und in Sicherheit. Die Herausgabe der Gesammelten Werke, die die Reihe der → *Werkausgaben* eröffnete, und nicht zuletzt seine immer noch maßgebliche Biographie über den toten Freund (1937, 1954) begründeten den Weltruhm Kafkas. Allerdings gab Brod von Anfang an der Kafka-Deutung eine bestimmte Richtung. Kafka erscheint als eine Art Heiliger, als Erneuerer des jüdischen Glaubens. Seine Werke sind Ausdruck eines religiösen Ringens um die Erfahrung göttlicher Gnade (→ *religiöse Deutung*).

Chassidismus
von hebräisch chassid = den Gottesbund Wahrender, jüdische religiöse Bewegung in den osteuropäischen Ländern, im 18. Jahrhundert von Israel Ben Elieser gegründet, die im Gegensatz zur komplizierten Talmudgelehrsamkeit und dem Gesetzesglauben die Allgegenwart der Offenbarung Gottes betonte.
1911 kam Kafka mit dem → *jiddischen Theater* in Berührung. Die ostjüdischen Schauspieler der Truppe, vor allem → *Jizchak Löwy,* erschlossen ihm den Zugang zur chassidischen Literatur. Fromme Geschichten von Chassidim, die er von Löwy hörte, schrieb Kafka in sein Tagebuch. In diesen Erzählungen fühlte er sich »gleich und immer zuhause«, das volkstümliche Erzählgut der Ostjuden wurde zu seiner Lieblingslektüre. Im Juli 1916 traf Kafka mit einem der führen-

Die orthodoxen Ostjuden waren Anhänger des Chassidismus.

den Vertreter der Chassidim, Belzer Rabbi, in Marienbad zusammen. Diese Begegnung blieb nicht ohne Wirkung. Unter dem Datum des 20. Juli schrieb er ein Gebet in sein Tagebuch (→ *Tagebücher,* → *Religiosität*).

Christentum
In → *Jungborn* diskutierte Kafka mit Dr. Schiller, einem Magistratsbeamten aus Breslau, über das Christentum. Ein Landvermesser H. gab ihm christliche Traktate zu lesen und versuchte ihn zu bekehren. Nach dem Essen las Kafka regelmäßig in der Bibel. Es ist anzunehmen, daß die Anspielungen auf das Neue Testament in seinem Roman → *Der Verschollene* auf die Erfahrungen in Jungborn zurückgehen. Nachdem → *Franz Werfel* katholisch geworden war, beschäftigte sich Kafka ab 1916 intensiver mit den Lehren des Christentums. Seine Bibellektüre konzentrierte sich aber auf das Alte Testament. Jüdischen Vorstellungen entsprechend, war Jesus für ihn ein Frommer, ein jüdischer Prophet. In letzter Konsequenz lehnte er das Christentum ab.

Dora Diamant (Dymant)
* 1902 in Polen; † im August 1952 in London
In der ersten Juliwoche 1923 fuhr Kafka mit seiner Schwester → *Elli* und deren beiden Kindern zur Erholung nach Müritz an die Ostsee. Am 13. Juli traf er die 19jährige Dora Diamant, ein natürliches, hilfsbereites Mädchen, Tochter eines ostjüdischen Anhängers des chassidischen Rabbi von Gera aus Polen, die die Küche des jüdischen Volksheimes leitete. Am 24. September sahen sie sich in → *Berlin* wieder und beschlossen, in eine gemeinsame Wohnung zu ziehen.
Dora war eine gute Hebraistin. Sie las Kafka Jesaija in der Ursprache vor. Später ließ sie sich auf Kafkas Rat hin zur Schauspielerin ausbilden. Sie pflegte Kafka hingebungsvoll im Sanatorium in Wien und in Kierling, bis zu seinem Tod. Noch im Frühjahr 1924 wollte Kafka Dora Diamant heiraten, doch ihr Vater verweigerte seine Zustimmung. 1933 beschlagnahmte die Geheime Staatspolizei in der Wohnung Dora Diamants einen Stapel Manuskripte Kafkas, die heute als verschollen gelten müssen.

Friedrich Feigl
* 1884; † 1966
Maler und Zeichner
Feigl war Mitglied der Künstlergruppe »Die Acht« in Prag, Klassenkamerad Kafkas am Altstädter Gymnasium, er schuf das einzige zeitgenössische Porträt des Dichters, eine Tuschzeichnung, die Kafka beim Vorlesen der Erzählung → *Der Kübelreiter* zeigt. Ein anderes kleines Porträt in Öl entstand 1940 (Ostdeutsche Galerie Regensburg).

Benjamin Franklin
* 17. 1. 1706 Boston; † 17. 4. 1790 Philadelphia
Amerikanischer Politiker, Schriftsteller, Naturforscher
Als Kafka Franklins Autobiographie las, war er beeindruckt von der Schilderung des harmonischen Familienlebens im Hause Franklin. Im Herbst 1919 schenkte er diesen Lebensbericht seinem Vater. Im → *Brief an den Vater* nimmt er darauf Bezug: »Du hast letzthin Franklins Jugenderinnerungen gelesen. Ich habe sie Dir wirklich absichtlich zum Lesen gegeben ... wegen ... des Verhältnisses zwischen dem Verfasser und seinem Sohn ...«

Rudolf Fuchs
* 5. 3. 1890 Podiebrad/Böhmen; † 17. 2. 1942 London
Schriftsteller und Übersetzer
Fuchs übersetzte die Gedichte des tschechischen Lyrikers Peter Bezruč und trat selbst mit eigenen Gedichtbänden hervor, gehörte zum → *Prager Kreis*. Im Winter 1912 traf er mit Kafka im Café Arco zum ersten Mal zusammen. Später schrieb er über seine Bekanntschaft mit Kafka *Erinnerungen an Franz Kafka.*

Gespräche mit Kafka
→ *Gustav Janouch,* der in Prag öfters mit Kafka zusammengekommen war, veröffentlichte 1951 seine *Gespräche mit Kafka,* 1968 legte er eine erweiterte Fassung seiner Aufzeichnungen vor. Vor allem gegen diese Ausgabe wurde der Vorwurf erhoben, der Herausgeber habe Tatsachen verfälscht und manches einfach erfunden. Die Anzahl der Gespräche übersteige die Zahl der möglichen Zusammenkünfte, außerdem habe der damals Siebzehnjährige das jeweilige Datum der Gespräche nicht notiert. Die Zeugnisse → *Max Brods* und → *Dora Diamants* aber erklären die vorgelegten Erinnerungen für weitgehend authentisch. Das zeige sich z. B. am Stil der Niederschrift. Kafka liebte Wortspiele und vermied konventionelle Begriffe. Auffällig ist auch die Übereinstimmung in Stil und Gehalt mit anderen biographischen Dokumenten, mit → *Tagebüchern,* → *Briefen* und Brods Biographie, die Janouch damals noch unbekannt waren. Die Gespräche sind also eine wichtige, wenn auch keine absolut zuverlässige Quelle. Die Erinnerungen machen Kafkas Sprechweise unmittelbar deutlich, zeigen den Dichter in seiner beruflichen Umgebung und geben uns einen Eindruck von seiner außergewöhnlichen Persönlichkeit.

Franz Grillparzer
* 15. 1. 1791 Wien; † 21. 1. 1872 ebd.
Österreichischer Dichter
Kafka liebte Grillparzers Novelle *Der arme Spielmann* besonders. Er setzte den Konflikt zwischen Vater und Sohn, der in dieser Novelle dargestellt ist, in Beziehung zu seinem eigenen Lebensschicksal. Das Verhalten des armen Spielmanns, der sich dem gewalttätigen Vater unterwirft, sich in die Kunst flüchtet und das geliebte Mädchen nicht zu heiraten wagt, bezeichnete er in seinem Tagebuch als »wahr und daher männlich«.

Ludwig Hardt
* 16. 1. 1886 Neustadt-Gödens; † 6. 3. 1947 New York
Rezitator
Er machte durch seine vielbeachtete Vortragstätigkeit Kafkas Erzählungen bekannt, die er in Berlin, Wien, Prag und München virtuos und effektvoll rezitierte. Am Morgen nach einer Lesung schenkte ihm Kafka Hebels *Schatzkästlein* mit der Widmung »Für Ludwig Hardt, um Hebel eine Freude zu machen«. Ende 1923 besuchte Hardt den todkranken Dichter zum letzten Mal in Berlin. Kafka schenkte ihm zum Abschied eine Beschreibung einer Reise durch Sibirien.

Gustav Janouch
* 1. 3. 1903 Marburg/Drau; † 7. 3. 1968 Prag
Schriftsteller, Journalist, Übersetzer
Er übersetzte Kafkas Erzählung → *Ein Traum* ins Tschechische als Einleitung zu dem Zyklus von Originalradierungen Otto Coesters zu → *Die Verwandlung* (→ *Illustrationen*). Auf Grund seiner persönlichen Bekanntschaft mit Kafka verfaßte er ein Buch → *Gespräche mit Kafka* (1951; erweiterte Fassung 1968).
Der siebzehnjährige Janouch, dessen Vater Kafkas Kollege in der → *Arbeiter-Unfall-Versicherungs-Anstalt* war, besuchte den Dichter seit März 1920 häufig und ging mit ihm spazieren. In einem Brief an → *Robert Klopstock* vom September 1921 beschrieb Kafka eine Begegnung mit Janouch: »Letzthin war Janouch hier ... Er kam zu mir ins Bureau, weinend, lachend, schreiend, brachte mir einen Haufen Bücher, die ich lesen soll, dann Äpfel und schließlich seine Geliebte, eine kleine freundliche Försterstochter ... Er nennt sich glücklich, macht aber zeitweise einen beängstigend verwirrten Eindruck, sieht auch schlecht aus, will einen Maturakurs machen und dann Medizin (»weil es eine stille, bescheidene Arbeit ist«) oder Jus (»weil es zur Politik führt«) studieren. Welcher Teufel heizt dieses Feuer?«

Milena Jesenská
* 10. 8. 1896 Prag; † 7. 5. 1944 im KZ Ravensbrück
Tschechische Journalistin und Übersetzerin, aus einer alten, national gesinnten Familie
Sie war eine emanzipierte Frau, die Medizin und Musik studierte. Während des ersten Weltkriegs traf sie im Café Arco in → *Prag* Ernst Polak, ihren späteren Mann. Wegen ihrer Liebe zu dem Juden Polak ließ sie ihr Vater, ein bekannter Kieferorthopäde, in eine Heil- und Pflegeanstalt einweisen, aus der ihr erst nach einiger Zeit der Ausbruch gelang.
Ende Oktober 1919 bat sie Kafka um seine Zustimmung zu einer geplanten Übersetzung von einigen Erzählungen ins Tschechische. Am 22. 4. 1920 erschien ihre Übersetzung des Fragments → *Der Heizer* in der tschechischen Zeitschrift »Kmen«. Das war die erste Kafka-Übersetzung überhaupt (→ *Übersetzungen*). Von Meran aus schrieb Kafka die ersten → *Briefe an Milena,* die inzwischen in Wien lebte. Zwischen dem 29. 6. und dem 4. 7. 1920 besuchte er sie dort. Sie erlebten zusammen eine Zeit glücklicher Vertrautheit. Milena, eine kluge, originelle und warmherzige Frau, teilte nicht nur Kafkas literarische Interessen, sondern sie verstand auch den Menschen Kafka und seine quälenden Angstgefühle intuitiv. Kafka schrieb in einem Brief an Max Brod im Mai 1920: »Sie ist ein lebendiges Feuer, wie ich es noch nie gesehen habe ... Dabei zart, mutig, klug und alles wirft sie in das Opfer hinein ...« Milena schilderte Kafka in einem (undatierten) Brief an Brod: »Was seine Angst ist, das weiß ich bis in den letzten Nerv ... Ich habe seine Angst eher gekannt, als ich ihn gekannt habe ... In den vier Tagen, in denen Frank neben mir war, hat er sie verloren. Wir haben über sie gelacht. Ich weiß gewiß, daß es keinem Sanatorium gelingen wird, ihn zu heilen. Er wird nie gesund werden, Max, solange er diese Angst haben wird. Und keine psychische Stärkung kann diese Angst überwinden, denn die Angst verhindert die Stärkung. Diese Angst bezieht sich nicht nur auf mich, sondern auf alles, was schamlos lebt, auch beispielsweise auf das Fleisch. Das Fleisch ist zu enthüllt, er erträgt nicht, es zu sehen. Das also habe ich damals zu beseitigen vermocht.«
Am 14./15. August 1920 kam es zu einem erneuten Zusammentreffen in

Gmünd, der Grenzstation zwischen Österreich und der CSR, das zu einer gewissen Entfremdung führte. Der eigentliche Grund war, daß sich Milena nicht zu einer Trennung von ihrem Mann entschließen konnte, sie schreckte vor einem asketischen Leben an der Seite Kafkas zurück. In den Jahren 1921 und 1922 besuchte sie den Dichter noch öfter in Prag. Kafka übergab ihr als Zeichen seines vollständigen Vertrauens seine sämtlichen → *Tagebücher* und das Manuskript des Romanfragments → *Der Verschollene*, den → *Brief an den Vater* besaß sie bereits. Die Nazis brachten Milena, die schon von Krankheit gezeichnet war, ins KZ Ravensbrück. Eine verspätet durchgeführte Nierenoperation führte zu ihrem Tod.

Jiddisches Theater
Am 5. 10. 1911 besuchte Kafka zusammen mit → *Max Brod* die Aufführung einer Lemberger Theatertruppe im Prager Café-Restaurant Savoy. Für Kafka waren diese und die folgenden Vorstellungen ein großes Erlebnis, ein Wendepunkt in seiner menschlichen Entwicklung. Bis Mitte 1912 sah er ungefähr zwölf Aufführungen, so fasziniert war er von dieser Art des Theaterspielens. So äußerte sich Kafka in einem Gespräch mit → *Gustav Janouch:* »Die armen jüdischen Schauspieler, die für Juden jüdisch spielen ... blasen durch ihre Kunst die Ablagerungen fremden Lebens vom Wesen der Juden hinweg, stellen das verbor-

Der Schauspieler Jizchak Löwy in der Rolle des »Wilden Menschen« von Jakob Gordin.

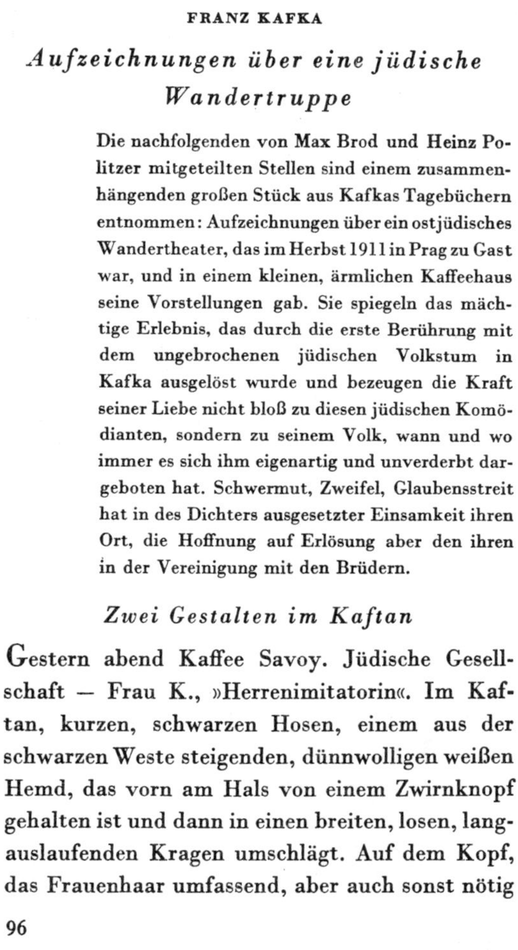

FRANZ KAFKA

Aufzeichnungen über eine jüdische Wandertruppe

Die nachfolgenden von Max Brod und Heinz Politzer mitgeteilten Stellen sind einem zusammenhängenden großen Stück aus Kafkas Tagebüchern entnommen: Aufzeichnungen über ein ostjüdisches Wandertheater, das im Herbst 1911 in Prag zu Gast war, und in einem kleinen, ärmlichen Kaffeehaus seine Vorstellungen gab. Sie spiegeln das mächtige Erlebnis, das durch die erste Berührung mit dem ungebrochenen jüdischen Volkstum in Kafka ausgelöst wurde und bezeugen die Kraft seiner Liebe nicht bloß zu diesen jüdischen Komödianten, sondern zu seinem Volk, wann und wo immer es sich ihm eigenartig und unverderbt dargeboten hat. Schwermut, Zweifel, Glaubensstreit hat in des Dichters ausgesetzter Einsamkeit ihren Ort, die Hoffnung auf Erlösung aber den ihren in der Vereinigung mit den Brüdern.

Zwei Gestalten im Kaftan

Gestern abend Kaffee Savoy. Jüdische Gesellschaft – Frau K., »Herrenimitatorin«. Im Kaftan, kurzen, schwarzen Hosen, einem aus der schwarzen Weste steigenden, dünnwolligen weißen Hemd, das vorn am Hals von einem Zwirnknopf gehalten ist und dann in einen breiten, losen, langauslaufenden Kragen umschlägt. Auf dem Kopf, das Frauenhaar umfassend, aber auch sonst nötig

96

Aus dem Almanach des Schocken Verlags auf das jüdische Jahr 5695.

gene, in die Vergessenheit versinkende jüdische Gesicht in ein helles, offenes Licht und festigen so den Menschen im Trubel der Zeit.«

Die Schauspieler gaben Stücke in jiddischer Sprache, die u. a. folgende Titel trugen: »Die Sejdernacht«, »Davids Geige«, »Blümele oder Die Perle von Warschau« von Josef Lateiner; »Der wilde Mensch« von Jakob Gordin. Kafka freundete sich mit dem Schauspieler → *Jizchak Löwy* an und gewann durch ihn und die anderen acht Schauspielerinnen und Schauspieler Einblick in die Kultur des Ostjudentums. Das war der Anfang seiner Beschäftigung mit »jüdischen Dingen«, wie es im → *Brief an den Vater* heißt. Jetzt erkannte er, daß er den Weg zu einer Gemeinschaft, nämlich zur jüdischen, doch noch finden könne. Die Prager Westjuden blickten mit Geringschätzung auf die Ostjuden, die sie als abergläubisch, ungebildet und unsauber bezeichneten. Für sie selbst war nicht das Jiddische, sondern das Hebräische die eigentliche Muttersprache der Juden. Jetzt erlebte Kafka das Ostjudentum als befreienden Gegensatz zum assimilatorischen Westjudentum, das in seinen Augen seine gemeinschaftsbildende Kraft verlor und das ihm den Weg zum ursprünglichen → *Judentum* versperrt hatte. Durch die Bekanntschaft mit dem jiddischen Theater begann die Wandlung des indifferenten jüdischen Intellektuellen zum bewußten Juden (→ *Chassidismus*).

Judentum

Am 13. Juni 1896 feierte Kafka das jüdische Fest »Barmizwah« in der Prager Zigeunersynagoge. Die religiöse Feier war für ihn nur ein »lächerliches Auswendiglernen«. Beim Altar mußte er vorbeten und zu Hause eine kleine Rede halten. Der Vater bezeichnete in seiner Einladung dieses Fest als »Confirmation«; er gehörte zu den westjüdischen Assimilanten, die Franz verachtete. Die sogenannten »Vier-Tage-Juden« pflegten nur drei religiöse Feste zu feiern: Laubhüttenfest, Tempelweihefest, Pessach und als weltliches Fest Kaisers Geburtstag. In seinem → *Brief an den Vater* kritisierte Kafka die oberflächliche Religiosität seines Vaters. Entsprechend wurden auch die häuslichen Gottesdienste »immer mehr zu einer Komödie mit Lachkrämpfen«, wie Kafka einmal formulierte.

Schon als Junge distanzierte er sich von der Religion seiner Väter. Am Pessachfest verzichtete er demonstrativ auf die ungesäuerten Brote und arbeitete am

Der Altar der Altneu-Synagoge in Prag.

Sabbath wie an einem Werktag. Anläßlich der Beschneidung seines Neffen Felix stellte Kafka fest, die religiösen Formen des westeuropäischen Judentums seien ohne Inhalt. So war es nur konsequent, daß er es später ablehnte, die Synagoge zu besuchen. Nur notgedrungen, etwa bei Heiraten von Verwandten, nahm er an Gottesdiensten teil. Aber trotz seiner religionsskeptischen Haltung empfand er sich immer als Teil des jüdischen Volkes. Die meisten seiner Freunde und Freundinnen waren Juden, nur mit wenigen Christen, wie z. B. mit → *Milena,* pflegte er vertrauten Umgang, und bei seinen Sanatoriumsaufenthalten stellte er es jedesmal mit Befriedigung fest, wenn Mitpatienten Juden waren. Manchmal verletzten ihn antisemitische Äußerungen nichtjüdischer Gäste, wie überhaupt die Juden auch in → *Prag* immer wieder unter dem Antisemitismus ihrer Umwelt zu leiden hatten. Im Dezember 1897 hatten sich die »Dezemberkrawalle« gegen Juden und Deutsche gerichtet, der Mob zertrümmerte Fensterscheiben und verprügelte einzelne Juden. Zwischen dem 16. und 19. 11. 1920 fanden erneut antisemitische Protestkundgebungen in Prag statt. Kafka schrieb an Milena: »Die ganzen Nachmittage bin ich jetzt auf den Gassen und bade im Judenhaß.« In einigen Erzählungen, so z. B. in → *Beim Bau der Chinesischen Mauer* (»Jeder Landmann war ein Bruder . . .«), in → *Josefine, die Sängerin oder Das Volk der Mäuse* und in → *Nachts,* entwarf der Dichter ein Wunschbild jüdischer Gemeinschaft.
Durch das Gastspiel des → *jiddischen Theaters* und durch die Bekanntschaft mit dem Ostjudentum intensivierten sich die Beziehungen Kafkas zur Geschichte, Kultur und Religion seines Volkes. In der Folgezeit lernte er Hebräisch, las die Geschichten des → *Chassidismus* und besuchte 1924 in → *Berlin* die »Hochschule für das Judentum«. Seine → *Religiosität* war aber immer noch von einer skeptischen Haltung gegenüber der jüdischen Religion bestimmt. 1921 lehnte er die Stelle als Redakteur der Zeitschrift »Der Jude« ab, weil er »keinen festen jüdischen Boden« unter den Füßen habe.

Jungborn
vom 8. bis 29. 7. 1912 erholte sich Kafka im Naturheilsanatorium »Rudolf Just'sche Kuranstalt« in Jungborn im Harz. Dort kam er in Berührung mit den Lehren des → *Christentums* und schrieb weiter an seinem Roman → *Der Verschollene.* Im Sanatorium führte er ein Leben nach den Vorschriften der Naturheilkunde. Zeitlebens interessierte er sich für Homöopathie, Vegetarismus, Nacktkultur und Mazdaznan, aber er war kein unkritischer Anhänger dieser Lehren.

Elli (Gabriele) Kafka
* 22. 9. 1889 Prag; † wahrscheinlich 1941 im KZ Auschwitz
Die älteste Schwester Kafkas war verheiratet mit dem Kaufmann Karl Hermann, an dessen Firma → *Prager Asbestwerke Hermann & Co.* Kafka eine Zeitlang beteiligt war. Franz lehnte seine Schwester jahrelang ab und übertrug auf sie alle die schlechten Eigenschaften, die er sich selbst glaubte vorwerfen zu müssen: Geiz, Faulheit, Passivität. Elli war wie ihr Bruder ein schüchterner, bescheidener und übertrieben gewissenhafter Mensch.

Franz Kafka
* 3. 7. 1883 Prag; † 3. 6. 1924 Kierling
Franz wurde als ältestes Kind des Kaufmanns → *Hermann Kafka* und seiner Ehefrau → *Julie Kafka,* geb. Löwy, im Haus »Zum Turm« Nr. I/27, Ecke Mai-

Kafkas Geburtshaus (teilweise umgebaut) in der derzeitigen Kapr-Gasse der Prager Altstadt neben der Nikolauskirche.

selgasse/Karpfengasse am Rand des Ghettos in → *Prag* geboren. Seine Geschwister waren → *Georg,* → *Heinrich,* → *Elli,* → *Valli* und → *Ottla.*
Da die Eltern tagsüber im Geschäft arbeiteten, blieb der Junge sich weitgehend selbst überlassen. Besonders entbehrte er die Liebe der Mutter, die ihm in ihrer Art am nächsten stand. Er selbst empfand sich als Mitglied der Familie Löwy, als deren Charakterzüge er »Empfindlichkeit, Gerechtigkeit, Unruhe« nannte. Seine Kontaktarmut wurde noch gesteigert durch sein gespanntes Verhältnis zum Vater, das er in seinem → *Brief an den Vater* analysierte. Das Ziel Hermann Kafkas war es, seinen Sohn zu einem Geschäftsmann zu machen und mit einer Fabrikantentochter zu verheiraten, mindestens sollte er als Jurist Karriere machen. Die mißglückten Erziehungsversuche bewirkten bei Franz Haßgefühle gegen den Vater, dessen starke Persönlichkeit er aber andererseits bewunderte. Sein Selbstwertgefühl war ständig gefährdet, er empfand unklare Schuldgefühle, seine Beziehung zu Menschen und Dingen war gestört. Zeit seines Lebens befürchtete er, aus der Gemeinschaft der Menschen ausgeschlossen zu sein. Andererseits flüchtete er in die Isolation, um dem übergroßen Druck der Wirklichkeit auszuweichen. Immer wieder sehnte er sich nach menschlicher Zuwendung, aber zuweilen konnte er die physische Nähe der Menschen schlecht ertragen. So war es Kafkas Ziel, »im Grenzland zwischen Einsamkeit und Gemeinschaft« zu leben, d. h., er wollte weder intensiven Kontakt noch totale Einsamkeit.
In seinen Jugendjahren zeigte sich sein mangelndes Selbstvertrauen vor allem in der Schule. Von 1889 bis 1893 besuchte er die »Deutsche Knabenschule am Fleischmarkt« und von 1893 bis 1901 das humanistische »Staatsgymnasium mit deutscher Unterrichtssprache in Prag-Altstadt«. Seine übermäßige Selbstkritik äußerte sich in seiner ständigen Furcht, den schulischen Anforderungen nicht

Das Kinsky-Palais am Altstädter Ring in Prag, wo Kafka das Gymnasium besuchte und wo sein Vater ein Geschäft hatte.

zu genügen, dabei war er »Vorzugsschüler«. Er empfand die Schule als Bereich der väterlichen Welt, als fremd und sinnlos. Immer stärker wandte er sich nach innen und kultivierte seine Stimmungen und Gefühle. Gegen andere Menschen war er überempfindlich, er konnte sich erregen bis zu Wutanfällen und zog sich nach Kränkungen völlig in sich zurück.
Auffällig waren auch seine extreme Lärmempfindlichkeit, seine Neigung zur Hypochondrie, seine Mäusephobie und seine Angst vor Regen. Seine Unsicherheit den Dingen gegenüber zeigte sich in seinem Geiz. Seine Freundin → *Milena Jesenská* schrieb einmal an → *Max Brod:* »... Seine Beengtheit dem Geld gegenüber ist fast die gleiche wie der Frau gegenüber.« Zu seinen Charakterzügen gehörte die »Lust, Schmerzliches möglichst zu verstärken«. Er sah darin die einzige Möglichkeit, nach Art der alten Medizin Schmerz durch Schmerz auszubrennen. Geradezu masochistisch mutet Kafkas Vorliebe an für die Schilderung von Szenen, in denen menschliche Körper mit allen Arten von scharfen Werkzeugen gequält, durchstochen und durchbohrt werden. Die Strafphantasien seiner Werke haben wohl im Selbsthaß des Autors ihren Ursprung. Diese Aversion richtete sich auch auf seine eigene körperliche Erscheinung. Er schämte sich seines Aussehens. Wie die Porträts zeigen, war er ein gut aussehender Mann, groß, schlank und sportlich, ein eifriger Schwimmer, Ruderer, Tennisspieler und Motorradfahrer, der fast bis in seine letzten Lebensjahre ungewöhnlich jugendlich wirkte.
Im Wintersemester 1901/02 studierte Kafka an der deutschen »Ferdinand-Karls-Universität« in Prag zuerst Chemie, dann Germanistik. Zuletzt entschloß

Das Grab Kafkas auf dem jüdischen Friedhof in Prag.

er sich zur Rechtswissenschaft. 1907, nach dem Abschluß seines Studiums, hatte er als Versicherungsangestellter zuerst in der → *Assicurazioni Generali* und ein Jahr später in der → *Arbeiter-Unfall-Versicherungs-Anstalt* zu arbeiten begonnen. Schon während seiner Studienzeit entstand die Erzählung → *Beschreibung eines Kampfes*; 1908 erschien als erste Veröffentlichung → *Betrachtung*. Die Freundschaft mit → *Max Brod* brachte Kafka in Berührung mit Prager Literaten und Kritikern (→ *Prager Kreis*). Durch Brod lernte er auch → *Felice Bauer* kennen, später befreundete er sich mit → *Milena Jesenská*, → *Julie Wohryzek* und → *Dora Diamant*.

Nach verschiedenen fehlgeschlagenen Heiratsversuchen steigerten sich Kafkas Schlaflosigkeit, seine Verzweiflung und seine Depressionen. Anfang 1917 kündigte ein Blutsturz den Beginn einer schweren Erkrankung an, die Kafka als Strafe für die erstrebte Auflösung der Verlobung mit Felice, aber auch als Befreiung von allen Gemeinschaftsverpflichtungen empfand: »Immerfort suche ich eine Erklärung der Krankheit, denn selbst erjagt habe ich sie doch nicht. Manchmal scheint es mir, Gehirn und Lunge hätten sich ohne mein Wissen verständigt. So geht es nicht weiter, hat das Gehirn gesagt und nach fünf Jahren hat sich die Lunge bereiterklärt, zu helfen.« Im April 1924 wurde bei Kafka Kehlkopftuberkulose diagnostiziert. Man brachte den Patienten zuerst ins Sanatorium »Wiener Wald« in Ortmann bei Wien und dann ins Sanatorium Kierling bei Klosterneuburg, wo ihn → *Dora Diamant* und → *Robert Klopstock* betreuten. Seine Schluckbeschwerden bei der Nahrungsaufnahme wurden immer stärker, er mußte langsam verhungern. Am 3. Juni, als er nur noch mit Mühe atmen und kaum noch flüstern konnte, bat er Klopstock um Morphium mit den Worten: »Töten Sie mich, sonst sind Sie ein Mörder.« Nach mehreren Injektionen starb Kafka gegen Mittag. Am 11. Juni wurde der Dichter auf dem jüdischen Friedhof in Prag-Straschnitz beigesetzt. Max Brod hielt die Grabrede. Die Öffentlichkeit nahm kaum Notiz vom Tode Franz Kafkas. Die hebräische Inschrift auf Kafkas Grab lautet: »Dr. Franz Kafka/1883–1924/Dienstag, Beginn des Monats Siwan 5684/Der obgenannte prachtvolle, unvermählte/Mann, unser Lehrer und Meister Anschel,/seligen Andenkens, ist der Sohn des hoch-/verehrten R. Henoch Kafka, sein Licht möge/leuchten. Der Name seiner Mutter ist Jettl,/ Seine Seele möge eingebunden sein im Bund/des Lebens!«

Georg Kafka
* 11. 9. 1885; † im Frühjahr 1887
Bruder Kafkas

Heinrich Kafka
* 27. 9. 1887 Prag; † wahrscheinlich im April 1888
Bruder Kafkas

Hermann Kafka
* 14. 9. 1852 Wossek; † 1931 Prag
Vater Franz Kafkas
Hermann war der Sohn des Metzgers → *Jakob Kafka* und seiner Ehefrau Franziska geb. Platowski. Die Familie Kafka wohnte in einem kleinen Dorf in Südböhmen mit ca. 100 Einwohnern. Sie lebten in großer Armut in einer niederen Kate, die nur drei Räume hatte. Der Junge mußte bei jedem Wetter mit einem Handkarren durch die Dörfer der Umgebung fahren. Im Winter litt er unter Frostbeulen und offenen Wunden. Häufig hatte er Hunger. Schon im Alter von vierzehn Jahren mußte er in einem Geschäft in Pisek arbeiten. Obwohl er in Ar-

Das Haus von Kafkas Großvater Jakob (links); hier wuchs Franz' Vater Hermann Kafka auf.

mut aufwuchs, konnte er doch die jüdische Schule in Wossek besuchen und sich dort eine überdurchschnittliche Schulbildung aneignen. In der Schule lernte er Deutsch, aber er beherrschte später diese Sprache nicht perfekt.
Als Wanderhändler hatte Hermann Kafka Erfolg, und nach Ableistung des Militärdienstes zog er nach Prag, wo er mit dem Geld seiner Frau → *Julie* geb. *Löwy* ein florierendes Galanteriewarengeschäft in der Zeltnergasse 12 eröffnete. Er war ein großer, vitaler, geschäftstüchtiger Mann, der von einem rastlosen Aufstiegswillen besessen war. In ihm zeigte sich nach den Worten seines Sohnes der »Lebens-Geschäfts- und Eroberungswillen« der Familie Kafka in prägnanter Weise. Der wirtschaftliche und soziale Aufstieg sollte ihm, dem ehemaligen böhmischen Landjuden, helfen, sich gegen die judenfeindliche Umgebung durchzusetzen. Das Ziel der Assimilation an das österreichische Bürgertum hat er aber nur teilweise erreicht, obwohl er bereit war, auf einen Teil der jüdischen Tradition zu verzichten, um die gesellschaftliche Anerkennung durch die deutsche Oberschicht nicht zu gefährden. Aus diesem Grund schickte er auch seine Kinder auf deutsche Schulen.
Hermann Kafka war ein rechthaberischer, cholerischer Familientyrann, der keinen Widerspruch duldete und der kein Verständnis für seinen sensiblen Sohn hatte. Seine materialistische Einstellung äußerte sich auch in seiner Gleichgültigkeit gegenüber kulturellen Dingen. Die schriftstellerische Arbeit seines Sohnes hielt er für nutzlosen Zeitvertreib. In seinem → *Brief an den Vater* berichtete Kafka von einer Reaktion des Vaters, die ihn tief verletzte. Er wollte ihm seinen soeben erschienenen Erzählband → *Ein Landarzt* überreichen, den er dem Vater gewidmet hatte. Doch dieser sagte nur abweisend: »Leg's auf den Nachttisch.«
Die Haßliebe zu seinem Vater ist eine der Wurzeln für Kafkas literarische Produktion. Nicht nur die → *Vaterfiguren* in seinem Werk machen den dominierenden Einfluß des Vaters deutlich. In mittelbarer Weise sind auch die Kämpfe der Helden gegen eine feindliche Umwelt von der Auseinandersetzung zwischen Hermann und Franz Kafka bestimmt. Der Kampf der Söhne gegen die Welt der Väter ist ein zentrales Thema seiner Dichtung.

Jakob Kafka
* 1814; † 1889
Kafkas Großvater väterlicherseits, jiddisch Jakob Amschel genannt
Er war aus dem Dorf Wossek in Südböhmen, von Beruf Fleischhauer und wahrscheinlich auch »schochet« (ritueller Schächter). Jakob war wegen seiner Körperkraft berühmt, er konnte einen Sack Mehl mit den Zähnen von der Erde aufheben. Er heiratete 1849 seine 38jährige Nachbarin Franziska Platowski (1816–1880/90), nachdem in Österreich die allgemeine Emanzipation der Juden verkündet worden war. Das Ehepaar hatte zwei Töchter und vier Söhne.

Julie Kafka
* 23. 3. 1856 Podiebrad; † 1934 Prag
Kafkas Mutter
Sie war Tochter des Tuchhändlers und Brauers → *Jakob Löwy* und seiner Frau Esther geb. Porias, war seit 1882 verheiratet mit → *Hermann Kafka*. Julie hatte drei Brüder, Alfred, Richard und Josef. → *Rudolf Löwy* und → *Siegfried Löwy* waren ihre Stiefbrüder. Sie stammte aus dem vermögenden und gebildeten deutsch-jüdischen Bürgertum. Kafka beschrieb seine Mutter als wahrhaftig, nachgiebig und selbstlos, er kritisierte aber ihre übermäßige Demut und Unselb-

ständigkeit. Sie sei die »liebende Sklavin« des Vaters und dieser ihr »liebender Tyrann« gewesen. So äußerte er sich (→ *Brief an den Vater*): »Wollte ich vor Dir [dem Vater] fliehen, müßte ich auch vor der Familie fliehen, selbst vor der Mutter. Man konnte bei ihr zwar immer Schutz finden, doch nur in Beziehung zu Dir. Zu sehr liebte sie Dich und war Dir zu sehr treu ergeben, als daß sie in dem Kopf des Kindes eine selbständige geistige Macht für die Dauer hätte sein können.« Die Urteile und Vorurteile ihres Mannes, dem sie ganztägig im Geschäft half und mit dem sie abends regelmäßig Karten spielte, übernahm sie unkritisch. Auch sie brachte für die literarische Arbeit ihres Sohnes keinerlei Verständnis auf. Kafka hat einigen Gestalten in seinem Werk Züge von seiner Mutter gegeben (vgl. → *Mutterfiguren*).

Ottla Kafka
* 29. 10. 1896 Prag; † 1943 oder 1944 im KZ Auschwitz
Lieblingsschwester Kafkas
Sie war die jüngste von seinen Schwestern, arbeitete zuerst im elterlichen Geschäft, wandte sich als einzige gegen die elterliche Bevormundung, setzte, unterstützt von ihrem Bruder, eine eigene Berufswahl und die Heirat mit dem nichtjüdischen tschechischen Juristen Dr. Josef David (* 1891; † 1962) durch. Auf Anraten des Bruders studierte sie von November 1918 bis März 1919 Landwirt-

Kafka mit seiner Lieblingsschwester Ottla um 1907.

schaft an einer landwirtschaftlichen Winterschule. Sie bewirtschaftete den Hof ihres Schwagers in → *Zürau*. Dort wohnte Kafka häufiger und las ihr aus eigenen Arbeiten vor. Neben → *Max Brod* und zuweilen auch → *Milena Jesenská* war Ottla für Kafka der einzige Mensch, dem er vollständig vertraute.
Während der Nazibesetzung ließ sie sich von ihrem Mann scheiden, um dessen Karriere nicht zu gefährden. In Theresienstadt, wohin sie die Nazis gebracht hatten, meldete sie sich Anfang Oktober 1943 freiwillig als Begleiterin eines Kindertransportes nach Auschwitz. Dort ist sie ermordet worden.

Valli Kafka
* 25. 9. 1890; † 1942 im KZ Auschwitz
Schwester Kafkas, war der Mutter am ähnlichsten
Valli war gütig, geduldig, bürgerlich, maßvoll, ein guter Gesprächspartner. Sie heiratete im Januar 1913 Josef Pollak, eine Heirat, der Kafka mit äußerster Reserve gegenüberstand.

Sören Kierkegaard
* 5. 5. 1813 Kopenhagen; † 11. 11. 1855 ebd.
Dänischer Theologe, Schriftsteller, Philosoph
Als Kafka Kierkegaards *Buch der Richter* im August 1913 las, schrieb er in sein Tagebuch: »Er bestätigt mich wie ein Freund.« Fünf Jahre später las er dann die Hauptwerke des dänischen Religionsphilosophen *Furcht und Zittern, Entweder–Oder* und die *Tagebücher 1833–1855*. In Kierkegaards Leben fand er Parallelen zu seinem eigenen. Kierkegaard war unglücklich verlobt mit Regine Olsen, er lebte wie Kafka auf der Grenze zwischen Einsamkeit und Gemeinschaft, war schwermütig, kontaktarm, selbstquälerisch und nervenschwach und versuchte, seine inneren Schwierigkeiten durch Schreiben zu überwinden. Später distanzierte sich Kafka allerdings von Kierkegaard. Im Oktober 1917 schrieb er in sein Tagebuch: »Kierkegaard ist ein Stern, aber über einer mir fast unzugänglichen Gegend ...«

Egon Erwin Kisch
* 29. 4. 1885 Prag; † 31. 3. 1948 ebd.
Tschechischer Journalist, Schriftsteller und Dramaturg
Er war Starreporter liberaler Blätter, Mitarbeiter kommunistischer und antifaschistischer Zeitungen in Berlin und später in Mexiko; er erhob die Form der Reportage zu literarischem Rang. Seine bekanntesten Reportagen sind »Aus Prager Gassen und Nächten« (1912), »Der rasende Reporter« (1925), »Abenteuer in fünf Kontinenten« (1936). Kisch gehörte zum → *Prager Kreis* und war durch seinen Bruder Paul mit Kafka bekannt geworden, mit dem er gelegentlich zusammentraf.
Kischs Reportagen sind subjektiv und soziologisch orientiert. Er nahm Partei für die radikale tschechische Linke und vertrat in seinen Schriften die Interessen der tschechischen Unterschicht.

Robert Klopstock
* 1899; † 1972
Den damals 21jährigen Medizinstudenten aus Budapest, einen verwaisten Juden, lernte Kafka im Sanatorium → *Matliary* kennen. Klopstock war an Tb erkrankt, er freundete sich mit dem Mitpatienten Kafka an, um den er sehr besorgt war. Er wurde von Kafka als groß, stark, rotbackig, selbstlos, zartfühlend

»Der rasende Reporter« Egon Erwin Kisch im Jahre 1936.

und klug geschildert. Für literarische Dinge zeigte er großes Interesse, Dostojewski und Jesus waren seine Vorbilder. Zusammen mit → *Dora Diamant* pflegte er den todkranken Kafka aufopfernd während seiner letzten Leidenstage im Sanatorium Kierling und erleichterte ihm das Sterben.

Klub Mladých

Tschechisch »Klub der Jungen«, gegründet 1909, eine Vereinigung verschiedener Jugendgruppen zur Propagierung sozialistischer Ideen

Dieser Klub veranstaltete z. B. eine Kundgebung gegen die Hinrichtung des Begründers der »Freien Schule«, Francisco Ferrer. Nach einem Bericht eines gewissen Kácha, der den Dichter persönlich kannte, soll Kafka an dieser Demonstration, die am 13. 10. 1909 stattfand, teilgenommen haben. Nach einer Veranstaltung über das Thema »Militarismus und Patriotismus« wurde der Klub am 10. 10. 1910 »wegen Propagierung antimilitaristischer und anderer staatsgefährdender Ideen« von der Prager Statthalterei aufgelöst. Falls Kafka an diesen Versammlungen überhaupt teilgenommen hat, was nicht bewiesen ist, so kann er dabei nicht sehr aktiv gewesen sein, sonst hätte er das für die Übernahme in den Staatsdienst vorgeschriebene »Wohlverhaltungszeugnis« nicht ohne jede Schwierigkeit erhalten.

Krieg

Am 2. 8. 1914 trug Kafka in sein Tagebuch ein: ». . . Deutschland hat Rußland den Krieg erklärt. – Nachmittags Schwimmschule.« Seine Kommentare zu den

Staatspräsident Tomáš Masaryk zieht am 21. 12. 1918, begleitet von tschechischen Legionären, in Prag ein.

politischen und militärischen Vorgängen in den Jahren 1914 bis 1918 sind ausgesprochen spärlich. So stellte er am 13. 9. 1914 lakonisch fest, er sei traurig über die Niederlagen der Österreicher. Doch von Anfang an war er davon überzeugt, daß die Mittelmächte in diesem Krieg den Sieg davontragen würden, denn der äußerst sparsame Kafka zeichnete Kriegsanleihen für 2000 Kronen. Militärische Dinge faszinierten ihn, er bewunderte Napoleon und hatte viel Sympathie für die Epoche der Reichsgründung. Das Soldatische spielt eine Rolle in seinen Erzählungen → *Ein altes Blatt*, → *Die Truppenaushebung*, → *Die Abweisung* und → *Beim Bau der Chinesischen Mauer*. Bei Kriegsausbruch fühlte er Haß auf die Kämpfenden, er stand dabei mit bösem Blick, fand die patriotischen Umzüge widerlich und wünschte den Kriegsteilnehmern »alles Böse«. Dieser leidenschaftliche Ausbruch darf aber nicht als Ausdruck einer pazifistischen Grundhaltung mißverstanden werden. Kafka haßte die Kämpfenden, weil er sie beneidete. Immer wieder spielte er mit dem Gedanken, Soldat zu werden, konnte sich aber doch nicht entschließen, sich freiwillig zu melden. Wie viele Intellektuelle seiner Generation erhoffte er sich vom Militärdienst eine neue soziale Sinngebung für sein Leben. Er wollte der »Beamtenhaftigkeit« seiner gegenwärtigen Existenz entfliehen, er suchte eine Lösung seiner inneren Spannungen. Am 21. 6. 1916 wurde Kafka, der sich schon vorsorglich schwere Militärstiefel gekauft hatte, gemustert und tauglich befunden zum »Landsturmdienst mit der Waffe«. Zwei Tage später reklamierte ihn aber die → *Arbeiter-Unfall-Versicherungs-Anstalt* als unabkömmlich, er wurde nicht zum Militär eingezogen, der Fluchtweg war versperrt.

Laurenziberg-Erlebnis
In den → *Er. Aufzeichnungen aus dem Jahre 1920* berichtet Kafka von einem Jugenderlebnis, das wahrscheinlich auf das Jahr 1898 zurückgeht. Er saß damals am Abhang des Laurenziberges in Prag, blickte zurück auf seine Jugend, die er als abgeschlossen betrachtete, und machte sich Gedanken über seine Lebensziele. Schon damals hatte er den Wunsch, durch literarische Werke die anderen von seiner Sicht der Welt zu überzeugen. Auch über die Art seiner erhofften literarischen Produktion entwickelte er bestimmte Vorstellungen. Er wollte das Leben in seiner realistischen, unverzerrten Wirklichkeit schildern, aber gleichzeitig als einen schwebenden, deutlich gesehenen Traum, also als eine realistisch gesehene Irrealität (→ *Traumstil,* → *Selbstverständnis als Schriftsteller*).

Paul Leppin
* 27. 11. 1878 Prag; † 1945 ebd.
Lyriker und Romancier
Er gehörte zum weiteren → *Prager Kreis*. Als das stilistisch überzeugendste Werk des »Königs der Prager Bohème« gilt sein Roman *Severins Gang in die Finsternis* (1914). Seine Stärke ist die stimmungsvolle Schilderung der Prager Atmosphäre um die Jahrhundertwende.

Joseph Freiherr von Eichendorff – Jugendbildnis – ca. 1809.

Lese- und Redehalle der deutschen Studenten

Liberale studentische Verbindung in → *Prag,* hervorgegangen aus der Studentenbewegung von 1848

Sie besaß ein Haus in der *Krakauerstraße* der Neustadt mit einer großen Bibliothek. Die Verbindung verteilte Gelder an mittellose Studenten und organisierte in ihren verschiedenen Fachsektionen anspruchsvolle Vortragsabende. Die Mehrzahl der Mitglieder bestand aus jüdischen Studenten, denen die Verbindung den Zugang zur liberalen deutschen Gesellschaft öffnete. 1903/04 wurde Kafka Kunstberichterstatter in der literarischen Sektion. Er benutzte die Gelegenheit, seine literarischen Kenntnisse zu vertiefen und seine sozialen Kontakte zu intensivieren. Auch → *Max Brod* war Mitglied.

Lieblingsgedichte Kafkas

Kafka liebte das Gedicht »In der Ferne« von Albert Graf von Schlippenbach (1806–1886), Eichendorffs »Abschied« und das Gedicht »In tiefer Nacht« des chinesischen Lyrikers Yan-Tsen-Tsai, in dem die Situation des Dichters geschildert wird, der mitten in der Nacht von seiner zornigen schönen Freundin gestört wird, die kein Verständnis hat für das Werk des Dichters. Kafka sah in diesem Gedicht seine eigene problematische Liebesbeziehung zu → *Felice Bauer* dargestellt. Ein anderes Lieblingsgedicht Kafkas war das Gedicht »Der Wanderer in der Sägemühle« von Justinus Kerner (1786–1862).

Alfred Löwy

* 1852; † 1923

Bruder von Kafkas Mutter, Eisenbahndirektor in Madrid

Kafka sagte, dieser Onkel sei ihm ». . . der nächste Verwandte, viel näher als die Eltern«. In geschäftlichen und beruflichen Schwierigkeiten fragte er ihn oft um Rat (→ *Prager Asbestwerke Hermann & Co.*).

Kafka mit seinem »Madrider Onkel«, Alfred Löwy, um 1905.

Jizchak Löwy
* 10. 9. 1887 Warschau; † wahrscheinlich 1942 im KZ Treblinka
Jiddischer Schauspieler
Er gastierte mit seiner ostjüdischen Truppe im Oktober 1911 in Prag. Nach einer Vorstellung lernte ihn Kafka kennen (→ *Jiddisches Theater*). Löwy hatte sein Elternhaus verlassen, um seine künstlerischen Pläne zu verwirklichen. Diese Entschiedenheit beeindruckte Kafka, der die Lebensgeschichte seines Freundes bruchstückhaft in seinem Tagebuch (→ *Tagebücher*) festhielt. Kafka beschrieb Löwy als einen kindlich unschuldigen, aber geradezu ununterbrochen begeisterten Menschen. Die Figur des Freundes in der Erzählung → *Das Urteil* erinnert in manchen Einzelheiten an Jizchak Löwy. Am 28. 10. 1913 schrieb Löwy an Kafka: »Sie waren doch der Einziger was war so gutt zu mir . . . , der einzige was hat zu meiner Seele gesprochen . . .«

Rudolf Löwy
* 1861; † 1921
Stiefbruder von Kafkas Mutter, Buchhalter am Košiřer Bräuhaus
Er lebte als Junggeselle mit seinem Vater zusammen, mit dem er verfeindet war, konvertierte zum Katholizismus. Kafka beschrieb ihn als schüchtern, geschwätzig, überfreundlich, hypochondrisch und künstlerisch begabt. Nach Meinung von Kafkas Vater, der Rudolf für einen lächerlichen Sonderling hielt, wurde Franz seinem Onkel immer ähnlicher.

Siegfried Löwy
* 1867; † 1942
Stiefbruder von Kafkas Mutter, Landarzt in → *Triesch*
Er war ein gebildeter Mann mit einer großen Bibliothek, Sonderling und Freiluftfanatiker, Pferde- und Motorsportnarr. Kafka besuchte den Onkel oft in den Semesterferien. Er nannte ihn den »Zwitscherer«, weil er »einen so unmenschlich dünnen, junggesellenmäßigen, aus verengter Kehle kommenden, vogelartigen Witz hat«. Er empfahl seinem Neffen die damals in Mode kommenden Naturheilsanatorien und betreute ihn medizinisch in dessen letzten Lebensjahren. Vor seinem Abtransport in das KZ Theresienstadt wählte Siegfried Löwy den Freitod.

Meran
Stadt in Südtirol, Provinz Bozen
Anfang April 1920 fuhr Kafka zur Kur nach Meran. Zuerst wohnte er im Hotel Emma, einem der ersten Häuser der Stadt. Da ihm diese Unterkunft zu teuer war, zog er um in die Pension Ottoburg in Untermais, südlich von Meran. Im Vergleich zu dem noblen Hotel hatte die Pension »etwas von einer Familiengruft, nein, das ist falsch, etwas von einem Massengrab«. Trotzdem fühlte er sich dort wohl. Er lobte die Weite der Landschaft, die Reinheit der Luft und die Intensität der Sonne, die er auf seinem Balkon genoß. Zuerst glaubte er, seine Krankheit besiegt zu haben, denn er konnte eine Gewichtszunahme feststellen, aber bald mußte er erkennen, daß keine Heilung möglich war: »Meran hat mir gesundheitlich nicht geholfen.«

Gustav Meyrink
* 19. 1. 1868 Wien; † 4. 12. 1932 Starnberg
Bankier, Schriftsteller, Mitarbeiter des »Simplicissimus«, gehörte zum → *Prager Kreis*
Sein bekanntestes Werk ist der Roman *Der Golem* (1915). Der Golem ist ein stummer, künstlicher Mensch aus Lehm (Golem = hebr. seelenlose Materie), der von frommen Meistern belebt und wieder zur Ruhe gebracht werden kann. Dem Hohen Rabbi Löw im Prag des 16. Jahrhunderts wurde die Herstellung eines Golem nachgesagt. In Meyrinks Roman überläßt sich der Erzähler einem Traum, in dem er sich in den Gemmenschneider Pernath im geheimnisvollen Prager Ghetto verwandelt. Die grotesk-phantastische Traumwelt, in der immer wieder die Gestalt des Golem auftaucht, läßt die Grenze zwischen Ich und Außenwelt zerfließen.
Für Meyrinks krasse Effekte hatte Kafka wenig übrig. Abgesehen von einer gewissen thematischen Verwandtschaft – beide Schriftsteller bezogen die Topographie der Stadt → *Prag* in ihre Werke ein – lassen sich keine Parallelen zwischen Kafka und Meyrink feststellen. Kafkas strenger → *Sprachstil,* die bevorzugte Verwendung der einsinnigen → *Erzählperspektive* und seine unverwechselbare Weltsicht unterscheiden seine Werke grundsätzlich von denen Meyrinks.

Robert Musil
* 6. 11. 1880 Klagenfurt; † 15. 4. 1942 Genf
Österreichischer Schriftsteller
In einem Brief an → *Felice Bauer* vom 14. 4. 1916 schrieb Kafka: »Heute war Musil – erinnerst Du Dich an ihn? – bei mir, Oberleutnant bei der Infanterie, krank und doch recht gut in Ordnung.« Musil hatte Kafka im Februar 1914 zur Mitarbeit an einer Zeitschrift, wahrscheinlich handelte es sich um »Die Neue Rundschau«, eingeladen. Im August-Heft dieser Zeitschrift rezensierte Musil Kafkas Erzählungen → *Der Heizer* und → *Betrachtung*. Er sah Kafka als »Spezialfall des Typus → *(Robert) Walser*« und schrieb im Zusammenhang mit der *Betrachtung* von »gewissenhafter Melancholie« und »Seifenblasen«. Den *Heizer* rügte er als »eigentlich kompositionslos«, lobte aber die moralische Zartheit und Naivität der Erzählung.

Muttersprache
Kafkas Eltern beherrschten die tschechische Sprache leidlich, aber sie empfanden eine Unterhaltung in dieser Sprache, die den ganzen Abend währte, doch als zu anstrengend. Der Vater sprach innerhalb der Familie oft tschechisch, auch mit den Angestellten, aber die Kafkas waren deutschsprachig, und Franz, der wie seine Geschwister zweisprachig aufwachsen sollte, erhielt bei einem tschechischen Mädchen, das die Eltern engagiert hatten, Tschechischunterricht. Nach 1909 erhielt er Tschechischunterricht bei einem Lehrer. Briefe in tschechischer Sprache pflegte er auch später noch seinem Schwager Josef David zur Korrektur vorzulegen.

Öffentliche Lesungen
Nur zweimal hat sich Kafka zu einem öffentlichen Vortrag seiner Werke entschließen können. Am 4. 12. 1912 las er auf Einladung von → *Willy Haas* in der Herder-Vereinigung seine Erzählung → *Das Urteil.* Am 10. 11. 1916 trug er in Anwesenheit von → *Felice Bauer* in der Münchener Galerie »Neue Kunst –

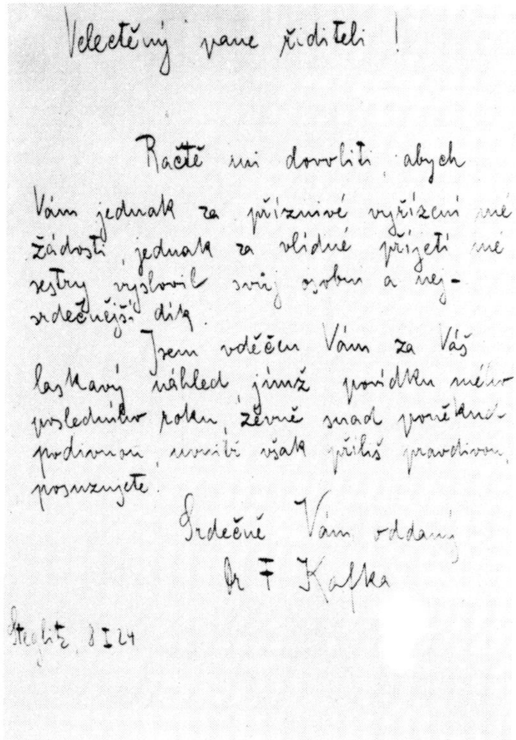

Velectěný pane řediteli!

Račte mi dovoliti, abych Vám jednak za příznivé vyřízení mé žádosti, jednak za vlídné přijetí mé sestry vyslovil svůj [illegible] a nejsrdečnější díky.
Jsem vděčen Vám za Váš laskavý náhled jímž povídku mého posledního roku, zevně snad poněkud podivnou, uvnitř však příliš pravdivou, posuzujete.

Srdečně Vám oddaný
Dr F Kafka

Steglitz, 8 I 24

Tschechischer Brief Kafkas vom 8. 1. 1924 – fünf Monate vor seinem Tod – an die Arbeiter-Unfall-Versicherung.

Hans Goltz« innerhalb eines Zyklus »Abende für neue Literatur« seine Erzählung → *In der Strafkolonie* vor.
Anwesende berichteten, sein Vortragsstil sei kühl und schmucklos gewesen, er sprach mit der harten Artikulation, die typisch war für das → *Prager Deutsch*. Das Publikum reagierte verständnislos oder war sogar schockiert. Kafka bezeichnete seine einzige öffentliche Lesung außerhalb Prags als einen »tatsächlich großartigen Mißerfolg«. Die Atmosphäre in der Galerie Goltz an jenem Abend beschreibt Max Pulver in seinen Erinnerungen: »Kafka saß auf einer Rampe am Vortragspult, schattenhaft, dunkelhaarig, bleich, eine Gestalt, die ihre Verlegenheit über die eigene Erscheinung nicht wirklich zu bannen wußte . . . Mit den ersten Worten schien sich ein fader Blutgeruch auszubreiten, ein seltsam fader und blasser Geschmack legte sich mir auf die Lippen . . ., messerscharf drangen seine Bilder in mich ein, Eisnadeln voller abgründiger Quälerei . . . Auch der Hörer . . . lag als Opfer auf dem wippenden Marterbrett, und jedes neue Wort ritzte als ein neuer Stachel die langsame Hinrichtung in seinen Rücken. Ein dumpfer Fall, Verwirrung im Saal, man trug eine ohnmächtige Dame hinaus.«

Das Pawlatsche-Erlebnis
Im → *Brief an den Vater* erinnerte sich Kafka an ein Erlebnis, das wahrscheinlich in die Zeit zwischen 1886 und 1889 zurückreicht. Damals bat der Junge in der Nacht seinen Vater um ein Glas Wasser. Dieser geriet über die Störung seiner Nachtruhe so in Wut, daß er seinen Sohn heftig bedrohte, ihn aus der Wohnung ausschloß und ihn auf dem Balkon (auf der »Pawlatsche«, tschech. palač) »... allein vor der geschlossenen Tür ein Weilchen im Hemd stehen ließ«. Diese rohe Bestrafung konnte Kafka als traumatische Erfahrung zeitlebens nicht verarbeiten. Sie verstärkte sein Ohnmachtsgefühl gegenüber Autoritäten und intensivierte sein Gefühl der Einsamkeit. Sie hinterließ auch in seinem Werk Spuren. So wird z. B. → *Karl Roßmann* (→ *Der Verschollene*) von seinen Ersatzeltern auf dem Balkon der Wohnung ausgesperrt. Gregor Samsa in der Erzählung → *Die Verwandlung* wird aus seiner Familie verdrängt, und der Vater entfernt Georg Bendemann (→ *Das Urteil*) gewaltsam aus der Wohnung.

Otto Pick
* 22. 11. 1887 Prag; † 25. 5. 1940 London
Lyriker, Erzähler, Kritiker, Redakteur der → *Prager Presse*
Pick übersetzte K. Čapek und Fr. Langer ins Deutsche, Spittler, → *Franz Werfel* und St. Zweig ins Tschechische. Pick kannte Kafka wahrscheinlich seit 1908, er gehörte zum → *Prager Kreis*. In seinen Rezensionen würdigte er Kafkas stilistische Reife, rühmte ihn als »Entdecker irdischer Gespenster« und sah in ihm einen neuen Kaspar Hauser.

Politik
In den Jahren von 1908 bis 1912 war Kafkas politisches Interesse besonders ausgeprägt. Damals besuchte er die Kundgebungen und Wahlversammlungen der bedeutendsten tschechischen Politiker und lernte die politischen Vorstellungen des Nationaldemokraten Dr. Kramář, des nationalen Sozialisten Klofáč und des Sozialdemokraten Dr. Soukoup kennen. Soukoup wandte sich gegen die Oberherrschaft der Deutschen in Böhmen. Der Vortrag dieses tschechischen Politikers über das amerikanische Wahlsystem am 1. 6. 1912 beeinflußte die Wahlszene in Kafkas Roman → *Der Verschollene*.
Möglicherweise besuchte Kafka in dieser Zeit auch den sozialistischen → *Klub Mladých* und die Veranstaltungen des politischen Vereins »Vilem Körber«, der gegen die politische und wirtschaftliche Unterdrückung der Arbeiterklasse kämpfte. Für eine gewisse Sympathie Kafkas für sozialistische Ideen spricht vielleicht auch die Tatsache, daß er Lily Brauns *Memoiren einer Sozialistin* besonders schätzte und dieses Buch auch in späteren Jahren seinen Freunden und Bekannten zur Lektüre empfahl. In den Jahren 1910 und 1911 las er regelmäßig das Organ der Realistenpartei »Čas« (Zeit), das der tschechische Politiker Tomáš G. Masaryk (1850–1937) begründet hatte. Diese Partei, die als Sammelbekken der Intellektuellen galt, forderte das allgemeine Wahlrecht auch für die Gemeinden und die Lösung der Nationalitätenfrage auf liberal-demokratischer Grundlage. Seit 1910 nahm Kafka häufiger an den Versammlungen der Realistenpartei teil. Gelegentlich tauchen in den Gesprächen → *Gustav Janouchs* mit dem Dichter und in den → *Oktavheften* Bemerkungen über politische Zusammenhänge auf. So erzählte Kafka Janouch (→ *Gespräche mit Kafka)*: »Der Kapitalismus ist ein System von Abhängigkeiten, die von innen nach außen, von außen nach innen, von oben nach unten und von unten nach oben gehen. Alles ist abhängig, alles ist gefesselt. Kapitalismus ist ein Zustand der Welt und der

Seele.« So schrieb Kafka (→ *Drittes Oktavheft* 1917): »Die Sorgen, mit deren Last sich der Bevorzugte gegenüber dem Unterdrückten entschuldigt, sind eben die Sorgen um Erhaltung der Bevormundung.«
Aber in späteren Jahren entzog sich Kafka immer mehr den politischen Ereignissen (→ *Krieg*).

Prag
Am Ausgang des 19. Jahrhunderts war die Hauptstadt Böhmens eine Stadt mit ca. 260000 Einwohnern. Dreißig Jahre später war die Einwohnerzahl auf 442000 angewachsen. Drei Völker, Tschechen, Deutsche und Juden, trafen in Prag aufeinander. Die Tschechen, die in der Überzahl waren, strebten ihre nationale Unabhängigkeit an. Sie nannten ihre Stadt »das goldene Prag«. Die Deutschen, ihr Anteil an der Gesamtbevölkerung betrug 1910 nur 7,3%, sprachen vom »hunderttürmigen Prag«, und für die Juden, um 1900 waren es etwa 26000, war Prag »die Mutter Israels«.
Die Deutschen hatten Schlüsselstellungen inne, sie waren bei den obersten Landesbehörden, in den freien Berufen, in den Direktionen der Banken und im Fabrikmanagement überproportional vertreten. Ihr bevorzugtes Wohngebiet war das Viertel zwischen Wenzelsplatz, Stadtpark und Graben. Die Juden galten als Angehörige des deutschen Kulturkreises. 1895 begann man mit der »Aussanierung« des alten jüdischen Ghettos, und 1905 waren der Abriß und der vollständige Neuaufbau des alten Stadtviertels, das jetzt »Josefstadt« genannt wurde, beendet. Kafka erzählte → *Gustav Janouch* (→ *Gespräche mit Kafka*): »In uns leben noch immer die dunklen Winkel, geheimnisvollen Gänge, blinden Fenster, schmutzigen Höfe, lärmenden Kneipen und verschlossenen Gasthäuser. Wir gehen durch die breiten Straßen der neuerbauten Stadt. Doch unsere Schritte und Blicke sind unsicher. Innerlich zittern wir noch, so wie in den alten Gassen des Elends. Unser Herz weiß noch nichts von der durchgeführten Assanation. Die ungesunde alte Judenstadt ist uns viel wirklicher als die hygienische neue Stadt um uns. Wachend gehen wir durch einen Traum: selbst nur ein Spuk vergangener Zeiten.«
Der Mittelpunkt der jüdischen Gemeinde war die Kultusgemeinde, die ihren Sitz im »Jüdischen Rathaus« hatte. Sie zog die Kultussteuer ein und verwaltete die neun Synagogen und fünfzehn kleineren Gebetshäuser in eigener Regie. Die Anlehnung der Juden an das liberale deutsche Großbürgertum wurde immer mehr zur »Assimilation«. Die Bedeutung des spezifisch jüdischen religiösen und kulturellen Lebens war im Schwinden begriffen (→ *Judentum*). Deutsche und Juden, die gemeinsam Wirtschaft und Kultur in Prag beherrschten, zogen immer wieder den Haß der tschechischen Mehrheit auf sich, der sich in heftigen Unruhen entlud. Kafka fühlte sich nach seinen eigenen Worten als »Halbdeutscher« und Angehöriger einer Minderheit fremd in dieser Stadt, er haßte Prag. In Wirklichkeit war »die geliebte, gefürchtete Stadt« für ihn zugleich Nährboden und Lebensraum, Schauplatz seines Lebens und seiner Dichtung.
Genaugenommen spielte sich sein Leben in einem Stadtviertel ab, das nicht mehr als einen Quadratkilometer umfaßte. Es war die Prager Altstadt und die Prager Josefstadt, ein Viertel, das gegenüber dem Hradschin liegt und das im Westen und Norden von der Moldau umgrenzt ist. Innerhalb dieses Planquadrats bewegten sich auch die häufigen Wohnungswechsel der Familie Kafka von der bescheidenen kleinen Wohnung am Wenzelsplatz 56 bis zur großen Wohnung im Oppelt-Haus in der Niklasstraße 36. Der Kleine Ring und die an-

Die Altneu-Synagoge und das jüdische Rathaus in Prag.

grenzenden Gassen, die »Durchhäuser« mit ihren malerischen Innenhöfen – das war die Umgebung, die dem jungen Kafka vertraut war. Erst als 31jähriger zog er aus der Familienwohnung aus und suchte sich ein eigenes Zimmer in der Bilekgasse 10. Später wohnte er in der Langen Gasse 18, im Haus »Zum goldenen Hecht«, 1916 in der Alchimistengasse, ein Jahr später im Schönborn-Palais. Am 1. 9. 1917, nach dem Ausbruch seiner schweren Krankheit, kehrte er in die elterliche Wohnung in der Niklasstraße zurück.
Prag ist als Hintergrund in seinen Dichtungen anwesend. In den Prosastücken des Erzählbandes → *Beschreibung eines Kampfes* läßt sich der Weg des Ich-Erzählers genau rekonstruieren. Er spaziert von der Prager Neustadt durch die Ferdinandstraße, über den Franzensquai, den Kreuzherrenplatz und über die Karlsbrücke zur Kleinseite und zum Laurenziberg. Die Brücke, die er in der Erzählung → *Das Urteil* erwähnt, ist die Cechbrücke, die Anhöhen sind die Kronprinz-Rudolf-Anlagen, und die Aussicht ähnelt dem Blick aus Kafkas Fenster in der Niklasstraße 36. Das Zimmer, ein Durchgangszimmer zwischen Wohnzimmer und Elternschlafzimmer, entspricht dem Zimmer Gregor Samsas in der Erzählung → *Die Verwandlung*, → *Josef K.* (→ *Der Prozeß*) wird in einem düsteren Mietshaus in der Prager Juliusstraße verhört, der Dom ist der St.-Veits-Dom auf dem Hradschin, und sein Weg zur Exekution führt von Kafkas Wohnung in der Nerudagasse über die Franzensbrücke zum Strachower Steinbruch auf dem

Die Karlsbrücke und die Altstadt von Prag um 1905.

Laurenziberg. Kafka sehnte sich immer wieder danach, Prag endgültig zu verlassen. Er suchte seine Unabhängigkeit in → *Zürau,* in → *Berlin,* sogar nach Palästina wollte er auswandern. Doch am Ende seines Lebens kehrte er zurück, Prag hatte ihn nicht »losgelassen«.

Prager Asbestwerke Hermann & Co.

Die Firma wurde von David Hermann, dem Mann von Kafkas Schwester → *Elli,* gegründet. Zeitweilig arbeiteten dort 25 Arbeiter an 14 modernen Maschinen. Auf Druck seiner Familie, die bei ihm Geschäftssinn und wirtschaftliches Interesse wecken wollte, wurde Kafka Teilhaber mit geliehenem Geld. Als wirtschaftliche Schwierigkeiten auftraten, zeigte es sich, daß Kafka überfordert war. Er litt an Angstzuständen und dachte an Selbstmord. 1917 mußte die Frabrik geschlossen werden. Die Vorwürfe → *Hermann Kafkas* gegenüber seinem Sohn wegen dessen Versagen vertiefte die Kluft zwischen beiden.

Prager Deutsch

Eine Stadtsprache ohne Mundarteinflüsse, die von den Deutschen und den deutschsprechenden Juden in Böhmen gesprochen wurde. Typisch war die Aussprache der Diphthonge ai, ei, äu, eu als ai. Die Schlußlaute b, d, g wurden ersetzt durch p, t, k. Zu den Eigenheiten dieser Umgangssprache gehörten folgende Abweichungen von der deutschen Hochsprache: »bis« trat an die Stelle von »sobald«, »trotzdem« ersetzte »obwohl«, »beiläufig« wurde im Sinn von »ungefähr« verwendet. Der Einfluß dieses kargen und strengen Idioms auf die Reinheit und Präzision von Kafkas → *Sprachstil* ist umstritten.

Prager Kreis
Ein loser Zusammenschluß von Prager Literaten, die sich persönlich nahestanden und die ähnliche Ziele vertraten. Zum »engeren« Prager Kreis gehörten → *Max Brod,* → *Franz Kafka,* → *Felix Weltsch* und → *Oskar Baum.* Sie besuchten sich gegenseitig in ihren Wohnungen, trugen einander ihre neuesten Arbeiten vor, übten freundschaftliche Kritik und halfen sich gegenseitig bei der Suche nach Publikationsmöglichkeiten. Nur ausnahmsweise traf man sich im Café Arco in der Hybernergasse, nahe dem alten Bahnhof, das erst → *Franz Werfel* und sein Anhang zu ihrem Stammlokal machten.
Zu diesem größeren Kreis gehörten außer den Genannten noch → *Paul Leppin,* → *Gustav Meyrink,* → *Otto Pick,* → *Rudolf Fuchs* und → *Egon Erwin Kisch.* Die Angehörigen dieses Kreises erstrebten eine Symbiose zwischen deutscher und tschechischer Kultur auf der Grundlage demokratischer, liberaler und sozialer Gesinnung. Ein weiteres gemeinsames Element der Zusammenarbeit war die Beschäftigung mit den Problemen des → *Judentums.* Die Auseinandersetzung mit der jüdischen Frage führte Werfel zum Katholizismus, Brod und Weltsch unterstützten den politischen → *Zionismus,* und auch Baum und Kafka hielten zeitweilig Kontakt zur nationaljüdischen Bewegung. In ihren Werken spielt ihre Heimatstadt → *Prag* eine bedeutende Rolle. Sie schilderten ihre Gegenwart und ihre Geschichte, ihre Schönheit und ihren Zauber, das Elend und den Glanz dieser Stadt.

Reise nach Friedland und Reichenberg
Vom 30. 1. bis ca. 12. 2. 1911 unternahm Kafka im Auftrag der → *Arbeiter-Unfall-Versicherungs-Anstalt* eine Dienstreise, die er in einem seiner → *Reisetagebücher* beschrieb. Seine Aufgabe war es, einzelne Industriebetriebe in die entsprechenden Gefahrenklassen einzureihen. Vielleicht war das winterliche Schloß in Friedland, das der Reisende genau beschrieb, eines der Modelle für das Schloß in Kafkas gleichnamigem Roman (→ *Das Schloß*).

Reise nach Lugano–Paris–Erlenbach
Vom 26. 8. bis zum 13. 9. 1911 reisten Kafka und → *Max Brod* über München, Zürich, Lugano und Mailand nach Paris. Besonderes Interesse fand der Louvre in Paris. Kafka war von Andrea Mantegnas Gemälde »La Sagesse victorieuse des Vices« sehr beeindruckt, das Putten mit Tierköpfen und die Verwandlung einer menschlichen Gestalt in einen Baum zeigt. Die Freunde besuchten eine Aufführung von Racines »Phèdre« in der Comédie Française und von Bizets »Carmen« in der Opéra Comique. Sie beschlossen, einen gemeinsamen Roman → *Richard und Samuel* zu verfassen (→ *Die erste lange Eisenbahnfahrt*). Am 13. September fuhr Kafka allein in ein Naturheilsanatorium in Erlenbach (Schweiz).

Reise nach Paris
Am 8. 10. 1910 fuhr Kafka mit Max und Otto Brod zum ersten Mal nach Paris. Im Jardin du Luxembourg besuchten sie die Théâtres de guignols. Außerdem besichtigten sie einen Grammophon-Salon. Wegen einer Krankheit fuhr Kafka am 17. Oktober nach Prag zurück.

Reise nach Riva
Max Brod und dessen Bruder Otto machten zusammen mit Kafka in der Zeit vom 4. bis zum 14. 9. 1909 eine Urlaubsreise nach Riva am Gardasee. Die

Freunde verlebten »die beschaulichsten Stunden« (Brod) im Strandbad in Riva, diskutierten mit einem Naturapostel und besuchten das Kastell Toblino. Die Topographie Rivas spielt eine Rolle in Kafkas Erzählung → *Der Jäger Gracchus*. Von Riva aus fuhren sie zum »Flugmeeting« nach Brescia (→ *Die Aeroplane in Brescia*).

Reise nach Weimar und Jungborn
Kafka unternahm gemeinsam mit Brod vom 28. 6. bis zum 19. 7. 1912 eine Ferienreise, die von Prag über Dresden nach Leipzig führte. In Leipzig arrangierte Brod ein Treffen Kafkas mit Ernst Rowohlt und → *Kurt Wolff*. »Rowohlt will ziemlich ernsthaft ein Buch von mir«, vermerkte Kafka. In Weimar besichtigte man Goethehaus, Schillerhaus, Liszthaus und die Fürstengruft. Kafka verliebte sich in Margarethe Kirchner, die Tochter des Hausmeisters am Goethehaus, und machte mit der Familie Kirchner einen Ausflug nach Tiefurt. Am 7. Juli reiste er allein weiter nach → Jungborn.

Religiosität
Nach der Lektüre der Geschichte vom Sündenfall im 1. Buch Mose schrieb Kafka in sein Tagebuch (Juni 1916): »Wüten Gottes gegen die Menschenfamilie«. Im Einklang mit der altjüdischen Tradition rechtet er mit Gott, dem er Gnadenlosigkeit vorwirft. Das Verbot, von der Frucht zu essen, bezeichnet er als unbegründet, die Bestrafung aller Beteiligten, Schlange, Frau und Mann, hält er für ungerecht. Auf der gleichen Linie liegt seine Reaktion nach dem Blutsturz, einem Vorfall, den er als Strafe betrachtete. Mit einem Zitat aus Wagners »Meistersingern« wendet er sich gegen Gott: »Ich hätt' ihn für feiner gehalten.« Kafka fühlt die Trennung zwischen Mensch und Gott, eine Trennung, die nach seiner Überzeugung auf den Sündenfall zurückgeht.
Er fand keine Zuflucht bei den positiven Religionen, weder beim orthodoxen → *Judentum* noch beim → *Christentum*. Nach seiner Meinung sind Priester und Riten nur Krücken für die Seele. Ohne Vertrauen zu etwas »Unzerstörbarem« kann der Mensch jedoch nicht leben, wenn ihm auch der Glaube an diesen unzerstörbaren Kern und an das Unzerstörbare selbst verborgen bleiben können. Nur ein solches Leben, das darauf gerichtet ist, das Unzerstörbare in sich zu befreien, verdient diesen Namen. Wer die beständige Beziehung zwischen sich und einer fernen »womöglich unendlichen Höhe oder Tiefe« fühlt, der muß nicht verzweifeln. Er braucht sich auch nicht nach der Erlösung im Tod zu sehnen. Der Tod gleicht dem Übergang von einer alten in eine neue Zelle, die man genauso hassen wird wie die alte. Doch »ein Rest von Glauben« läßt ihn darauf hoffen, daß der Herr einmal zufällig durch den Gang kommen wird, den Gefangenen sieht und sagt: »Diesen sollt ihr nicht wieder einsperren. Er kommt zu mir.«
Diese Wendung »Rest eines Glaubens«, die Kafka an zwei verschiedenen Stellen gebraucht, läßt ihn im Zusammenhang mit dem Gedanken an den Tod von Vertrauen, Versöhnung und »Rückkehr zum Vater« sprechen. Trotz aller Skepsis bemüht er sich, der Gnade, die er erhofft, ohne zu wissen, ob sie ihm zuteil wird, würdig zu sein durch Warten und Schauen. Diese Vorstellung relativiert er aber wieder, wenn er davon spricht, daß die Hoffnung nur standhalten könne, wenn man sie von einer gewissen Entfernung aus betrachtet. Daß er nicht zu allen Zeiten in der Gottesferne blieb, verrät eine Bemerkung in einem Brief an → *Felice Bauer*. Er klagt dort über einen starken Schmerz in der rechten Schulter, »der mich sogar zum Beten zwang ...«. Seinem Tagebuch vertraute er am 20. 7.

1916 ein sehr persönlich gehaltenes Gebet an, in dem der Verzweifelte Gott um Erbarmen bittet: »Erbarm dich meiner, ich bin sündig bis in alle Winkel meines Wesens. Hatte aber nicht ganz verächtliche Anlagen, kleine gute Fähigkeiten, wüstete mit ihnen, unberatenes Wesen, das ich war, bin jetzt nahe am Ende, gerade zu einer Zeit, wo sich äußerlich alles zum Guten für mich wenden könnte. Schiebe mich nicht zu den Verlorenen. Ich weiß, es ist eine lächerliche, in der Ferne und sogar schon in der Nähe lächerliche Eigenliebe, die daraus spricht, aber lebe ich einmal, so habe ich auch die Eigenliebe des Lebendigen, und ist das Lebendige nicht lächerlich, dann auch seine notwendigen Äußerungen nicht. – Arme Dialektik!«
Im Mai 1924, wenige Wochen vor seinem Tod, schickte Kafka einen Brief an den frommen Vater → *Dora Diamants,* den er um seine Einwilligung zur Heirat mit Dora bat. In diesem Brief schrieb er über seine religiöse Einstellung, er sei kein gläubiger Jude, aber ein »Bereuender«, ein »Umkehrender«. Ist diese Aussage wörtlich zu nehmen, oder ist sie für den frommen Adressaten berechnet?

Schelesen
Kleiner Ort an der Elbe, bei Liboch, nördlich von Prag
Nachdem Kafka 1918 an der spanischen Grippe und einer Lungenentzündung schwer erkrankt war, fuhr er zur Wiederherstellung seiner Gesundheit nach Schelesen. Dort wohnte er von Anfang November bis nach dem 16. November in der Pension »Stüdl«. Sein → *Brief an den Vater* wurde zum größten Teil in Schelesen geschrieben.

Selbstverständnis als Schriftsteller
Schreiben war für Kafka eine innere Notwendigkeit, er fühlte sich aus dem Leben hinausgedrängt, wenn er nicht die Möglichkeit zu literarischer Arbeit hatte: »Ich habe kein literarisches Interesse, sondern bestehe aus Literatur, ich bin nichts anderes und kann nichts anderes sein.« Seinen Beruf konnte er nur unter großen Schwierigkeiten mit seiner Existenz als Schriftsteller vereinbaren, und er wurde nicht müde, sein »schreckliches Doppelleben« zu beklagen. Den Sinn seines Lebens sah er in der Befreiung seiner inneren Welt durch den dichterischen Ausdruck, in der Darstellung seines »traumhaften inneren Lebens«. Literatur hatte für ihn eine geradezu therapeutische Bedeutung und Wirkung.
Die mangelnde Distanz zwischen Ich und Selbstausdruck (»... meine Geschichten sind ich ...«) erklärt die Nähe seines Schreibens zum Unbewußten. So schrief Kafka am 6. 8. 1914 in seinem → *Tagebuch:* »Von der Literatur aus gesehen ist mein Schicksal sehr einfach. Der Sinn für die Darstellung meines traumhaften inneren Lebens hat alles andere ins Nebensächliche gerückt und es ist in einer schrecklichen Weise verkümmert und hört nicht auf zu verkümmern. Nichts anderes kann mich jemals zufriedenstellen. Nun ist aber meine Kraft für jene Darstellung ganz unberechenbar, vielleicht ist sie schon für immer verschwunden, vielleicht kommt sie doch noch einmal über mich, meine Lebensumstände sind ihr allerdings nicht günstig.« Wie eine Geburt erlebte er die Niederschrift seiner Erzählung → *Das Urteil;* er sprach von hellseherischen Zuständen, von erregenden Momenten der Inspiration, in denen sich eine tiefere, ihm nicht vollständig zugängliche Schicht seines Wesens löste. Nur in dieser Zeit der »Erhebung« fühlte er sich imstande, seine innere Fülle zu gestalten und sich in vollkommenen Sätzen zu befreien. Im Grunde sind seine Dichtungen unbewußt ablaufende Monologe, in denen er sich ursprünglich vor der Person rechtfertigen wollte, mit der er in Haßliebe verbunden war, seinem Vater.

Seine literarische Arbeit war ein Versuch, gegenüber seinem Vater Unabhängigkeit und Selbständigkeit zu gewinnen. Unter anderen Voraussetzungen galt das auch gegenüber → *Felice Bauer.* Durch sein Schreiben wollte er sich innerlich läutern, um ihrer würdiger zu werden.
Seine schriftstellerische Arbeit war ihm ein Mittel zur Herstellung von Beziehungen zur Gemeinschaft überhaupt; sein unsicheres, nebelhaftes Bewußtsein sollte dadurch klar und frei werden. So war Schreiben für Kafka ein Weg zur Selbstverwirklichung, aber auch ein Ersatz für sein ungelebtes Leben. Die Selbstbezogenheit seines Schreibens war ein Versuch, andere Menschen an der Lösung seiner Probleme zu beteiligen. In einer Art Probehandeln und Simulationstechnik spielte Kafka die Konflikte seines Lebens und die möglichen Problemlösungen durch. So experimentierte er mit der Lebensform des Kaufmanns in verschiedenen Erzählungen (→ *Kaufmannsfiguren*), die Existenz des Schriftstellers war ein Thema, das ihn intensiv beschäftigte (→ *Künstlerfiguren*), und im Roman → *Der Verschollene* werden die Probleme eines Auswanderers »durchgespielt«.
Überkritisch seinem eigenen Tun gegenüber, erkannte Kafka Realitätsverlust, Genußsucht und Eitelkeit als Gefahren für seine literarische Arbeit, der er ein hohes Ziel setzte: Literatur hat für ihn eine »prophetische Aufgabe«, sie ist eine höhere Form der Beobachtung, sie führt das Zufällige zum Gesetzmäßigen, sie dient der Erkenntnis der Wahrheit, sie ist eine »Form des Gebets«. Diesem hohen Anspruch eines Priester-Künstlertums konnte Kafka nach seiner eigenen Einschätzung nicht genügen. Für ihn war die Erzählung *Das Urteil* Durchbruch, Höhepunkt und zugleich Abschluß seiner literarischen Arbeit. Die frühen Werke betrachtete er als problematisch, die nachfolgenden hielt er nicht für überzeugend (→ *Testament und literarischer Nachlaß*).

August Strindberg
* 22. 1. 1849 Stockholm; † 14. 5. 1912 ebd.
Schwedischer Dichter
In den Jahren 1914 und 1915 las Kafka den »ungeheuren Strindberg«. Der Roman des schwedischen Dichters *Am offenen Meer* versetzte ihn in einen »besseren Lebenszustand«. Die Fabel dieses Romans erinnerte ihn in gewisser Weise an seine eigene schwierige Beziehung zu → *Felice Bauer:* Der Held, der seinen Trieben verfallen ist, verlobt sich mit einem geistig unbedeutenden Mädchen, das ihn betrügt. Verbittert zieht er sich in die Einsamkeit zurück und setzt seinem Leben selbst ein Ende. Strindbergs Figuren leiden an ihrer psychischen Labilität und an ihrer Kontaktschwäche, sie können – ähnlich wie Kafka selbst – nicht ohne Menschen und nicht mit ihnen leben.

Tatranské Matliary
Lungensanatorium in der Hohen Tatra (heute: ČSSR)
Am 18. 12. 1920 reiste Kafka an diesen deutschsprachigen Höhenkurort. Während seines Aufenthaltes litt er unter schweren Herzbeschwerden, Fieberanfällen und Erkältungen. Anfang Februar machte er die Bekanntschaft von → *Robert Klopstock.* Da er auch dort keine Heilung für seine Lungentuberkulose fand, fuhr Kafka im August 1921 wieder zurück nach Prag.

Testament und literarischer Nachlaß
In Kafkas Schreibtisch fand → *Max Brod* zwei Zettel mit letztwilligen Verfügungen. Auf einem mit Bleistift geschriebenen Blatt forderte Kafka seinen Freund

Kafka (vorne rechts) mit anderen Patienten in der Hohen Tatra.

auf, alle seine Werke, Briefe und Manuskripte mit Ausnahme der Bücher → *Das Urteil*, → *Der Heizer*, → *Die Verwandlung*, → *In der Strafkolonie*, → *Ein Landarzt*, → *Ein Hungerkünstler* und → *Betrachtung* zu vernichten. Auf einem anderen Zettel, der mit Tinte geschrieben war, verfügte Kafka die Vernichtung aller seiner Werke, Briefe und Manuskripte. Brod hielt den Bleistift-Zettel für die ältere Verfügung. Es ist aber nicht unwahrscheinlich, daß er sich bei der Datierung getäuscht hat. Der Tinten-Zettel könnte aus den letzten Januar- oder Februartagen des Jahres 1922 stammen, der andere aus dem Oktober 1921. Kafka wollte die von ihm selbst veröffentlichten Werke retten, die anderen, die er nicht vollenden konnte, sollten vernichtet werden. Brod erfüllte diesen Wunsch nicht und rettete den literarischen Nachlaß Kafkas.

Im Nachwort zur ersten Ausgabe des Romans → *Der Prozeß* gab er Auskunft über seine Beweggründe. Weil er Kafka zu dessen Lebzeiten informiert hatte, daß er diese Bitte nicht erfüllen werde, hätte dieser einen anderen Testamentsvollstrecker bestimmen müssen, wenn er die Vernichtung seiner Werke ernsthaft gewollt hätte. Im Widerspruch zu seinem letzten Willen hatte Kafka zu seinen Lebzeiten selbst die Zustimmung zur Veröffentlichung einiger Erzählungen gegeben. So kommentierte Walter Benjamin (»Literarische Welt«, 1929): »Die Scheu des Autors vor der Publizierung seines Werks entsprang der Überzeugung, es sei unvollendet – und nicht der Absicht, es geheim zu halten. Daß er von dieser seiner Überzeugung sich in der eigenen Praxis leiten ließ, ist genauso verständlich, wie daß sie für den anderen, seinen Freund, nicht galt . . . (Kafka) hat nicht nur gewußt: ich habe selbst zugunsten des in mir noch Ungewordenen das, was geworden ist, zurückzustellen, er wußte auch: der andere wird es retten und mich von der Gewissenslast befreien, dem Werk das Imprimatur selber ge-

ben oder es vernichten zu müssen ... Jawohl, nichts anderes sprechen wir hier aus und fügen zu: die echte Treue gegen Kafka war, daß dies geschah.«
Der Hauptgrund für Brod aber war die Erkenntnis, daß der Nachlaß Kafkas »das Beste, was er geschrieben hat, enthält«. In den Kriegswirren und schon vorher gingen zahlreiche Briefe, Archive und Dokumente verloren. Nach dem 2. Weltkrieg übergab Brod, der schon 1924 den gesamten Nachlaß gesammelt hatte, die erhaltenen literarischen Dokumente zuerst der Schocken Bibliothek in Tel Aviv und 1962 der Familie Kafka, die sie dann der Bodleian Library in Oxford zur Verfügung stellte.

Triesch
Kleines Landstädtchen bei Iglau in Mähren, etwa 120 km südöstlich von Prag (ČSSR)
Dort wohnte Kafkas Lieblingsonkel → *Siegfried Löwy*. Kafka verbrachte seine Ferien seit 1902 häufig in Triesch. Dort fuhr er Motorrad (Laurin & Klement, Baujahr 1903), badete im Teich, ging mit einer Freundin spazieren, half beim Heuen und Viehhüten, spielte Billard, machte lange Spaziergänge und besuchte auch die Synagoge.

Johannes Urzidil
* 3. 2. 1896 Prag; † 2. 11. 1970 Rom
Lyriker, Romancier, Journalist
Er heiratete 1922 Gertrud Thieberger, eine Jugendfreundin Kafkas, trat in enge Freundschaftsbeziehungen zur Familie Kafka. Bei der Prager Totenfeier hielt Urzidil die »Rede zum Ehrengedächtnis Kafkas«.

Ernst Weiß
* 28. 8. 1884 Brünn; † im Juni 1940 Paris
Schriftsteller und Arzt
Er schrieb u.a. die Romane *Die Galeere* (1913) und *Der arme Verschwender* (1936). Kafka lernte Weiß am 28. 6. 1913 kennen und fühlte sich ihm als westeuropäischem Juden »gleich nahe«. Er studierte an der Prager Universität und nahm am kulturellen Leben der → *Lese- und Redehalle* teil. Seit 1913 lebte er als freier Schriftsteller in Berlin. Dort machte er im Dezember des gleichen Jahres die Bekanntschaft von → *Felice Bauer*. Er warnte Kafka vor einer Ehe mit Felice. Bei der Auflösung der Verlobung am 12. 7. 1914 im Berliner Hotel »Askanischer Hof« war Weiß anwesend. Anschließend verbrachte er seinen Sommerurlaub zusammen mit Kafka an der Ostsee. 1933 emigrierte Weiß nach Paris und wählte beim Herannahen der deutschen Truppen den Freitod.

Felix Weltsch
* 6. 10. 1884 Prag; † 9. 11. 1964 Jerusalem
Schriftsteller und Philosoph
Er gehörte als Freund Kafkas zum engeren → *Prager Kreis*. Weltsch war Redakteur der Wochenschrift → *Selbstwehr*. Zusammen mit → *Max Brod* schrieb er eine philosophische Abhandlung »Anschauung und Begriff. Grundzüge eines Systems der Begriffsbildung« (1913). In der »verschwommenen Vorstellung« sahen die Autoren die Ausgangsbasis für jede Begriffsbildung und setzten sich mit dieser Idee in Widerspruch zu den philosophischen Lehren → *Franz Brentanos*. Weltsch emigrierte nach Palästina und wurde Direktor der Universitätsbibliothek in Jerusalem.

Franz Werfel
* 10. 9. 1890 Prag; † 26. 8. 1945 Beverly Hills/USA
Österreichischer Schriftsteller
Seit 1911 bestand zwischen Werfel und Kafka ein enger Kontakt. Kafka kam auch gelegentlich zu den Zusammenkünften Werfels und seiner Freunde ins Café Arco (→ *Prager Kreis*). Man unternahm nächtliche Wanderungen auf den Hradschin, machte gemeinsame Ausflüge in die Prager Umgebung, debattierte über alte und neue Lyrik und bewunderte die Rezitationen Werfels, der aus seinem Gedichtband »Der Weltfreund« (1912) vorzutragen pflegte. Kafka fand Werfel sympathisch und begeisterte sich für seine Lyrik. Heimlich beneidete er ihn um seinen großen literarischen Erfolg und haßte das »Ungeheuer«. Das Dramenfragment Werfels »Die Riesin« beeinflußte nach Kafkas eigenen Angaben seine Erzählung → *Das Urteil*. Werfel war später Lektor des Kurt Wolff Verlags und betreute Kafkas Veröffentlichungen in der Reihe »Der jüngste Tag«. In einer Tagebuchnotiz vom 8. 4. 1914 beschrieb Kafka Werfel: »Heute im Kaffeehaus mit Werfel. Wie er von der Ferne beim Kaffeehaustisch aussieht. Geduckt, selbst im Holzsessel halb liegend, das im Profil schöne Gesicht an sich gedrückt, vor Fülle (nicht eigentlicher Dicke) fast schnaufend, ganz und gar unabhängig von der Umgebung, unartig und fehlerlos. Die hängende Brille erleichtert durch ihre Gegensätzlichkeit das Verfolgen der zarten Umrißlinien des Gesichtes.«

Der Schriftsteller Franz Werfel.

Julie Wohryzek
* 28. 2. 1891 Prag; † wahrscheinlich in den dreißiger Jahren in der Heil- und Pflegeanstalt Weleslawin bei Prag
Sie war die Tochter eines Schusters und Gemeindedieners an der Synagoge im Prager Vorort Königliche Weinberge. Im Januar oder Februar 1918 machte sie die Bekanntschaft Kafkas in der Pension Stüdl in → *Schelesen*. Julie wurde als zurückhaltend, bescheiden, still und sehr empfindsam beschrieben. In Prag betrieb sie einen kleinen Modesalon. Kafka verlobte sich im Sommer des gleichen Jahres mit ihr, obwohl sein Vater diese Verbindung mißbilligte, weil er die Tochter eines Gemeindedieners nicht als standesgemäß betrachtete. Als Kafka im folgenden Jahr → *Milena Jesenská* kennenlernte, löste er die Verlobung auf. »Ich war vor lauter Klarheit nicht einmal mitleidig . . . abscheulich ist es, Henkersberuf ist es.«

Kurt Wolff
* 3. 3. 1887 Bonn; † 21. 10. 1963 Ludwigsburg
Verleger
Wolff trat 1908 als Verleger in den Ernst Rowohlt Verlag in Leipzig ein. Ab Februar 1913 nannte sich der Verlag »Kurt Wolff Verlag«. Durch Vermittlung → *Max Brods* traf sich Kafka am 29. 6. 1912 in Leipzig mit Wolff, Walter Hasenclever, Kurt Pinthus und Graf Bassewitz. »Schweigsam, linkisch, zart, verwundbar, verschüchtert wie ein Gymnasiast vor den Examinatoren«, so charakterisierte Wolff Kafka. Umgekehrt bezeichnete Kafka seinen Verleger als liebens-

Kurt Wolff, Kafkas wichtigster Verleger.

würdigen, wunderschönen, etwa 25jährigen Menschen mit einer schönen Frau, einigen Millionen und wenig Verlegersinn. Das Verhältnis zwischen beiden blieb trotz einiger wohlformulierter Briefe, die gelegentlich gewechselt wurden, höflich distanziert, sie sahen sich im Lauf ihrer Beziehungen höchstens dreimal. Kafka publizierte im »Kurt Wolff Verlag« insgesamt sechs Bücher: → *Das Urteil,* → *Der Heizer. Ein Fragment.,* → *Die Verwandlung,* → *Betrachtung* (Titelauflage, 2. Ausgabe von 1915), → *Ein Landarzt* und → *In der Strafkolonie.* Wolff emigrierte 1933 über Frankreich und Italien nach New York. Dort gründete er 1942 den Verlag »Pantheon Books, Inc.«.

Zionismus

In einem Brief an → *Grete Bloch* vom 2. 6. 1914 schrieb Kafka: »Ich bewundere den Zionismus und ekle mich vor ihm.« Sein Verhältnis zu dieser nationaljüdischen Bewegung, die die Lösung der Judenfrage nicht durch Assimilation, sondern durch Gründung eines eigenen jüdischen Staates in Palästina anstrebte,

Theodor Herzl, das Haupt der Zionistischen Bewegung, hier während des 6. Zionistischen Kongresses 1903 in Basel.

war zwiespältig. Er lehnte das Polemische und Agitatorische des Zionismus ab, aber er besuchte am 5. 9. 1913 den elften Zionistenkongreß in Wien (»Die richtige Anknüpfung fehlt mir«), war Mitglied des zionistisch orientierten »Vereins jüdischer Beamter«, spendete 1914 für den jüdischen Nationalfonds (für die Kolonisation Palästinas) und begrüßte die neuen jüdischen Siedlungen in diesem Land. Er spielte selbst mit dem Gedanken, dorthin zu reisen, und lernte zu diesem Zweck eigens hebräisch. Er vertrat eine nicht-assimilatorische, nationaljüdische Einstellung und las in späteren Jahren zahlreiche Bücher zur Judenfrage. Mit den Deutschen in Prag identifizierte er sich nicht mehr. Er fühlte sich als Jude, der durch Sprache und Erziehung mit der deutschen Kultur verbunden war.

Zuckmantel
Kleinstadt im ehemals österreichischen Teil Schlesiens, gehört heute zur ČSSR
Im Sommer 1905 und noch einmal 1906 fuhr Kafka in ein Sanatorium in Zuckmantel. Dort verliebte er sich in eine Frau. Über diese Liebesbeziehung (» . . . Sie eine Frau und ich ein Junge . . . «) ist nichts Näheres bekannt. In einem Brief an → *Felice Bauer* vom 18. 5. 1913 schrieb Kafka: »Geliebt, daß es mich im Innersten geschüttelt hat, habe ich vielleicht nur eine Frau, das ist sieben oder acht Jahre her.« Kafkas erstes Liebeserlebnis in Zuckmantel ist der Hintergrund des Prosafragments → *Hochzeitsvorbereitungen auf dem Lande*. In der Gestalt der Titelfigur Raban verspottet er sein eingeschränktes Prager Leben. Vielleicht war die unbekannte Geliebte Modell für die Figur der Betty, von der der Autor als einem »ältlichen, hübschen Mädchen« spricht.

Zürau
Kleines Dorf im Nordwesten der heutigen ČSSR, ca. 50 km östlich von Karlsbad
Dort bewirtschaftete → *Ottla Kafka* den Hof ihres Schwagers. Vom September 1917 bis April 1918 erholte sich Kafka bei seiner Schwester auf dem Land. Seine Vorgesetzten hatten ihm nach dem Ausbruch seiner Krankheit einen dreimonatigen Erholungsurlaub bewilligt. In dem kleinen Dorf führte Kafka ein idyllisches Leben in ländlicher Abgeschiedenheit. Er half ein wenig in der Landwirtschaft, soweit das seine angeschlagende Gesundheit zuließ, las wenig, hatte kaum Besuch und wurde von seiner Lieblingsschwester umsorgt.

Werk

Der absolute Anfang

Charakteristisch für viele Prosatexte Kafkas ist der unvermittelte Beginn der Erzählung ohne Einbeziehung der Vorgeschichte. Die Voraussetzungen der berichteten Vorgänge werden erst im Fortgang des Erzählens deutlich gemacht. Besonders deutlich zeigen dies etwa die Textanfänge: »Als Gregor Samsa eines Morgens aus unruhigen Träumen erwachte, fand er sich in seinem Bett zu einem ungeheueren Ungeziefer verwandelt« (→ *Die Verwandlung*); »Jemand mußte Josef K. verleumdet haben, denn ohne daß er etwas Böses getan hatte, wurde er eines Morgens verhaftet« (→ *Der Prozeß*).

Die Abweisung

Prosastück, entstanden 1906, erstmals veröffentlicht unter dem Sammeltitel → *Betrachtung* ohne eigene Überschrift als Nr. VII in der Zweimonatsschrift → *Hyperion* (1. Bd., Heft 1, Jan./Febr. 1908)

Der Text besteht aus einem fiktiven Dialog zwischen dem Erzähler und einem schönen Mädchen, das vorübergeht. Das Mädchen will ihn nicht kennenlernen, weil er nicht ihrem hochfliegenden Ideal entspricht. Sie träumt von einem Herzog oder von einem gutgewachsenen, weitgereisten und sportlichen Amerikaner. Der Erzähler versucht dieser Abweisung zuvorzukommen, indem er die Erscheinung des Mädchens an seinen eigenen Erwartungen mißt: sie ist weder reich, noch körperlich makellos. Da es keinen wirklichen Dialog gibt, gibt es auch keine wirkliche Abweisung. Das gefährdete Ich kann sich erleichtert auf sich selbst zurückziehen.

Die Abweisung

Erzählung, entstanden 1920, erstmals veröffentlicht in *Beschreibung eines Kampfes*. Novellen, Skizzen, Aphorismen. Aus dem Nachlaß. Herausgegeben von → *Max Brod* in Gemeinschaft mit → *Heinz Politzer,* Prag 1936

Der Erzähler, der sich als Sohn eines Hufschmieds zu den »bürgerlichen Leuten« rechnet, berichtet von den Verhältnissen in seinem Städtchen, das weder geographisch noch historisch näher bestimmt ist. Im Auftrag der Regierung wird das Städtchen von einem Oberst beherrscht, der mit Hilfe seiner Soldaten regiert und jede Veränderung verhindert. Ab und zu erfüllt der Offizier, von dem niemand weiß, ob er überhaupt legitimiert ist, die Herrschaft auszuüben, einige kleinere Bitten seiner Untertanen. Aber Hilfeersuchen in Fällen großer Not, die ihm von einer Abordnung der Bürger vorgetragen werden, pflegt er kurz und bündig abzulehnen. Merkwürdigerweise scheinen die Bürger diese immer wiederkehrende Abweisung in Ordnung zu finden und sogar ein wenig zu genießen. Nur die jungen Leute sind unzufrieden über die herrschenden Verhältnisse.

Gewisse Ironiesignale – die Soldaten sind der Schrecken, aber auch die Lust der Kinder, der Oberst atmet bei der Abweisungszeremonie wie ein Frosch – machen deutlich, daß die Erzählung als Satire verstanden werden kann. Der blinde Gehorsam der Völker der k. und k. Monarchie, die ihre fragwürdige Herrschaft über den Vielvölkerstaat auf mythische Vorstellungen und geheiligte Zeremonien gründet, wird der Lächerlichkeit preisgegeben. Der Schluß macht die Ironie besonders deutlich. Der Erzähler erweckt den Eindruck, als ob er vom Standpunkt der herrschenden Meinung aus den jungen Burschen, die mit Recht

unzufrieden sind, jedes tiefere Verständnis für politische Zusammenhänge abspreche.
Deutungen:
1. Das Thema der Geschichte ist die Unantastbarkeit der Gesetze.
2. In diesem Text wollte der Autor seine Zweifel an jeder Erkenntnismöglichkeit zum Ausdruck bringen.
3. Der Oberst verkörpert die Gestalt Jahwes.

Die Aeroplane in Brescia
Reportage, entstanden 1909, Erstdruck (gekürzt) in → *Bohemia* (82. Jg., Nr. 269, 26. 9. 1909), vollständig abgedruckt in → *Max Brod, Franz Kafka,* Prag 1937, S. 269–280
Auf ihrer → *Reise nach Riva* im September 1909 machten Kafka, Max Brod und dessen Bruder Otto einen Abstecher nach Brescia, wo ein »Flug-Meeting« stattfand. Kafka, der sich für technische Dinge sehr interessierte, wurde von seinem Freund aufgefordert, über die Ereignisse in Brescia einen Artikel zu verfassen.

Das erste aviatische Meeting bei Monaco 1909.

Am Flugwettbewerb nahmen die Piloten Rougier, Curtiss, Moucher und Blériot teil. Den Preis von 30000 Lire gewann Curtiss. Unter dem eleganten Publikum entdeckten die Freunde Puccini und d'Annunzio. Kafkas Artikel ist wahrscheinlich die erste Beschreibung eines Flugzeugs in der deutschen Literatur.

Eine alltägliche Verwirrung
Erzählung, entstanden am 21. 10. 1917, Erstdruck aus dem Nachlaß in *Beim Bau der Chinesischen Mauer,* Berlin 1931. Brod gab der Geschichte einen falschen Titel: statt *Verwirrung* steht in der Handschrift *Heroismus.*

Zwei Geschäftsleute, A. und B., wollen sich zum Abschluß eines Geschäfts in H. treffen. A., aus dessen Perspektive erzählt wird, macht sich zur Vorbesprechung nach H. auf. Er braucht für den Hin- und Rückweg je zehn Minuten. Am nächsten Tag soll das Geschäft endgültig abgeschlossen werden, jetzt braucht A. nach H. aber zehn Stunden. B. ist inzwischen in das Dorf gegangen, in dem A. wohnt. A. kehrt in sein Haus zurück, wo B. auf ihn gewartet hat. A. läuft die Treppe hinauf, stürzt so unglücklich, daß er nicht weiter kann, und hört nur noch die Schritte B.s auf der Treppe, der wütend davoneilt.
Das Thema der Erzählung ist die mißlungene Verständigung. A., dessen Ziel es ist, B. zu begegnen, erlebt, wie seine unbewußten Vorstellungen seine bewußten Aktionen hemmen. Zweimal zeigt sich in seinem Verhalten eine ähnliche Reaktion. Weil er ungeduldig ist, ignoriert er zuerst einmal B., der im Hausgang auf ihn wartet. Seine zweite »Fehlleistung« (Freud) ist der Sturz auf der Treppe. Die Diskrepanz zwischen seinen bewußten und seinen unbewußten Wünschen verhindert den Abschluß des geplanten Geschäfts. So gesehen ist auch die merkwürdige Zeitdehnung von zehn Minuten auf zehn Stunden ein Ausdruck seiner unbewußten Einstellung: A. lehnt die merkantile Seite seines eigenen Wesens ab (→ *Kaufmannsfiguren*). In den vergeblichen Anstrengungen des A. ist gleichsam das Verhalten der Helden in der klassischen Tragödie parodiert. Die Elemente der Tragödie, der Sturz des Helden, dessen Schuld und die tragische Ironie, sind in satirischer Weise auf die Ebene eines alltäglichen Heroismus transponiert.

Ein altes Blatt

Erzählung, Entstehungszeit März 1917, Erstdruck in der Zweimonatsschrift »Marsyas« (1. Heft, Juli/Aug. 1917)
Der im Manuskript überlieferte Titel *Ein altes Blatt aus China,* der vom Autor selbst gekürzt wurde, suggeriert ein aus der Vergangenheit überliefertes Dokument, in dem eine bedrohliche Situation beschrieben und festgehalten wurde. In ein nicht näher bezeichnetes »Vaterland« sind wilde Nomaden aus dem Norden eingedrungen. Der Berichtende, ein Schuster, schildert die Eindringlinge als schmutzige, sprachlose, gierige und rohe Krieger. Vom kaiserlichen Palast wurden sie angelockt. Niemand, weder der stumm resignierende Kaiser noch die Bürger, kann die zerstörerischen Horden wieder vertreiben.
Man könnte den Text verstehen als Schilderung des Versagens gegenüber der Bedrohung des Staates durch anarchische Gewalt von außen. Der Regierung und den Bürgern gelingt es nicht, sich gegen die Feinde zu behaupten, weil sie sich nicht mit ihrer Gemeinschaft identifizieren.
Deutungen:
1. Der Hinweis auf die Reiter, die sich in einer Sprache verständigen, die wie »Dohlengekrächze« klingt (Kafka = tschech. Dohle), ist eine zeichenhafte Andeutung, daß das Thema der parabolischen Skizze der zerstörerische Einbruch der Kunst in die bürgerliche Existenz Kafkas ist (→ *Selbstverständnis als Schriftsteller*).
2. Im Sinne → *Siegmund Freuds* verkörpern die Bürger das »Ich«, der Kaiser das Über-Ich, die Nomaden die Instanz des »Es«. Dem Ich mißlingt die psychische Integration in dieses Spannungsfeld (→ *Psychologische Deutung*).
3. Eine andere Interpretation nimmt den Ausdruck »Vaterland« als Land des Vaters wörtlich und verweist auf den folgenreichen Konflikt zwischen Kafka und seinem Vater (→ *Hermann Kafka;* → *Vaterfiguren*).

Amalia
Schwester des → *Barnabas* im Romanfragment → *Das Schloß,* wird als ehrlich, klug und tapfer geschildert, schneidert für die Vornehmen des Dorfes. Amalia wagt es, einen obszönen Antrag des Schloßbeamten Sortini abzulehnen, indem sie dessen Brief vor den Augen des Boten zerreißt. Diese Reaktion wird von den Dorfbewohnern als Beleidigung der Schloßverwaltung aufgefaßt. Sie strafen die Familie mit Verachtung und sozialer Diskriminierung. Die daraus resultierende Not ihrer Angehörigen versucht sie in selbstloser Weise zu lindern. In der Ablehnung des Schlosses und seiner Beamten bleibt sie unerschütterlich.

Amerika
In seinem Tagebuch nannte Kafka den Roman → *Der Verschollene.* Unter dem Titel *Amerika* wurde das Werk von → *Max Brod* bei → *Kurt Wolff* in München 1927 zum ersten Mal veröffentlicht.

Antimärchen
Bei einigen Erzählungen läßt sich eine gewisse Verwandtschaft mit dem Märchen feststellen. So kann z.B. die Erzählung → *Die Verwandlung* als Kontrafaktur zum Märchen »Hänsel und Gretel« verstanden werden. (Gleiche Familiengruppierung, die Kinder werden nach ihrem wirtschaftlichen Nutzen für die Eltern beurteilt, Gregor = Hänsel erlauscht die schlimmen Pläne seiner Eltern, der Name der Schwester ist nicht zufällig Grete.)
Im Gegensatz zum Märchen erfolgt aber keine liebende Zuwendung der Schwester zum Bruder und keine Erlösung von der Tiergestalt. Die Märchenillusion wird durch zwei Faktoren zerstört: erstens durch die naturalistische Schilderung von Umständen und Ereignissen und zweitens durch das untypische Ende, das die Erwartungen des Lesers gründlich enttäuscht. In ähnlicher Weise ist auch die Erzählung → *Eine Kreuzung* ein negatives Spiegelbild des Grimmschen Märchens »Der arme Müllerbursch und das Kätzchen«. Die Erzählung → *Der Jäger Gracchus* zeigt eine gewisse Ähnlichkeit mit dem Typ des Erlösungsmärchens. Doch die Erlösung des Jägers ist unmöglich, weil die richtige Frage nicht gestellt wird. Das ursprüngliche Bewußtsein ist verloren.

Aphorismen
Diese Bezeichnung für prägnante Sentenzen philosophischer und religiöser Art hat Kafka nicht selbst auf seine Gedanken und Betrachtungen angewendet. Unter dem Titel *Aphorismen* publizierte → *Max Brod* in dem Nachlaßband *Beim Bau der Chinesischen Mauer* folgende Spruch-Reihen: die »Betrachtungen über Sünde, Leid, Hoffnung und den wahren Weg«; die Spruch-Reihe »Er«, die so genannt wird, weil der Verfasser hier als Ausdruck der Objektivierung und der Distanzierung von sich selbst die Ich-Form durch die Er-Form ersetzte; bestimmte Tagebucheinträge und einige gedanklich bestimmte Texte, die jetzt im Sammelband *Hochzeitsvorbereitungen auf dem Lande* veröffentlicht sind.
Die erste Gruppe von Betrachtungen hielt Kafka im dritten und vierten → *Oktavheft* in der Zeit zwischen dem 19. 10. 1917 und dem 26. 2. 1918 fest und stellte sie dann im Jahr 1920 zusammen. Der vom Herausgeber stammende Titel »Betrachtungen über Sünde, Leid, Hoffnung und den wahren Weg« legt eine bestimmte Interpretation von Kafkas Gedanken nahe. Die Reihenfolge der religiösen Begriffe suggeriert einen Weg von der Verstrickung in Sünde und Leid zur Erlösung durch die Erkenntnis der Wahrheit. Kafkas Zusammenstellung der

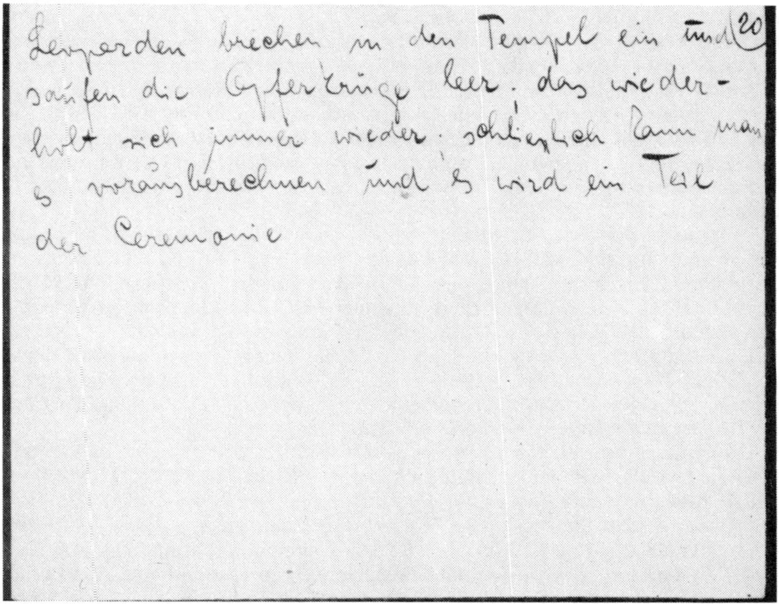
Leoparden brechen in den Tempel ein und 20
saufen die Opferkrüge leer. das wieder-
holt sich immer wieder. schließlich kann man
es vorausberechnen und es wird ein Teil
der Ceremonie

Aphorismus »Leoparden brechen in den Tempel ein . . .«, vermutlich 1920 geschrieben.

kurzen Texte läßt aber dieses konsequente religiöse Grundmuster nicht erkennen.

Kafkas Betrachtungen geben Einblick in seine → *Religiosität.* Der Autor macht sich Gedanken über die Beziehung zwischen Mensch und Gott, über Sünde und Leid, über die Schöpfung, das Paradies, den Sündenfall, die Natur des Bösen und über das reine Sein. Aus der Welt des Habens muß der Mensch in dieses Reich des Seins streben, aber Kafka ist sich nicht im klaren über den Weg, der dorthin führt. Eröffnet die Tat oder die Geduld den Zugang zum Göttlichen, oder soll der Mensch vor allem auf die Gnade von oben vertrauen? Kafka schrieb (Eintrag im dritten Oktavheft): »Vor dem Betreten des Allerheiligsten mußt du die Schuhe ausziehen, aber nicht nur die Schuhe, sondern alles, Reisekleid und Gepäck, und darunter die Nacktheit und alles, was unter der Nacktheit ist, und alles, was sich unter dieser verbirgt, und dann den Kern und den Kern des Kerns, dann das übrige und dann den Rest und dann noch den Schein des unvergänglichen Feuers. Erst das Feuer selbst wird vom Allerheiligsten aufgesogen und läßt sich von ihm aufsaugen, keines von beiden kann dem widerstehen.«

Der Aufbruch

Erzählung, Entstehungszeit 1921/22, Erstdruck aus dem Nachlaß in *Beschreibung eines Kampfes,* Prag 1936

Der Text besteht aus einem Dialog zwischen Herr und Diener. Der Diener versteht die Aufforderung seines Herrn nicht, deshalb geht der Herr selbst in den Stall und sattelt das Pferd. Auch den Klang der Trompete vernimmt nur der

Herr. Im ersten Teil verhält sich der Diener entgegen der Erwartung des Lesers, im zweiten stellt der Diener vernünftige Fragen, während der Herr seltsame Antworten gibt: er verzichtet auf Proviant, weil ein Essensvorrat angesichts der erfreulich langen Reise sinnlos sei. Die Reaktionen von Herr und Diener haben sich umgekehrt. Durch die Darstellung paradoxer Verhältnisse wird dem Leser deutlich gemacht, daß es sich hier um einen radikalen Bruch, um einen Wechsel von Sicherheit zu Ungewißheit handelt. Die Abreise führt den Herrn hinaus aus den gewohnten menschlichen Beziehungen und den festgefügten Ordnungen.
Deutungen:
1. Christus ist der Herr, die Menschheit der Diener. Die Menschheit hört nicht das Trompetensignal, weil sie den Gedanken an den Tod und an das Jüngste Gericht verdrängt hat. Christus geht voraus zum Tag des Jüngsten Gerichts, die Menschheit aber wird aufgefordert, in seiner Nachfolge die Welt zu verlassen und sich auf den Weg zu Gott zu machen (→ *Religiöse Deutung*).
2. Der Klang der Trompete bedeutet das Signal zum Aufbruch zu einer Reise, deren Ziel der menschliche Fortschritt ist. Die Welt, die an traditionellen Strukturen hängt, kann den einzelnen nicht verstehen, der sich auf die Bahn des Fortschritts begibt (→ *Philosophische Deutung*).
3. Die Parabel stellt die Situation des bourgeoisen Künstlers in der spätkapitalistischen Gesellschaft dar. Anstatt sich der gesellschaftlichen Wirklichkeit zu stellen, bleibt diesem Künstler nur die Flucht in ein Reich des Traumes, zu dem der Diener keinen Zugang hat (→ *Marxistische Deutung*).
4. Die persönlichen Schwierigkeiten Kafkas kommen in diesem Text zum Ausdruck. Es fiel ihm schwer, sich mit seiner Umwelt zu verständigen. Aus Furcht vor verpflichtenden menschlichen Bindungen floh er in ein »Weg von hier«, d.h. in seine literarische Tätigkeit (→ *Biographische Deutung*).

Auf der Galerie

Prosastück, Entstehungszeit wahrscheinlich Jan./Febr. 1917, Erstdruck in → *Ein Landarzt*, München, Berlin 1919
Möglicherweise hat Kafka das Bild von Georges Seurat (1859–1891) »Zirkus«, das damals im Louvre hing, zu seinem Prosastück inspiriert
Im Stil eines Sprachspiels wird ein Vorgang, nämlich der Ritt einer Zirkusreiterin um die Manege unter der Leitung des Zirkusdirektors, in Satz und Gegensatz so dargestellt, wie er sich im Bewußtsein eines jungen Galeriebesuchers spiegelt. Auffällig ist die Schwenk- und Kippstruktur von Konditionalsatz und folgender Korrektur (»hätte ... da er aber«), durch die der Sachverhalt in zweierlei Beleuchtungen gerückt wird. Im ersten Satz werden die Verhältnisse und Bedingungen in einer Weise geschildert, daß ein Eingreifen des Galeriebesuchers als möglich und berechtigt erschiene. Ein »erbarmungsloser Chef« deutet eine Arbeitswelt an, die durch das Verhältnis von Autorität und Gehorsam bestimmt ist. Dieser erste Entwurf ist eine Anklage, ein Appell zur notwendigen Veränderung eines empörenden Abhängigkeitsverhältnisses zwischen Reiterin und Chef, aber auch zwischen Reiterin und Publikum (»Dampfhämmer«). Im zweiten Satz, der im Indikativ steht, wird diese Beziehung als verwandtschaftlich-liebevolles Verhältnis vorgeführt. Doch dieses Bild trügt, die Umkehrung der Verhältnisse von Herrschaft und Knechtschaft ist nur scheinbar, die unterwürfige Haltung des Direktors wird durch seine »Tierhaltung« entlarvt. Die Reiterin ist für ihn ein zum Idol erhobenes Objekt, die eigentlich menschliche Beziehung ist deformiert.
In paradoxer Weise stellt der erste Satz im Kondizional eine reale Szene dar,

Das Gemälde »Zirkus« von Georges Seurat war ein Vorbild für Kafkas Auf der Galerie.

während der Gegen-Satz im Indikativ Täuschung zum Ausdruck bringt: (→ *Sprachstil*). Die in sich widersprüchliche Erfahrung der Wirklichkeit führt zur Desorientierung des Galeriebesuchers. Er sieht keine Möglichkeit zur Handlung; in seiner Hilflosigkeit zieht er sich ganz auf seine Innerlichkeit zurück. Weil es ihm nicht gelingt, Schein und Sein zu trennen, bleibt ihm nur die Geste der mitfühlenden Resignation.

Deutungen:

1. Der Zirkusdirektor verkörpert Jehova, den strafenden Gott des Alten Testaments. Das mögliche »Halt!« erscheint als prometheischer Akt der Auflehnung gegen diesen Gott.
2. Der Zirkus ist ein Gleichnis für eine seelenlose Puppenwelt, die sich ständig im Kreis dreht. Das Thema des Prosastücks ist die existentielle Gefährdung des Menschen in der modernen Welt.

Der Ausflug ins Gebirge

Prosastück, Entstehungszeit vermutlich 1904/05, Erstdruck in → *Betrachtung*, Leipzig 1913

In grotesk-spielerischer Manier entfalten sich aus dem Wort »Niemand« zuerst ein und dann mehrere substantivierte »Niemand«, die sich das Ich als Begleitung für seinen Ausflug ins Gebirge vorstellt. Aber als sie sich zu bewegen beginnen, zeigt sich, daß diese erdachten Figuren entsprechend ihrer mangelnden Realität merkwürdig vielgliederig und dabei lückenhaft, fragmentarisch sind. Der forciert optimistische Ton der Darstellung kann nicht darüber hinwegtäuschen, daß hier die zwischenmenschlichen Beziehungen als eine Welt von »lauter Niemand« charakterisiert werden.

Barnabas

Bote der Schloßverwaltung im Roman → *Das Schloß,* ein großer, blonder junger Mann, zu dem → *K.* sofort Zuneigung faßt. Vermutlich hat Kafka in dieser Figur seinem Freund → *Robert Klopstock* ein literarisches Denkmal gesetzt. Barnabas hat den Auftrag, zwischen K. und → *Klamm* Nachrichten zu übermitteln. Er überbringt einen Brief, in dem K., so scheint es, die Aufnahme in die herrschaftlichen Dienste bestätigt wird. In einem zweiten Brief, den er K. aushändigt, wird die angebliche Arbeit des Landvermessers und seiner → *Gehilfen* von Klamm gelobt. Später stellt es sich aber heraus, daß es Barnabas nicht gelungen war, auch nur e i n e Botschaft K.s an Klamm gelangen zu lassen.

Der Bau

Erzählung, Entstehungszeit 1923/24, Erstdruck in *Beim Bau der Chinesischen Mauer,* Berlin 1931

Ein dachsähnliches Waldtier berichtet über die Einrichtung und den Zweck seines labyrinthisch konstruierten Baus unter der Erde und über die Gefahren, die dem Bau und seinem Bewohner drohen (→ *Tierfiguren*). Im ersten Teil schildert das Tier sein Leben nach der Fertigstellung des Baus, wobei gelegentliche Rückblicke auf die davorliegende Zeit eingeschoben werden. Es hatte sich ein regelmäßiges, behagliches Leben ersehnt, aber die ständige Sorge um den Bau verleidet ihm den Genuß an seiner Wohnung. Im zweiten Teil tritt eine entscheidende Änderung ein, ein rätselhaftes zischendes Geräusch versetzt den Erzähler in immer stärkere Angst und führt ihn zu immer neuen Erklärungsversuchen. Schließlich ist er von der Existenz eines Gegners überzeugt, der sich von außen an ihn heranarbeitet. Damit bricht die Erzählung ab.

Ursprünglich ist der Bau für das Tier nicht nur Lebenssicherung, sondern eine eigene, selbstgeschaffene Welt, Daseinsrechtfertigung und Teil seines eigenen Ich. Die Schilderung der Vergnügungen, die das Graben des Baus mit sich bringt, die Darstellung der Schwierigkeiten beim Übertritt von der Außen- zur Innenwelt und der verräterische Satz »Für eine solche Arbeit aber habe ich nur die Stirn.« legen eine bestimmte Deutung nahe: Der Bau ist ein Bild für Kafkas literarisches Werk, mit dessen Hilfe er seine Isolierung durchbrechen wollte. Gleichzeitig waren ihm aber auch wie dem Tier in dieser Erzählung Stille und Einsamkeit lebensnotwendig (→ *Selbstverständnis als Schriftsteller*).

Doch die erhoffte Sicherheit erweist sich als Illusion, das Angst einflößende Zischen hört nicht auf, der Bau verliert seinen Schutzcharakter und wird zu einem gefährlichen Ort. Soll dieses Zischen ausdrücken, daß das Leben des Dichters durch den absoluten Anspruch der Kunst in Gefahr ist?

Deutungen:

1. Das bedrohliche Geräusch ist ein Zeichen für den Eingriff der Umwelt, die die dichterische Existenz in Frage stellt.
2. Im Bild des Baus spiegelt sich das Zusammenleben Kafkas mit → *Dora Diamant* in der gemeinsamen Wohnung in → *Berlin.* Das Zischen drückt aus, daß die in der Isolierung gefundene Ruhe des Dichters gefährdet ist durch Krankheit, durch die Fürsorge der Eltern und durch finanzielle Schwierigkeiten.
3. Das Zischen weist hin auf den Einfluß der irrationalen, gefährlichen Natur, die das rationale Bewußtsein, d.h. den Bau, zerstört.
4. Das bedrohliche Geräusch ist eine bloße Halluzination des Tieres, das seine

Angst nach außen projiziert. Die Vermutung, daß dieser zischende Feind gar nicht existiere, steht aber im Widerspruch zu einer Mitteilung Dora Diamants über den von Kafka geplanten Schluß der Erzählung. Der Bewohner des Baus sollte im Kampf mit dem hereinbrechenden Tier unterliegen.

Die Bäume

Prosastück, Entstehungszeit 1902/03, ursprünglich Teil der Erzählung → *Beschreibung eines Kampfes,* Erstdruck aus dem Nachlaß im gleichnamigen Sammelband, Prag 1936

Der Text wird in zwei Gedankenbewegungen entfaltet. Mit einem Vergleich formuliert der erste Satz das Thema, die drei folgenden Sätze versuchen, diesen Vergleich zu erläutern. Aber in Wirklichkeit handelt es sich nicht um das Verhältnis von Gleichnis und Ausdeutung, sondern die angeblichen Kommentare verdunkeln das Thema und schaffen Beziehungslosigkeit in einem → *paradoxen Zirkel.* An folgenden zentralen Wörtern läßt sich die innere Bewegung ablesen: sind-scheinbar-nicht-sind-scheinbar. Die Wiederkehr des Wortes »scheinbar« betont die Kreisform, die die Struktur der interessanten sprachlichen Konstruktion bestimmt. In der Verweigerung eines sinngebenden Bezugs zur Realität zeigt sich eine zentrale Eigenschaft der Kafkaschen Parabolik. Die Kreisform bringt zum Ausdruck, daß sich der Wahrheitssuchende notwendigerweise im Kreis bewegt, das Gleichnis entgleitet ins Uneigentliche.

Deutungen:

1. Der Mensch ist nicht fest im Leben verwurzelt. Er hat sich aber im Leben so fest eingerichtet, daß es schwierig ist, ihn aus seinem gewohnten Dasein zu reißen, eine Annahme, die allerdings auf einer Täuschung beruhen mag.
2. Der Hintergrund des Textes ist die spätbürgerliche Gesellschaft der kapitalistischen Krisen. Kafka, der die Lebensform des Bürgertums als problematisch erkannte, hat diese Einsicht in unhistorischer Fassung zum Ausdruck gebracht.

Arnold Beer. Das Schicksal eines Juden (Berlin 1912)

Roman von → *Max Brod,* beeinflußte Kafkas Erzählung → *Das Urteil*

Brods Entwicklungsroman stellt den Wandel eines Westjuden zum Zionisten dar. Beers Jugendfreund Philipp Essig (gelbes Gesicht, lebt in Rußland) erinnert an die Gestalt des Freundes in der Erzählung Kafkas. Der kontaktscheue Beer, der sich vor Intimitäten fürchtet, hat Züge von Kafka. Die Beziehung zwischen Beer, seinem Freund und dem Mädchen findet eine Parallele in der Dreieckskonstellation Gregor Samsa-Freund-Mädchen, die sich um die Gestalt des Vaters gruppiert. Entscheidende Unterschiede: In der Begegnung mit der Großmutter erhält Beer neue Lebenszuversicht, während Georg die Verurteilung durch den Vater anerkennt und sich im Fluß ertränkt.

Beim Bau der Chinesischen Mauer

Erzählung, Entstehungszeit vermutlich März 1917, Erstdruck im Sammelband *Beim Bau der Chinesischen Mauer,* Berlin 1931

Kafka hatte großes Interesse an → *chinesischer Dichtung* und informierte sich auch über die Probleme des modernen China. Das Thema der Geschichte ist das problematische Zusammenwirken einer Volksgemeinschaft in China mit ihrer Führung bei einem gigantischen Projekt, das sich aber infolge einer unzweckmäßigen Organisation nicht verwirklichen läßt.

Die Erzählung hat die Form eines wissenschaftlichen Berichts. Der Erzähler bezeichnet sich als Historiker, doch er ist kein objektiver Berichterstatter, sondern

selbst Interpret der Ereignisse. Er schwankt zwischen Kritik und Autoritätsgläubigkeit, die sich darin äußert, daß er alle Probleme ins Überirdische überhöht und damit vernebelt. So wird im Kern der Erzählung, in der »Sage«, also der kaiserlichen Botschaft (→ *Eine kaiserliche Botschaft*), der politische Befehl zu einer pseudogöttlichen Botschaft stilisiert, obwohl der Chronist klar erkennt, daß der Kaiser nur ein Mensch ist. Die Botschaft, die nie eintrifft, ist wirkungslos. Auch der Mauerbau zeigt den Widerspruch zwischen absolutem Autoritätsanspruch und realer Unfähigkeit. Der Bau ist notwendig als Schutz gegen feindliche Nomaden, aber deren Feindseligkeit ist nur eine Legende aus grauer Vorzeit. Nur das Gesamtwerk ist für eine wirkungsvolle Verteidigung sinnvoll, aber die Führerschaft spricht sich mit Rücksicht auf die menschliche Leistungsfähigkeit, und um die »Gottgefälligkeit« des Baus zu bewahren, dann doch für einen Teilbau aus. Dadurch entsteht ein Werk der totalen »Unzweckmäßigkeit«. Die ungeheueren Arbeitsleistungen eines ganzen Volkes sind vergeblich gewesen. Diesen Widerspruch drückt der Chronist in der paradoxen Formulierung aus: »hoffnungslos und hoffnungsvoll«. Der einzelne, der hilflos einem unfähigen System ausgeliefert ist, wird zum resignierenden Träumer.
Deutungen:
1. Das wechselseitige Aufeinanderangewiesensein von Gott und Mensch und die gleichzeitige Unvermittelbarkeit beider Positionen ist in dieser Erzählung dargestellt (→ *Emrich*).
2. Dieses China ist ein Modell der jüdischen Diaspora.
3. »Kaiser« ist ein Deckname für Gott. Das Sprechen von einem sterbenden Kaiser ist eine Anspielung auf das Wort Nietzsches »Gott ist tot« (→ *Günther Anders*).

Ein Bericht für eine Akademie
Erzählung, Entstehungszeit vermutlich April 1917, Erstdruck unter dem Titel *Zwei Tiergeschichten* zusammen mit der Erzählung → *Schakale und Araber* in der Monatsschrift »Der Jude« (2. Jg. 1917/18, Okt./Nov. 1917). Sicher kannte Kafka → *E.T.A. Hoffmanns* Erzählungen »Nachricht von den neuesten Schicksalen des Hundes Berganza« und »Schreiben Milos, eines gebildeten Affen an seine Freundin Pipi, in Nord-Amerika«. Eine andere literarische Vorlage ist die Geschichte »Der junge Engländer« von → *Wilhelm Hauff*.
Rotpeter, ein Affe, der angeblich Mensch geworden ist, kommt der Aufforderung einer gelehrten Gesellschaft nach, er möge über sein Vorleben als Affe und über seine Menschwerdung einen Vortrag halten. Er entledigt sich dieser Aufgabe mit beachtlicher Eloquenz; geschickt weiß er auch konventionelle akademische Höflichkeitsfloskeln einzuflechten. Er ist erfüllt von Selbstgefälligkeit und Stolz auf den Status, den er unter großen Anstrengungen erreichte.
Der Autor identifiziert sich nicht mit seinem Helden, dessen Glaubwürdigkeit dadurch eingeschränkt ist, daß er seine Erlebnisse aus der Sicht des überangepaßten, halbgebildeten Emporkömmlings kommentiert. Rotpeter ist in Selbsttäuschungen befangen. Im Rückblick überschätzt er die Freiheit des animalischen Zustands, denn seine Freiheit vor seiner Gefangennahme war eine ohne Bewußtsein. Auch seine jetzige Position als Varietékünstler kann von ihm nicht als Zustand wahrer Freiheit erlebt werden: Das qualvolle Leben im Käfig zwang ihn zu diesem »Ausweg«, der nicht in der Selbstverwirklichung, sondern in der erzwungenen Anpassung mündete.
Wie viele andere Helden Kafkas erlebt auch Rotpeter die verfehlte Ankunft. Er ist nicht mehr Affe und noch nicht Mensch, sondern ein Kuriosum, das in einer

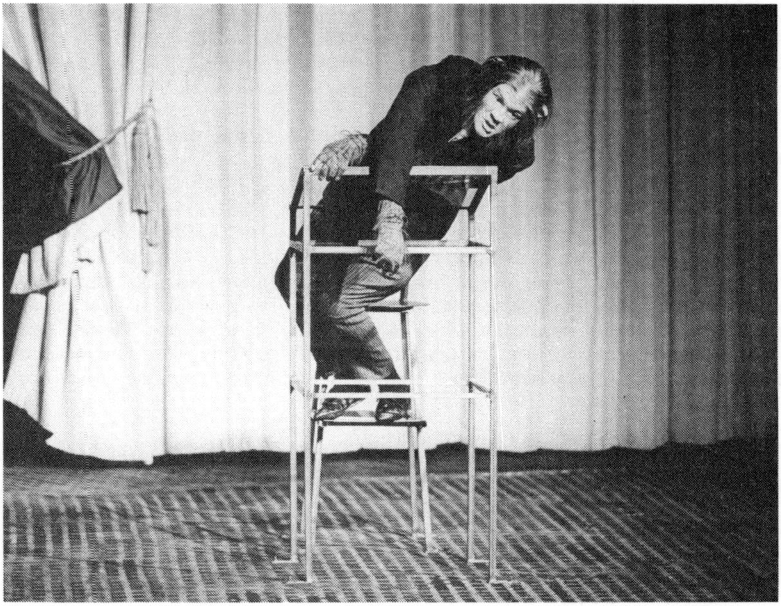

Szene aus Ein Bericht für eine Akademie, *Regie Willi Schmidt, mit Hauptdarsteller Klaus Kammer in der Akademie der Künste, Berlin 1962.*

Ersatzwelt lebt. Durch das Zusammenleben mit einer Schimpansin verrät er seine ungebrochene tierische Natur, und als Varietékünstler ist er der Sklave des Publikums. Auch ein zweiter Aspekt der Geschichte ist wichtig. Nach dem Vorbild von Hoffmanns und Hauffs Erzählungen handelt es sich auch hier um eine Satire. Darwins Evolutionstheorie wird ebenso persifliert wie die Zivilisation insgesamt. Als Parodie auf die zivilisierte Gesellschaft wirkt die Aufnahme Rotpeters in die menschliche Gemeinschaft durch das Schnapstrinken. Die menschliche Freiheit wird durch die Hinweise auf die Bewegungsfreiheit des Trapezkünstlers verspottet, und der Umstand, daß der Held bei seiner Erziehung viele Lehrer »verbraucht«, karikiert den Prozeß der Sozialisation durch Lernen. Werte, auf die sich die Zivilisation gründet, Leistung und Disziplin durch Triebsublimierung, erscheinen in einem ironischen Licht.

Deutungen:

1. In psychoanalytischer Sicht wird der Eintritt des Affen in die menschliche Gesellschaft durch die Symbolhandlung des Alkoholgenusses mit dem Eintritt des Autors in die Gemeinschaft der Männer verglichen. Die Verletzung Rotpeters, es handelt sich um eine Verletzung im Genitalbereich, drückt Kafkas Kastrationsangst aus. Die Qual, die das Tier im Käfig erleiden muß, erscheint als Hinweis auf Kafkas Sexualnot. Kafka hat infolge von Kindheitserlebnissen an Sexualhemmung und Triebstauung gelitten. Der Affe wird nicht vollständig Mensch, d. h., die normale Triebbefriedigung ist nicht erreicht (→ *Psychologische Deutung*).

2. Die Erzählung ist eine Satire auf das Assimilantentum, auf den Juden, der sich seiner Umwelt durch Konversion anzupassen versucht.
3. Kafkas eigene Erfahrung, daß er einer anderen Spezies als jener der Menschen anzugehören schien, und sein Bemühen, seine Natur zu überwinden, sind dargestellt.
4. Ein erfolgreicher Sublimierungsprozeß gipfelt darin, daß Rotpeter seine Schwäche überwindet und zum Künstler aufsteigt.

Beschreibung eines Kampfes

Unter diesem Titel gab → *Max Brod* »Novellen, Skizzen, Aphorismen. Aus dem Nachlaß« heraus, zuerst 1936, spätere Ausgaben 1937, 1946, 1964, 1969. Der Sammelband wird eingeleitet mit der Erzählung gleichen Namens, deren Titel vom Autor stammt. Die älteste erhaltene Arbeit Kafkas existiert in zwei Fassungen, deren Entstehungszeit auf 1904/06 und 1909/10 festgesetzt werden kann. Brod stellte eine Mischform aus den beiden Fassungen her, von denen nur die erste vollständig ist. Zu Lebzeiten Kafkas erschienen das *Gespräch mit dem Be-*

Kafka nach der Promotion zum Dr. jur. 1906.

ter und das *Gespräch mit dem Betrunkenen* gesondert in Heft VIII der Zeitschrift → *Hyperion* (Jg. 1909). Brod, der diese Arbeit hoch schätzte, obwohl ein »seltsam weinerlicher Ton« darin herrsche, fand das verloren geglaubte Manuskript im August 1935 in seiner Bibliothek.
Dargestellt wird ein Machtkampf zwischen dem Ich-Erzähler und einem Bekannten. Wie andere Figurenpaare in Kafkas Werk repräsentieren diese beiden Gestalten die in ein reines Ich und in ein Fassaden-Ich gespaltene Persönlichkeit des Autors. Der innere Kampf, der sich auf die Auseinandersetzung zwischen divergierenden Lebensformen richtet, ist nach außen projiziert. Der Bekannte verkörpert die bedrohliche Gegenwelt der Erfolgreichen, Geselligen und Glücklichen. Der Erzähler selbst ist kontaktarm und enttäuscht. Durch Rückwendung in sein Inneres, durch Selbstbetrug und Selbstmordphantasien versucht er sein Unterlegenheitsgefühl auszugleichen. Die zwischenmenschlichen Beziehungen sind geprägt von einem ständigen Kampf, wobei der Erzähler seinen Gegner durch gesteigerten Prestigegewinn überwinden will. Ebenso wie der Erzähler empfinden auch die Figuren des Beters und des Dicken Unsicherheit gegenüber der Wirklichkeit, die sie durch ihre selbstgenügsame Subjektivität, durch ihre Zweifel und ihre Skepsis verfehlen.
Die Erzählung, die in drei Abschnitte und acht Unterabschnitte gegliedert ist, hinterläßt einen zweispältigen Eindruck. Manche Interpreten kritisierten sie als chaotisches und wunderliches Dokument einer Jugendkrise. Kafka erkannte selbst die Vorläufigkeit dieser »Novelle«. Am 18. 3. 1910 schrieb er in einem Brief an Max Brod: »An der Novelle, lieber Max, freut mich am meisten, daß ich sie aus dem Haus habe.«

Die besitzlose Arbeiterschaft
Entwurf eines Aufsatzes, Entstehungszeit 1918, Erstdruck aus dem Nachlaß in *Hochzeitsvorbereitungen auf dem Lande*, Frankfurt 1953
Kafka stellt den Plan eines freiwilligen, fast klostermäßigen Arbeitskollektivs vor, das maximal 500 unverheiratete Männer umfassen soll. Dieser utopische Entwurf ist beeinflußt von den Ideen des Zionisten David Gordon (* 1856, † 1922), der die Juden im Hinblick auf das Aufbauwerk in Palästina zu einer neuen Hochschätzung der körperlichen Arbeit aufrief. Den Mitgliedern des Kollektivs, die ihren Lebensunterhalt ausschließlich durch körperliche Arbeit erwerben, sollte nach Kafkas Vorstellungen nur das Notwendigste zugestanden werden; ihren mitgebrachten Besitz schenken sie dem Staat. Als Angelegenheit des Gewissens und des Glaubens steht die körperliche Arbeit im Dienst der Mitmenschen. Auffällig ist, daß in Kafkas Entwurf wichtige Rechte der europäischen Arbeiterbewegung nicht berücksichtigt sind (Tarifautonomie, Verhinderung von Ausbeutung, Gleichheitsgrundsatz u. a.). Andererseits schlägt er eine maximale Arbeitszeit von vier bis fünf Stunden am Tag vor und fordert umfassende soziale Absicherung durch die Regierung, mit der das Kollektiv vertrauensvoll zusammenarbeiten soll.

Ein Besuch im Bergwerk
Erzählung, Entstehungszeit Jan./Febr. 1917, Erstdruck im Erzählband → *Ein Landarzt*, München, Leipzig 1919
Ein Bergarbeiter berichtet, wie eine Gruppe von zehn Ingenieuren in die Grube einfährt, um Vermessungsarbeiten auszuführen, die für die Anlage eines neuen Stollens notwendig sind. Als Vertreter seiner Arbeitskollegen, sozusagen als

Gruppensprecher, beobachtet dieser Kumpel die einzelnen Ingenieure, die nacheinander in sein Blickfeld geraten, und beurteilt sie.
Vielleicht beziehen sich die zehn Ingenieure auf die Mitarbeiter des im gleichen Jahr im Kurt Wolff Verlag herausgekommenen Jahrbuchs *Der neue Roman. Ein Almanach.* Mit dieser Geschichte reagierte Kafka auf den Empfang des Buches. Damals arbeitete er am *Landarzt*-Band und fühlte sich als Bergarbeiter, zu dem die anerkannten Autoren des Sammelwerks herunterstiegen. Die zwei ersten Ingenieure sind zu knapp beschrieben, aber der dritte erinnert an Anatole France, der vierte an Georg Brandes, der fünfte an Heinrich Mann, der sechste an Ossip Dymow, der siebte an → *Gustav Meyrink,* der achte an Carl Sternheim (»elegante Kleidung«, behandelt erotische Themen, psychologisch-analysierend), der neunte an Maxim Gorki, der zehnte an → *Hugo von Hofmannsthal* (»ein wenig herrschsüchtig ist dieser Ingenieur«).

Betrachtung
Unter diesem Titel erschien Kafkas erste Buchveröffentlichung im Dezember 1912 im Rowohlt Verlag, Leipzig, mit der Widmung »Für M(ax) B(rod)«, in einer Auflage von 800 Exemplaren. Der Sammelband enthält 18 Prosastücke, die in der Zeit von 1904 bis 1912 entstanden sind. Unter dem gleichen Titel hatte Kafka schon im März 1908 acht unbetitelte Texte in der Zeitschrift → *Hyperion* erscheinen lassen (1. Bd., Heft 1, Jan./Febr. 1908), spätere Titel → *Der Kaufmann,* → *Zerstreutes Hinausschauen,* → *Der Nachhauseweg,* → *Die Vorüberlaufenden,* → *Kleider,* → *Der Fahrgast,* → *Die Abweisung,* → *Die Bäume.*
Über diese erste Publikation Kafkas hatte Franz Werfel sarkastisch geurteilt: »Das kommt niemals über Bodenbach (die Grenzstation zwischen Österreich und Deutschland) hinaus.«

Bildsprache
Typisch für Kafkas Metaphern und Vergleiche ist die Tatsache, daß die Rangordnung der Bildvorstellungen aufgehoben ist, es gibt keine Traum- und Geisterwelt, die der alltäglichen Wirklichkeit übergeordnet ist. Die verschiedensten Elemente unserer empirischen und geistigen Realität stehen unvermittelt nebeneinander. Erhabenes folgt auf Triviales, Menschen erscheinen als Dinge oder Tiere oder umgekehrt. Das gestörte Verhältnis zwischen Seele und Welt führt zu diesen unvereinbaren Bildern, die Isolierung aller Teilgebiete ist ein Ausdruck der Entfremdung.
Zuweilen scheint die Beziehung zwischen Bild und Bedeutung eingeschränkt oder unterbrochen zu sein, das Bild steht jenseits von Allegorie und Symbol. Die fehlende Verbindung zwischen Ausdruck und Ausgedrücktem muß dann vom Leser spekulativ erraten werden (absolute Metapher). Auch der Vergleich hat eine besondere Funktion: Er dient nicht nur der Steigerung der Anschaulichkeit, sondern auch der Distanzierung. Ein Erwartungshorizont wird aufgebaut und dann relativiert, feste Vorstellungen werden schrittweise aufgelöst.
Kafkas Bildlichkeit speist sich aus verschiedenen Quellen. Auffällig ist z. B., wie sehr die Vorliebe des Autors für alles, was mit Holz zu tun hat, seine Bildsprache bestimmt. So wird der Wagen des Landarztes fortgerissen »wie Holz in der Strömung«. Ausgehend von den Körpergefühlen Kafkas entwickeln sich ganze Bildketten. In einem seiner → *Briefe an Milena* steht der Satz: ». . . mein Körper fürchtet sich und kriecht . . . langsam die Wand hinauf.« Diese Vorstellung hat ihre Entsprechung gefunden in dem zum Ungeziefer verwandelten Gregor Samsa in der Erzählung → *Die Verwandlung.* Oft erhalten Dinge, die Kafka per-

sönlich wichtig waren, eine Zeichenfunktion. Der Brief wird zum Sinnbild des Schicksals, die große Glocke kann als Zeichen der Erfüllung und die kleine Glocke als Ausdruck der Hoffnungslosigkeit verstanden werden. Manchmal nimmt der Autor Alltagswendungen beim Wort. Der Winkeladvokat → *Huld* (→ *Der Prozeß*) erhält tatsächlich einen Winkel, eine »enge, niedrige Kammer« zugewiesen, und → *Josef K.*, der den Kaufmann Block als »Hund« bezeichnet, behandelt diesen auch tatsächlich wie einen Hund. Durch Umkehrung erhalten herkömmliche Bildvorstellungen eine neue Bedeutung: »Wir graben den Schacht von Babel.«
Drei Bildbereiche stehen im Zentrum von Kafkas Werk:
1. Menschliche Beziehungen werden unter dem Bild des Kampfes gesehen.
2. In enger Verwandtschaft mit diesem Bildbereich erscheinen die Metaphern aus dem Geschäftsleben (»Schacher«).
3. Schließlich zeigt Kafka auch ein besonderes Interesse für die Darstellung von Handlungen, die mit Leid und Schmerz verbunden sind: schneiden, nageln, stechen, durchbohren usw.

Der Vergleich der verschiedenen Bildbereiche in ihrer Bedeutung für das Gesamtwerk macht deutlich, daß Kafka die Beziehung zwischen Ich und Welt pessimistisch beurteilt. Der Mensch befindet sich in einem ständigen Kampf mit seinen Mitmenschen, er sieht in sich und anderen Handelsobjekte und erlebt sich in erster Linie als Opfer.

Blumfeld ein älterer Junggeselle
Erzählung, Entstehungszeit Februar 1915, Erstdruck im Sammelband *Beschreibung eines Kampfes*, Prag 1936
Die Geschichte hatte ihre Wurzeln in Kafkas Furcht vor jener Zukunft, die ihn erwarten würde, wenn er sich nicht entschließen könnte, → *Felice Bauer* zu heiraten.
Blumfeld, ein fanatischer Arbeiter, wird in seinem Büro durch zwei Gehilfen, »blasse, schwache Kinder«, ständig gestört. Kein Wunder, daß er sie für nutzlose Figuren hält. Als er abends im Gefühl trostloser Einsamkeit in sein Zimmer zurückkehrt, sieht er mit Erstaunen zwei Zelluloidbälle vor seinen Augen tanzen, die für ihn genauso sinn- und nutzlos sind wie die Gehilfen in seinem Büro in der Wäschefabrik.
Zwischen den Bällen und den Gehilfen scheint eine geheime Beziehung zu bestehen. Die Bälle sind Ausdruck eines zweckfreien Daseins, zeichenhafte Darstellung einer Sphäre, die die gewohnte Ordnung durchkreuzt, weil sie dem planenden Bewußtsein entzogen ist. Nur in seinem Privatleben begegnen Blumfeld die Bälle, von seiner beruflichen Tätigkeit sind sie ausgeschlossen: Das Zweckfreie und Unverfügbare steht im Widerspruch zur Arbeitswelt. Sie stören ihn und sind doch als deformierte Projektionen seines verdrängten Wunsches nach wirklicher Gemeinschaft die wahren Lebensbegleiter des Junggesellen Blumfeld.
Am 9. 2. 1915 schrieb Kafka in seinem Tagebuch über diese Erzählung: »Gestern und heute ein wenig geschrieben. Hundegeschichte. Jetzt den Anfang gelesen. Es ist häßlich und verursacht Kopfschmerzen. Es ist trotz aller Wahrheit böse, pedantisch, mechanisch, auf einer Sandbank ein noch knapp atmender Fisch.«

Bohemia
Neben der amtlichen Prager Zeitung das älteste Blatt Prags, hervorgegangen aus einer 1827 gegründeten belletristischen Wochenschrift. Das Feuilleton spielte eine wichtige Rolle als Plattform für nationale kulturelle Bestrebungen. → *Franz Werfel,* → *Egon E. Kisch,* → *Max Brod,* → *Franz Kafka,* → *Johannes Urzidil* und → *Paul Leppin* waren zeitweise Mitarbeiter der *Bohemia.*

Brief an den Vater
Kafka schrieb diesen Brief im November 1919 in der Pension Stüdl in → *Schelesen.* Der unmittelbare Anlaß war der dritte Heiratsversuch Kafkas mit → *Julie Wohryzek,* der vom Vater entschieden abgelehnt wurde. Teile des Briefes wurden 1937 von → *Max Brod* in dessen Kafka-Biographie veröffentlicht. Ungekürzt erschien er zuerst in »Die Neue Rundschau« (63. Jg., H. 2, 1952).
Dieser Brief ist ein Versuch Kafkas, jene Frage zu beantworten, die der Vater seinem Sohn einmal gestellt hatte: Warum hast du Angst vor mir? Von diesem Ansatzpunkt aus analysiert der Verfasser die Beziehung zwischen seinem Vater und sich selbst. Er zeichnet ein Bild → *Hermann Kafkas* und entwirft gleichzeitig ein Selbstporträt. Das Ziel des umfangreichen Schreibens ist es, die gespannten Beziehungen zu entkrampfen, »daß es uns beide ein wenig beruhigen und Leben und Sterben leichter machen kann«.
Im ersten Teil läßt Kafka seinen Vater zu Wort kommen, indem er von dessen Standpunkt aus einige Vorwürfe formuliert, die er seinem Sohn macht. Dann schildert er den Vater, wie er, Franz Kafka, ihn sieht: ». . . als Vater warst Du zu stark für mich.« Und er vergleicht sich mit ihm. Der nächste Abschnitt ist der Kritik an dessen fatalen Erziehungsmethoden gewidmet, die im → *Pawlatsche-Erlebnis* gipfelten, das für Franz traumatische Folgen hatte. Der Briefschreiber

Kafkas Eltern Hermann und Julie geb. Löwy.

konkretisiert jetzt seine Vorwürfe: Der Vater ist selbstgerecht, überheblich, streng in seinen Vorschriften, an die er sich selbst aber nicht hält. Seine fragwürdigen Erziehungsmittel sind Schimpfen, Drohen und der vorwurfsvolle Hinweis auf seine eigene harte Jugend.

Die Dominanz des Vaters wirkt sich auch auf die Beziehungen der Familienmitglieder untereinander aus. Die Mutter → *Julie Kafka* und die Schwestern → *Valli* und → *Elli* unterwerfen sich seinem bestimmenden Einfluß. Nur → *Ottla* wagt es, sich seinen Forderungen teilweise zu widersetzen. Auch die religiöse Erziehung des Jungen im → *Judentum* verlief in unerfreulichen Bahnen, denn mit seinem »Nichts von Judentum« konnte der Vater kein Vorbild sein. Nach einem kurzen Blick auf die Gründe, die zur Ablehnung seiner schriftstellerischen Arbeit durch den Vater führten, kommt der Verfasser auf ein zentrales Problem zu sprechen, auf seine Heiratsversuche, die nicht zuletzt an dem ihm von seinem Vater eingeimpften Schuldbewußtsein und an der Überzeugung gescheitert sind, daß zu einer Ehe Eigenschaften gehören, die er im Gegensatz zum Vater nicht besitze.

Wie der Beginn, so ist auch der Schluß des Briefes durch einen Wechsel der Perspektiven bestimmt. Wieder läßt Kafka seinen Vater zu Wort kommen und seine massiven Vorwürfe gegen den Sohn vortragen. Die Antwort Kafkas ist merkwürdig nachgiebig und teilweise sogar zustimmend. Im Grunde kann und will er die Anschuldigungen nicht vollständig in Abrede stellen, das verbietet ihm schon das »Selbstmißtrauen«, zu dem er von seinem Vater erzogen wurde.

Schon früh erkannte man, daß dieser Brief, der seinen Empfänger übrigens nie erreichte, in Beziehung zu Kafkas dichterischem Werk steht. Der Hinweis auf »die alleinige Schuld«, die dem Verfasser vom Vater zugewiesen wird, erhält in der Erzählung → *Das Urteil* eine besondere Bedeutung, und der Vergleich des Sohnes mit einem schmarotzenden Ungeziefer zeigt eine auffällige Parallele zur Erzählung → *Die Verwandlung*.

Ist der Brief ein literarisch stilisierter Text oder ein Privatbrief?

Deutungen:

1. Die Interpreten, die in ihm ein Stück Literatur sehen, weisen auf die konsequente literarische Gestaltung des Textes, vor allem auf die Kunst der wechselnden Perspektive hin. Kafka sei die literarische Figur schlechthin, er habe die gültige Fassung der Parabel vom verlorenen Sohn im 20. Jahrhundert geschrieben.

2. Die → *psychologische Deutung* betrachtet den Brief als Manifestation von Kafkas Krankheitsgeschichte. Die pathologische Vater–Sohn-Beziehung ist die Ursache für Kafkas Neurose, die sich in Gestalt von Angst- und Wahnvorstellungen in seinem Leben und in seinem Werk äußerte. Durch Selbstanklagen wollte er seine Aggressionslust befriedigen und einen symbolischen Vatermord begehen. Die mißlungene Loslösung des Sohnes von der Familie führte zu Regression und lebenslangem Infantilismus.

3. Kafka ist es nicht gelungen, die sozialen Bedingtheiten des Vaters zu verstehen. Im Konflikt zwischen Vater und Sohn spiegelt sich der Kulturbruch zwischen der jüdischen Väter- und Söhnegeneration. Die Väter sind das Opfer einer gescheiterten Assimilation. Ihre unverhältnismäßigen Verhaltensweisen sind als Reaktion auf den Antisemitismus in ihrer Umgebung zu verstehen, dem sie ihren unbedingten Willen zum sozialen und materiellen Aufstieg entgegensetzten (→ *Literatursoziologische Deutung*).

Briefe

Seit 1902 sammelte → *Max Brod* jedes Schriftstück Kafkas. 1934 wandte er sich mit einem Aufruf im »Prager Tagblatt« an alle Empfänger Kafkascher Briefe. Dadurch erhielt er u.a. Briefe Kafkas an Oskar Pollak, → *Hugo Bergmann,* → *Oskar Baum,* → *Felix Weltsch,* → *Willy Haas* und → *Robert Klopstock.* Brod gab in einem besonderen Band der Gesammelten Werke Kafkas Briefe aus den Jahren von 1902–1924 heraus.

In seinen Briefen berichtet Kafka von seinen persönlichen Lebensumständen, charakterisiert seine Bekannten und sich selbst, schildert seine Arbeit, seine Stimmungen und Träume, klagt über gesundheitliche Probleme, macht kritische Anmerkungen zu seiner Lektüre und gibt behutsame Ratschläge, wenn seine Freunde und Bekannten in Schwierigkeiten sind. Für das Verständnis der Persönlichkeit des Dichters und seiner Schaffensprobleme sind die Briefe von großer Bedeutung. Gewisse Probleme bei der Interpretation ergeben sich aus der Tatsache, daß Kafka sich manchmal allzu bereitwillig den Erwartungen des Adressaten anpaßt. Das kann zu Widersprüchen und Verschleierungen führen, die die Entscheidungsschwäche und Unentschlossenheit des Briefschreibers zeigen.

Kafka erhoffte sich durch Briefeschreiben eine bessere Verständigung mit seinen Mitmenschen als durch das Gespräch. Der schriftliche Gedankenaustausch war für ihn ein Mittel zur Verständigung mit der Gemeinschaft. In selbständigen Briefbänden sind Kafkas → *Briefe an Felice,* → *Briefe an Milena,* seine → *Briefe an Ottla und die Familie* publiziert.

Briefe an Felice

Zwischen dem 20. 9. 1912 und dem 16. 10. 1917 schrieb Kafka über 500 Briefe und Postkarten an → *Felice Bauer.* 1955 verkaufte die Adressatin die Briefe zusammen mit den Briefen Kafkas an → *Grete Bloch,* an den Schocken Verlag New York.

Ein wichtiges Thema der Briefe ist das → *Selbstverständnis des Schriftstellers* Kafka, der Absolutheitsanspruch der Literatur gegenüber jeder menschlichen Bindung, aber gleichzeitig drücken sie auch Kafkas Werben um die geliebte Frau aus, ein quälender Widerspruch, den er selbst in einem der Briefe sehr prägnant formulierte: »Ohne sie kann ich nicht leben und mit ihr auch nicht.«

Briefe an Milena

Die Briefe, die Kafka in der Zeit von 1920 (Kuraufenthalt in → *Meran*) bis 1923 schrieb, schenkte die Adressatin → *Milena Jesenská* im Jahre 1939 → *Willy Haas,* der sie im Rahmen der Gesammelten Werke publizierte. Der Herausgeber nennt den Briefwechsel einen Liebesroman, »eine Orgie an Verzweiflung, Seligkeit, Selbstzerfleischung und Erniedrigung«.

Man kann aus Kafkas Briefen erraten, daß Milena gelegentlich voll Zorn war auf die Ängstlichkeit und Unentschlossenheit des Freundes. »Liebe ist, daß Du mir das Messer bist, mit dem ich in mir wühle«, so empfindet es Kafka, für den diese Ausbrüche »schrecklich« sind. Trotzdem spürt er, daß Milena nicht nur seine schwierige Seelenlage versteht, sondern im Gegensatz etwa zu → *Felice Bauer* auch den Rang seines Künstlertums zu würdigen weiß. Als vertrauter Mensch, der keine Forderungen stellt, tritt Milena an seine Seite, sie ist für ihn eine »wunderbare, vergewaltigte, nicht zu vergewaltigende Natur«.

Briefe an Ottla und die Familie
Diese Briefe, die von → *Hartmut Binder* und → *Klaus Wagenbach* herausgegeben wurden, umfassen den Zeitraum vom 7. 9. 1909 bis zum 26. 5. 1924. Die meisten sind an Kafkas Lieblingsschwester → *Ottla* gerichtet. Ihr Freund und späterer Mann, Josef David, ist der Adressat einiger Briefe. Dazu kommen Briefe an die Eltern und Ansichtspostkarten, die für die Schwestern → *Elli* und → *Valli* bestimmt sind. Die Kinder Ottlas bewahrten die Briefe Kafkas an ihre Mutter auf. Kafka berichtet seiner Vertrauten vom Ausbruch seiner Krankheit, von der Reaktion der Eltern, von der tyrannischen Art des Vaters, von seinen Beziehungen zu seinen Vorgesetzten im Büro und von seinem Leben als Patient in → *Meran* und → *Matliary*. In diesen Briefen zeigt sich Kafka als besorgter Bruder. Nicht selten ist er zu Scherzen aufgelegt und gefällt sich in verspielten Einfällen.

Die Brücke
Prosastück, Entstehungszeit Mitte Dezember 1916, Erstdruck im Sammelband *Beim Bau der Chinesischen Mauer*, Berlin 1931
Der Ich-Erzähler berichtet von einem traumhaften Erlebnis. Er streckte sich als menschliche Brücke über einen Abgrund. Die Brücke wartet auf jemanden, der sie überschreiten will. Schließlich kommt ein Mann; die Brücke, die sehen will, wer der Passant ist, dreht sich um, stürzt und ist »zerrissen«.
Durch eine artistische Kunstübung versucht der Einsame zur Brücke, d.h. zum Sinnbild der Verständigung zu werden. Der zur Brücke Gewordene sehnt sich nach der Belastungsprobe. Aber die erhoffte Begegnung mißlingt, die Brücke gibt ihre Identität auf, sie stürzt ein.
Deutungen:
1. Das Heraustreten aus der naturbestimmten Funktion, der Ersatz des Lebens durch die Beobachtung führt zur Vernichtung.
2. Das Prosastück kann als Schlüsseltext für das Gesamtwerk angesehen werden. Die Abfolge von Erwartung, Erfahrung und Scheitern kann als Grundfigur aller Dichtungen Kafkas gelten.

Ein Brudermord
Erzählung, Entstehungszeit Januar/Februar 1917, Erstdruck in der Zweimonatsschrift »Marsyas« (Heft 1, Juli/August 1917)
Schmar wartet auf der nächtlichen Gasse auf Wese, der aus seinem Büro kommt und sich auf den Heimweg macht. Pallas, ein Privatier, und Frau Wese blicken von den Fenstern ihrer Wohnungen auf die Straße. Sie sehen, wie Schmar seinen alten Freund und Zechkumpan Wese plötzlich mit drei Messerstichen tötet. Nach der Tat erfüllt ihn ein Gefühl der Befriedigung. Der Hintergrund des Geschehens, die Motive des Mörders bleiben im dunkeln.
Die vordergründige Darstellung des Mordes ist durch eine auffällige → *Gestik und Mimik* der Beteiligten überhöht. Der Mörder führt vor seiner Tat eine wahre Pantomime auf, auch die Bewegungen des Opfers werden genau geschildert, und die entsetzte Frau Wese mit ihrem »vor Schrecken ganz gealterten Gesicht« wirft sich mit pathetischer Geste auf die Leiche ihres Mannes.
Der Autor erlebt eine Spaltung seiner Person in den bürokratischen Wese und den verbrecherischen Schmar und genießt in seiner Phantasie das sadomasochistische Erlebnis der aggressiven Aktion ebenso wie das passive Geopfertwerden.
Deutungen:
1. Ähnlich wie in den Prosastücken → *Prometheus* und → *Das Schweigen der Si-*

Die biblische Geschichte von Kain und Abel war wahrscheinlich ein Vorbild für Ein Brudermord.

renen gab Kafka einem alten Mythos, hier der Urszene von Kain und Abel, eine neue Gestalt.
2. Die im Text erwähnte Julia ist Kafkas Mutter. Der Verfasser brachte seine Schuldphantasien gegenüber seiner Mutter und gegen seine früh verstorbenen Brüder → *Georg* und → *Heinrich* zum Ausdruck.

Bürgel
Verbindungssekretär der Schloßverwaltung in dem Roman → *Das Schloß;* seine Aufgabe ist es, die Verbindung zwischen den Dorfsekretären, die die Aussagen der Menschen protokollieren, und den Schloßsekretären, die diese Niederschriften amtlich bearbeiten, herzustellen. Bürgel behandelt seine Besucher höflich und wohlwollend. In einer nächtlichen Unterredung verspricht er → *K.*, sich für ihn einzusetzen und ihm Arbeit als Landvermesser zu verschaffen. Er eröffnet ihm, daß Bitten, die zu nächtlicher Stunde von unangemeldeten Besuchern an ihn herangetragen werden, Erfolg haben. Doch sein Hilfsangebot ist vergeblich, K. ist inzwischen in tiefen Schlaf gefallen.

Casanova im Alter von 63 Jahren. Porträt von Berka, entstanden in Prag.

Giacomo Girolamo Casanova, Chevalier de Seingalt
* 2. 4. 1725 Venedig; † 4. 6. 1798 Dux (Böhmen)
Italienischer Schriftsteller, Abenteurer, Frauenheld, Spieler, Philosoph und Kenner der Kabbala
Er wurde berühmt durch seine kühne Flucht aus den Bleikammern Venedigs, die er in seiner Lebensbeschreibung *Histoire de ma vie* schilderte. In einem Brief an → *Milena* berichtet Kafka, daß er Casanovas Geschichte seiner Flucht gelesen habe. Diese Lektüre beeinflußte die Gestaltung seines Romans → *Der Prozeß*. Schon der erste Satz weist nach Inhalt und Satzmelodie eine verblüffende Übereinstimmung mit dem ersten Satz Casanovas auf. Casanova zieht ein »elegantes Kleid« an, bevor er abgeführt wird, → *Josef K.* »wählte sein bestes schwarzes Kleid«. Casanova wird in ein niederes, heißes Verlies gesperrt, Josef K. wird in der Gerichtskanzlei fast ohnmächtig vor Hitze. Der venezianische Abenteurer gräbt ein Loch in den Boden, bei Kafka hat der Boden des Advokatenzimmers ein Loch, in dem die Advokaten manchmal einsinken usw.

Chinesische Dichtung
Kafka hatte eine Vorliebe für chinesische Lyrik und Märchen, die er in der Übersetzung kannte. Zu seinen → *Lieblingsgedichten* gehörte ein Gedicht von Yan-Tsen-Tsai. Seine Beschäftigung mit der Literatur und der Geschichte Chinas beeinflußte die Stoffwahl seiner Erzählungen → *Beschreibung eines Kampfes*, → *Beim Bau der Chinesischen Mauer*, → *Ein altes Blatt*, → *Die Truppenaushebung*.

Dialoge
Ihre Funktion in Kafkas Werk ist nicht die Herstellung von Beziehungen zwischen den Figuren, sondern sie machen die Trennung zwischen den Hauptpersonen und ihrer Gegenwelt deutlich. Häufig sind die Dialoge Diskussionen, Appelle, Täuschungsversuche, Befehle, Verhöre, Untersuchungen und Verurteilungen, durch die keine Verständigung zwischen den Menschen ermöglicht wird, weil die Sprecher ihr Gegenüber falsch einschätzen. Besonders deutlich wird dies im folgenden Gespräch zwischen zwei Personen (*Der Prozeß,* 1. Kapitel): »›Es ist mir sehr peinlich, ich erzähle es, beim wahrhaftigen Gott, nur Ihnen, Herr K., aber es wird sich nicht vermeiden lassen, daß ich auch mit dem Fräulein selbst darüber spreche. Es ist übrigens nicht das Einzige, das sie mir verdächtig macht.‹ – ›Sie sind auf ganz falschem Weg‹, sagte K. wütend und fast unfähig, es zu verbergen, ›übrigens haben Sie offenbar auch meine Bemerkung über das Fräulein mißverstanden, so war es nicht gemeint. Ich warne Sie sogar aufrichtig, dem Fräulein irgend etwas zu sagen. Sie sind durchaus im Irrtum, ich kenne das Fräulein sehr gut, es ist nichts davon wahr, was Sie sagten. Übrigens, vielleicht gehe ich zu weit, ich will Sie nicht hindern, sagen Sie ihr, was Sie wollen. Gute Nacht.‹ – ›Herr K.‹, sagte Frau Grubach bittend und eilte K. bis zu seiner Tür nach, die er schon geöffnet hatte, ›ich will ja noch gar nicht mit dem Fräulein reden, natürlich will ich sie vorher noch weiter beobachten, nur Ihnen habe ich anvertraut, was ich wußte. Schließlich muß es doch im Sinne jedes Mieters sein, wenn man die Pension rein zu erhalten sucht, und nichts anderes ist mein Bestreben dabei.‹ – ›Die Reinheit!‹ rief K. noch durch die Spalte der Tür, ›wenn Sie die Pension rein erhalten wollen, müssen Sie zuerst mir kündigen.‹«

Charles Dickens
* 7. 2. 1812 Landport bei Portsmouth; † 9. 6. 1870 Gadshill Place bei Chatham
Englischer Schriftsteller
Nach Kafkas eigenen Angaben ist → *Der Heizer* eine »glatte Dickensnachahmung«. Er dachte dabei an Dickens' Roman *David Copperfield*, von dem er manche inhaltliche Anregung (Koffergeschichte, die niedrigen Arbeiten, die Geliebte auf dem Landgut, die schmutzigen Häuser) übernahm. Noch stärker zeigt der Roman → *Der Verschollene* als Ganzes in Motiv, Charakterisierungstechnik, realistischer Darstellung und Atmosphäre den Einfluß des englischen Romanciers. David Copperfield und → *Karl Roßmann* verbindet vor allem, daß sie sündig und doch unschuldig sind.
Auch ein erzähltechnisches Kunstmittel Dickens' findet sich bei Kafka: die »als-ob-Sätze« als Mittel perspektivischer Innensicht. Diese Sätze drücken nicht Irrealität aus, sondern weisen darauf hin, daß die Aussage erschlossen wird. Kafka lehnt aber Dickens' psychologisierende Darstellung seiner Charaktere als »rohe« Charakterisierung ab. In einem Tagebucheintrag vom 8. 10. 17 schrieb Kafka: »Meine Absicht war, wie ich jetzt sehe, einen Dickens-Roman zu schreiben, nur bereichert um die schärferen Lichter, die ich der Zeit entnommen, und die matten, die ich aus mir selbst aufgesteckt hätte. Dickens' Reichtum und bedenkenloses mächtiges Hinströmen, aber infolgedessen Stellen grauenhafter Kraftlosigkeit, wo er müde nur das bereits Erreichte durcheinanderrührt. Barbarisch der Eindruck des unsinnigen Ganzen, ein Barbarentum, das allerdings ich, dank meiner Schwäche und belehrt durch mein Epigonentum, vermieden habe.«

Der Dorfschullehrer (Der Riesenmaulwurf)
Erzählung, Entstehungszeit Dezember 1914, Erstdruck aus dem Nachlaß in *Beim Bau der Chinesischen Mauer*, Berlin 1931
Der Titel *Der Riesenmaulwurf* beruht auf einem Irrtum des Herausgebers → *Max Brod*. Kafka gab der Erzählung den Titel *Der Dorfschullehrer* (Tagebuch von 1914/15)
Ein alter Lehrer, der einen Riesenmaulwurf entdeckte, versucht vergeblich, durch eine Abhandlung über seine Entdeckung die Gelehrten und die Öffentlichkeit auf seinen Fund aufmerksam zu machen. Mit einer zweiten Schrift über das gleiche Thema unterstützt ihn ein Kaufmann, aber niemand interessiert sich für den Riesenmaulwurf. Die Entdeckung gerät in Vergessenheit.
Die Erzählung kreist um ein doppeltes Thema: Wie in der Geschichte → *Forschungen eines Hundes* geht es dem Autor um Kritik an einer Wissenschaft, die durch ihre Systematik und durch ihr historisches Verfahren das Außergewöhnliche zum Gewöhnlichen reduziert, so daß das Neue aus dem Blickfeld gerät. Ein zweites Thema ist die Kritik an gewissen gesellschaftlichen Verhältnissen und Praktiken. Der Kaufmann will die Entdeckung des Lehrers auf den Markt bringen und ökonomisch verwerten. Er ist nicht in erster Linie an der Sache interessiert. Darauf reagiert der Lehrer mit hilfloser Resignation.
Deutungen:
1. In → *psychologischer Deutung* erscheint der Lehrer als → *Sigmund Freud* und zugleich als Urvater. Der Kaufmann, der einen Bericht verfaßt, ist der Autor Kafka. Beide bemühen sich um die Entdeckung des Riesenmaulwurfs, der nichts anderes verkörpert als das Unbewußte.
2. Eine → *religiöse Deutung* betrachtet die Erzählung als eine Darstellung der Religion in der Gesellschaft. Der Riesenmaulwurf ist der jüdische Gott, der sich im Dunkel verbirgt.

Fjodor Michailowitsch Dostojewski
* 11. 11. 1821 Moskau; † 9. 2. 1881 Petersburg
Russischer Schriftsteller
Spätestens seit 1912 kannte Kafka den Roman *Schuld und Sühne*, 1914 las er Dostojewskis Briefe aus dem Straflager, *Die Brüder Karamasoff*, ein Jahr später den Roman *Der Jüngling*. Das Motiv der Korrespondenz mit dem Petersburger Freund in der Erzählung → *Das Urteil*, aber auch Schuldproblematik und Figurenkonstellation weisen auf den Roman *Schuld und Sühne*. Die Briefe Dostojewskis beeinflußten → *Bildsprache* und Motive des Romans → *Der Prozeß*.

Das Ehepaar
Erzählung, Entstehungszeit November/Dezember 1922, Erstdruck aus dem Nachlaß in *Beim Bau der Chinesischen Mauer*, Berlin 1931
Der Ich-Erzähler, der zu den vielen → *Kaufmannsfiguren* in Kafkas Werk gehört, besucht den alten N., um abgebrochene Geschäftsbeziehungen wieder anzuknüpfen. In der Darstellung des brummigen, großen Geschäftsmanns N. und seiner Frau, die ihn ständig bedient, während der Sohn krank im Bett liegt, kann man unschwer ein Porträt der Familie Kafka entdecken. Der Kaufmann läßt sich durch die Gegenwart eines Geschäftsagenten, der sein Konkurrent ist, nicht beirren und macht N. ein wortreiches Angebot für ein Geschäft. Plötzlich bricht der alte Mann zusammen. Es sieht so aus, als habe die Suada des Kaufmanns N. getötet, aber es stellt sich heraus, daß dieser nur eingeschlafen ist. Der scheinbare Tod liefert den Hintergrund für eine makabre Komödie, die alle An-

strengungen des Besuchers zum Scheitern verurteilt. Seine Bemühungen erscheinen in einem fragwürdigen Licht.

Einflüsse und Vorbilder

Obwohl es die Familie Kafka im Lauf der Zeit zu einem gewissen Wohlstand gebracht hatte, führte sie ein Leben von kleinbürgerlichem Zuschnitt, ohne besondere geistige Interessen. Franz konnte von zu Hause nicht viele Anregungen erwarten. Nur wenige Bücher, vor allem von Friedrich Gerstäcker und eine Münchhausen-Ausgabe, standen auf dem Bücherbord. Der Deutschunterricht im Gymnasium machte ihn mit den Märchen von Grimm und Bechstein und mit den Geschichten von Johann Peter Hebel bekannt. Später besaß Kafka das *Schatzkästlein des rheinischen Hausfreundes* in vollständiger Ausgabe, Hebel gehörte zu seinen Lieblingsautoren. In der letzten Gymnasialklasse las er → Kleists Novelle *Michael Kohlhaas*. Diese Novelle las er immer wieder für sich selbst und trug sie dann auch öffentlich vor (→ *öffentliche Lesung*). → *Grillparzers* Erzählung *Der arme Spielmann* schätzte er auch deswegen besonders, weil er eine Parallele sah zwischen den persönlichen Schwierigkeiten der Hauptfigur und seinen eigenen Problemen.
Kafka hatte eine ausgeprägte Vorliebe für die Lektüre von Tagebüchern, Lebensbeschreibungen und Briefen. Er las die »Selbstbetrachtungen« des Marc

Franz Grillparzer, nach einem Gemälde von Penther.

Aurel, die Briefe Hebbels, Amiels und Grabbes, die Tagebücher Lord Byrons und Goethes Gespräche mit Eckermann. Die Prosa Goethes und seine Lyrik bewunderte er. Zu den Büchern, die ihm viel bedeuteten, gehörte Jakob Wassermanns *Caspar Hauser oder die Trägheit des Herzens.* Er fühlte sich verwandt mit dem entwurzelten, heimatlosen Findelkind. Die Werke von → *Charles Dickens* beeinflußten Thematik und Stil seines Romans → *Der Verschollene.* Ein anderes Vorbild für diesen Roman war *Benoni* von Knut Hamsun, von dem er außerdem *Segen der Erde, Pan* und andere Werke kannte. »Manches Buch wirkt wie ein Schlüssel zu fremden Sälen des eigenen Schlosses«, schrieb Kafka an einen Freund. Zu diesen Schlüsseln rechnete er die Werke der Dichter, die er einmal seine »Blutsverwandten« nannte: Kleist, Grillparzer, → *Dostojewski* und vor allem → *Flaubert,* den er in den Jahren 1903 und 1904 für sich entdeckte.
Anregungen für seine Tiergeschichten fand Kafka bei → *E.T.A. Hoffmann* und → *Wilhelm Hauff.* Seine Prosastücke und Erzählungen mit antikem Hintergrund → *Prometheus,* → *Das Schweigen der Sirenen,* → *Der neue Advokat* und → *Poseidon* verraten eine genauere Kenntnis antiker Mythologie. Kafka kannte Platons *Protagoras, Phaidros, Jon, Lysis* und *Charmides,* Lukians *Götter-Toten- oder Hetärengespräche* und Homers Epen.

Eine Szene aus Kleists »Michael Kohlhaas«, Hans Kohlhase mit Luther an der Kirchentür zu Wittenberg, nach einem Stich von Kolbe.

Gegenüber diesen literarischen Einflüssen traten die philosophischen Einflüsse zurück. Kafka war kein systematischer Denker, sein primäres Interesse galt nicht der Philosophie, sondern der Literatur. Immerhin las er seiner Schwester → *Ottla* in → *Zürau* Schopenhauer vor. Auch mit den Grundzügen der Lehre → *Franz Brentanos* und mit → *Kierkegaards* Schriften war er vertraut. In den Jahren vor dem ersten Weltkrieg nahm er im Hause Fanta an Vortragsabenden teil. Dort hörte er die führenden Intellektuellen Prags, den Philosophen Ehrenfels, den Physiker Frank, den Mathematiker Kowalewski, Albert Einstein, der über die Relativitätstheorie sprach, und andere Redner, die sich mit den Grundfragen der Psychoanalyse beschäftigten.

Eisenbahnreisende

Prosastück, Entstehungszeit Oktober 1917, Erstdruck in dem Sammelband *Vor dem Gesetz,* Berlin 1934

Bei diesem Text handelt es sich nicht um ein Gleichnis wie so häufig bei Kafka, sondern um einen durchgeführten Vergleich. Die Situation der Menschen wird mit der Situation von Eisenbahnreisenden verglichen, allerdings mit der Einschränkung, daß diese Sicht der Dinge abhängig ist von einem irdischen Blickwinkel, von einem »befleckten Auge«. Der Eisenbahnzug ist verunglückt, der Tunnel ist so lang, daß Anfang und Ende nicht sicher auszumachen sind. Die Sinne der Reisenden sind verwirrt, sie sehen je nach Laune Erfreuliches oder Ungeheures, und die Frage nach dem angemessenen Verhalten erscheint angesichts dieser ausweglosen Lage als sinnlos.

Elf Söhne

Prosastück, Entstehungszeit Ende März 1917, Erstdruck in → *Ein Landarzt,* München, Leipzig 1919

Nach Brods Angaben erläuterte Kafka diesen Text in folgender Weise: »Die elf Söhne sind ganz einfach elf Geschichten, an denen ich gerade arbeite.« Im Nachlaß fand man eine Liste dieser Erzählungen in einer bestimmten Reihenfolge. Legt man diese Anordnung zugrunde, so handelt es sich um folgende elf Geschichten, die durch das Urteil des Vaters über seine Söhne vom Autor charakterisiert werden: Der erste Sohn bezieht sich auf → *Ein Traum.* Diese Geschichte drückt den unbewußten Todeswunsch des → *Josef K.* aus. Der Kommentar des Autors: »Sein Denken scheint mir zu einfach. Er sieht nicht rechts noch links ...« Der zweite Sohn vertritt die Erzählung → *Vor dem Gesetz* (»schön, schlank, wohlgebaut«), der dritte → *Eine kaiserliche Botschaft.* (*Die Schönheit des Sängers* könnte sich auf die lyrische Tonart des Textes beziehen.) Der vierte vertritt → *Das nächste Dorf* (»jedermann verständlich«, d.h. eine relativ umkomplizierte Geschichte). Der fünfte bezieht sich auf → *Ein altes Blatt.* (Der Kommentar »unschuldig, vielleicht allzu unschuldig« weist auf die Stadtbewohner hin, die beim Einfall der Nomaden ihre Verantwortung einfach auf den Kaiser abwälzen.) Der sechste bezieht sich auf → *Schakale und Araber.* (Dieser Sohn ist ein »Kopfhänger« und »Schwätzer«. In der Geschichte heißt es von den Schakalen, »alle Schakale senkten die Köpfe zwischen die Vorderbeine«. Ihr Anführer ist sehr redselig.) Der siebte vertritt die Erzählung → *Auf der Galerie.* (Von diesem Sohn heißt es: »Das Rad der Zukunft wird er nicht ins Rollen bringen.«) Der achte bezieht sich auf die Erzählung → *Der Kübelreiter.* (Dieser Sohn wird in Erinnerung an die Entstehungszeit der Geschichte im Kriegswinter 1916/17 »Schmerzenskind« genannt.) Der neunte steht für → *Ein Landarzt.* (Für diesen Sohn ist der »mit Schlaf gefüllte Blick« typisch.) Der

zehnte bezieht sich auf → *Der neue Advokat.* (Er hat einen »immer fest geschlossenen Gehrock« und benimmt sich advokatenmäßig wie Dr. Bucephalus.) Der elfte steht für → *Ein Brudermord.* (Wie der Mörder Schmar hat er Eigenschaften, die »offenbar auf Zerstörung der Familie« ausgehen.)
Deutungen:
1. Da die Charakteristiken nicht immer vollständig mit den elf Geschichten in dieser Anordnung übereinstimmen, wurden auch abweichende Reihenfolgen vorgeschlagen; allerdings besteht weitgehende Einigkeit darüber, daß bei dieser Mystifikation mit dem sechsten Sohn die Erzählung *Schakale und Araber* gemeint ist.
2. Nach der Überzeugung → *Max Brods* entwarf Kafka ein Wunschbild, die Vision einer Familiengründung. Als Vater einer eigenen Familie wollte er sich eine Stellung schaffen, die der seines Vaters gleichwertig sein sollte.
3. Die Erzählung ist eine Variation über das jüdische Thema vom Stammvater Jakob und seinen zwölf Söhnen, die ihrerseits zu Stammvätern der zwölf Stämme Israels wurden. Der zwölfte Sohn ist dann die Geschichte *Elf Söhne* selbst, die nicht mehr dem Urteil des Vaters unterworfen ist.

Entlarvung eines Bauernfängers
Erzählung, Entstehungszeit 1904/06, Erstdruck in → *Betrachtung,* Leipzig 1913
Der Erzähler wird von einem Bekannten belästigt, der ihn von einem Besuch bei Leuten abhalten will, die ihn eingeladen haben. Aber er durchschaut die Methoden seines Gegenübers, der sich auf nächtlicher Straße vor dem Haus der Gastgeber mit ihm unterhält. In einem langen Selbstgespräch macht er sich klar, daß dieser unnachgiebige Bekannte zu einer Gattung von Menschen gehört – der Erzähler nennt sie »Bauernfänger« –, die durch verschiedene Kunstgriffe anderen ihren Willen aufzuzwingen verstehen. Diese Erkenntnis ermöglicht es ihm, sich von dem Lästigen frei zu machen.
Die Erzählung endet in einer für Kafka untypischen Weise. Das Ich findet sein bedrohtes Gleichgewicht wieder und verfehlt dieses Mal auch nicht die Ankunft. Zufrieden und erfreut über seinen Sieg eilt der Erzähler ins Haus zu den Gastgebern.

Entschlüsse
Prosastück, Entstehungszeit 5. 2. 1912 (Tagebucheintrag), Erstdruck in → *Betrachtung,* Leipzig 1913
Das thematisch und stilistisch kunstvoll gestaltete Prosastück ist durch eine doppelte Bewegung bestimmt. Im ersten Teil entschließt sich das Ich plötzlich zum Handeln, es umkreist den Tisch und wendet sich in einer gewollten Anspannung den Menschen zu. Im folgenden Teil zeigt sich eine gegenläufige Aktivität. Ausgelöst durch einen »Fehler«, kommt die Handlung ins Stocken, das Ich wird sich »im Kreise zurückdrehen müssen«. Auf die Vorwärtsbewegung folgt die Rückwendung, auf die Aktivität folgt Passivität. Die kreisförmige Bewegung verlangsamt sich im dritten Abschnitt bis zur Grabesruhe. Aber der letzte Satz zeigt, daß die absolute Reduktion nicht gelingen kann. Das Ich hört nicht auf, in dieser Leere, die das Resultat der Zerstörung ist, weiter zu existieren.

Er. Aufzeichnungen aus dem Jahre 1920
Aphorismen, Entstehungszeit 13. 1.–29. 2. 1920, Erstdruck in *Hochzeitsvorbereitungen auf dem Lande,* Frankfurt 1953. Der Titel stammt von → *Max Brod*

Entschlüsse

Aus einem elenden Zustand sich zu erheben, muß selbst mit gewollter Energie leicht sein. Ich reiße mich vom Sessel los, umlaufe den Tisch, mache Kopf und Hals beweglich, bringe Feuer in die Augen,

[32]

Kafkas erstes Buch Betrachtung *enthielt sein Prosastück* Entschlüsse.

Diese Aphorismen, die unmittelbar aus Tagebuchnotizen entstanden (→ *Tagebücher*), verfaßte Kafka in der dritten Person, um durch unpersönliche Formulierung eine gewisse Distanz zu den vorgetragenen Einsichten und Erkenntnissen zum Ausdruck zu bringen. Doch der autobiographische Hintergrund ist dadurch nur leicht maskiert. Kafkas Gedanken kreisen um das Erlebnis der Schwäche, der Einsamkeit, der Trauer und der Unsicherheit gegenüber dem Leben.

Im Vergleich zu den »Betrachtungen über Sünde, Leid, Hoffnung und den wahren Weg« fällt eine stärkere Betonung sozialer Themen auf. Der Erkenntnis, daß die zwischenmenschlichen Beziehungen bestimmt sind durch einen Kampf, in dem sich jeder durchzusetzen versucht, wird eine besondere Bedeutung zugemessen.

Erlebte Rede
Dieses Mittel verwendet Kafka vorzugsweise, um die Innenwelt seiner Figuren darzustellen. Die erlebte Rede ist eine syntaktisch selbständige Wiedergabe von Gedanken und Gefühlen einer Erzählfigur. Die Situation, aus der sie spricht, wird sprachlich vorbereitet. Die erlebte Rede wird nicht durch ein übergeordnetes Verb eingeführt. Im Gegensatz zum → *inneren Monolog* erscheint Er-Form und Präteritum. Diese Darstellungsweise hat mehrere Funktionen: Die Zeit nach einem Ereignis wird ausgefüllt. Die spontane Reaktion der Erzählfigur auf ein Ereignis, ihre innere Verfassung und ihre Deutungsversuche kommen zum Ausdruck. Einfälle, Entschlüsse und Pläne der fiktiven Gestalten werden dargestellt. Dies wird deutlich am folgenden Beispiel (*Der Prozeß,* 10. Kapitel): »Wie ein Licht aufzuckt, so fuhren die Fensterflügel eines Fensters dort auseinander, ein Mensch, schwach und dünn in der Ferne und Höhe, beugte sich mit einem Ruck weit vor und streckte die Arme noch weiter aus. Wer war es? Ein Freund? Ein guter Mensch? Einer, der teilnahm? Einer, der helfen wollte? War es ein einzelner? Waren es alle? War noch Hilfe? Gab es Einwände, die man vergessen hatte? Gewiß gab es solche. Die Logik ist zwar unerschütterlich, aber einem Menschen, der leben will, widersteht sie nicht. Wo war der Richter, den er nie gesehen hatte? Wo das hohe Gericht, bis zu dem er nie gekommen war? Er hob die Hände . . .«

Die erste lange Eisenbahnfahrt
Reisebeschreibung, Entstehungszeit 1911, Erstdruck in → *Herderblätter* (1. Jg., Nr. 3, Mai 1912)
Brod und Kafka planten einen gemeinsamen Roman → *Richard und Samuel,* in dem ihre gemeinsamen Erlebnisse auf der → *Reise nach Paris* verarbeitet werden sollten. Allerdings kam nur das erste Kapitel zustande, das die Reise von Prag nach Zürich schildert. Nur leicht verhüllt zeigen sich bei der Charakterisierung Richards typische Eigenheiten Kafkas: Er scheut hautnahe Berührungen, bewundert die Entschiedenheit und Selbständigkeit einer jungen Mitreisenden, belehrt sie mit missionarischem Eifer über die Vorzüge der Naturheilkunde, leidet unter Lärmbelästigung und klagt über Schlaflosigkeit. Man spürt die latente Spannung zwischen den Freunden. Richard (Kafka) schreibt über Samuel (Brod): »Samuel genügte mir an diesem Morgen nicht.« Die Gegensätze schlugen sich auch in der stilistischen Uneinheitlichkeit der Darstellung nieder.

Erste schriftstellerische Versuche
Bis in seine Studentenzeit verfaßte Kafka für die Geburtstage der Eltern kleine Stücke, die er mit seinen Schwestern einstudierte. Von diesen ersten literarischen Gehversuchen sind nur einige Titel erhalten: *Georg von Podiebrad* (der von den Tschechen gefeierte Nationalkönig nach dem Hussitenaufstand), *Der Gaukler* und *Photographien reden.* Als Vierzehnjähriger beschäftigte er sich mit dem Plan zu einem Roman, in dem zwei Brüder gegeneinander kämpften. Einer geht nach Amerika, der andere, der gute von beiden, wird in Europa inhaftiert (ca. 1897/98).
Später vernichtete Kafka alle seine Erstlingswerke. Schon im ersten Jahr im Gymnasium sagte er zu seinem Freund → *Hugo Bergmann,* er wolle Schriftsteller werden. Das früheste erhaltene literarische Zeugnis ist ein Vers, den er in das Album dieses Freundes schrieb: »Es gibt ein Kommen und ein Gehn/Ein Scheiden und oft kein Wiedersehn« (20. 11. 1898).

Kafka als Student um 1902.

Erstes Leid
Erzählung, Entstehungszeit etwa 1920, Erstdruck in der Zeitschrift »Genius« (3. Jg., 2. Buch, München 1922)
Die spätere Einreihung dieser Erzählung in den Sammelband → *Ein Hungerkünstler* (Berlin 1924) legt die Deutung nahe, daß auch in dieser Geschichte die Situation des Künstlers dargestellt ist. In fanatischer Selbstaufopferung strebt der Trapezkünstler nach immer größerer künstlerischer Vollkommenheit. Mehr und mehr schwächt dieses Streben seinen Bezug zum Leben, nur selten erreichen ihn noch flüchtige menschliche Regungen hoch oben in der Zirkuskuppel. Schließlich will er sein Trapez möglichst gar nicht mehr verlassen. Ein Ausdruck seines unbefriedigten, unbedingten Kunstanspruchs ist seine Forderung nach einem zweiten Trapez.
Zum ersten Mal ahnt der Künstler, daß ihn die Erfüllung seines Wunsches dem Leben noch stärker entfremden, daß sein unbedingtes künstlerisches Streben schließlich zur Zerstörung seiner Existenz führen wird. Auch der Impresario ist besorgt über die Kompromißlosigkeit des Artisten, die auch er als »existenzbedrohend« ansieht. So deutet das zweite Trapez, das der Künstler unbedingt braucht, auf die schwierige Balance zwischen Leben und Schreiben.

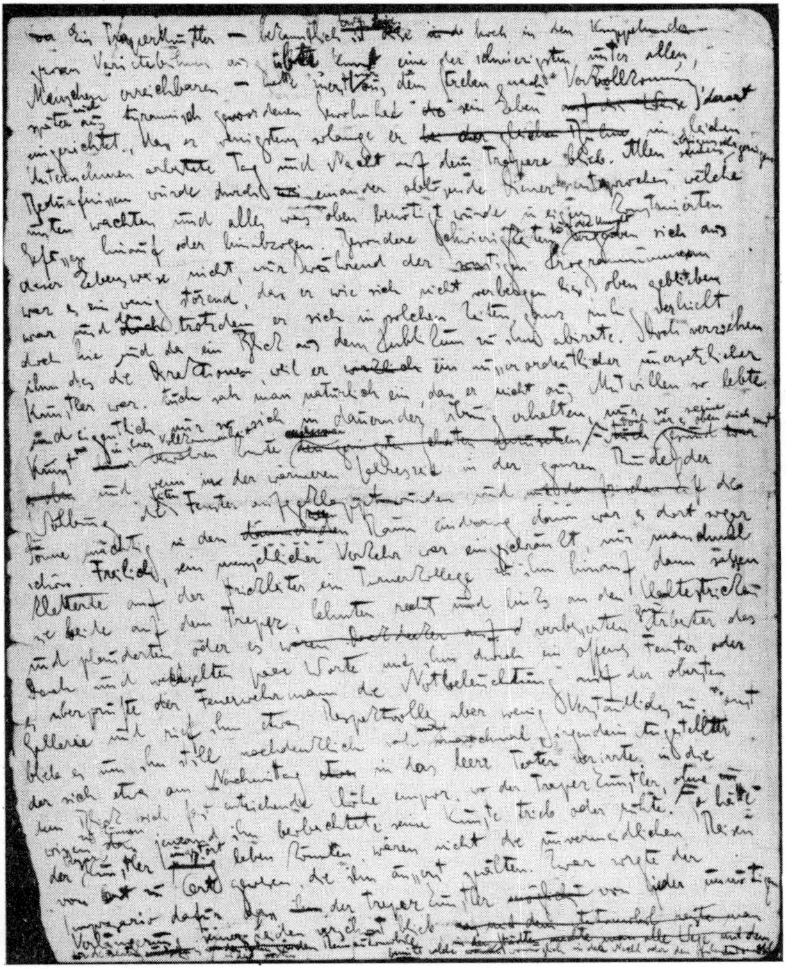

Kafkas handgeschriebenes Manuskript zu Erstes Leid.

Erzählperspektive

Im → *Brief an den Vater* schreibt Kafka, er könne aus Angst vor dem Vater den Wahrheitswert von dessen Behauptungen nicht überprüfen. Deswegen müsse er seine Zuflucht nehmen zu seinen »Mikroskop-Augen«, mit denen er jede Kleinigkeit exakt überprüfen wolle. Damit hat Kafka ein wichtiges Prinzip seines Erzählens angedeutet. Auffällig ist die detailbesessene Schilderung alltäglicher Einzelbeobachtungen nach dem Vorbild → *Flauberts,* ein Ausdruck anhaltenden Registrierens, das keine systematische Reflexion erlaubt. Dabei kann aber die vielgerühmte Genauigkeit der Beschreibung ins Unbestimmte umschlagen. Die verschiedene Qualität der Beschreibung erklärt sich aus dem Umstand, daß es sich bei Kafka nicht um eine neutrale Beschreibung durch einen über den Vorgängen schwebenden Erzähler handelt, sondern um die Spiegelung der Vorgänge im Innern der Hauptfigur, die die Welt je nach ihrer Bewußtseinslage immer wieder mit anderen Augen sieht. Der Dichter erzählt aus dem Bewußtseinsinneren des Helden, er ersetzt die Erzählerperspektive durch die Figurenperspektive. Diese »Einsinnigkeit« des Erzählprozesses (→ *Friedrich Beißner*) kann auf verschiedene Weise verstanden und gedeutet werden:

1. Das in sein eigenes Bewußtsein eingeschlossene Ich hat keinen unmittelbaren Zugang zur Realität, es muß sich mit einem Schein von Objektivität begnügen.
2. Das Ich anerkennt die Tatsächlichkeit der Welt, ohne sich eine trügerische Macht über die Dinge anzumaßen.
3. Die Schilderung, die ausschließlich durch die Augen der Hauptperson erfolgt, ist Ausdruck einer bestimmten seelischen Eigenart Kafkas. Sein Ich ist aus dem Lebenszusammenhang herausgerissen, in seiner Ich-Schwäche hält es sich fern von direkten Kontakten.
4. Die »Einsinnigkeit« kann verstanden werden als konsequente Hinwendung zum inneren Menschen, als Darstellung einer Seelenwirklichkeit. Das Zusammenfallen der Optik des Helden mit der des Erzählers schafft die Einheit der erzählten Welt.
5. Diese Erzählweise zeigt die allgemeine Perspektivlosigkeit des Kleinbürgers Kafka, der sich mit der kapitalistischen Herrschaft abgefunden hat. Sie offenbart die isolierende, solidaritätslose, konkurrenzbetonte Angestelltementalität des Schriftstellers.

Eine genauere Betrachtung der Texte zeigt, daß Erzähler und Held keineswegs in allen Fällen identisch sind. Besonders im Roman → *Das Schloß* ist die Existenz eines unabhängigen Erzählers vorauszusetzen, so z. B. an der Stelle, als → *K.* eingeschlafen ist, während die Gedanken des Sekretärs → *Bürgel* mitgeteilt werden. Kafka gibt Signale für den Leser, die darauf hinweisen sollen, daß die geschilderten Vorgänge überprüft werden müssen. Solche Mittel der Distanzierung vom Bewußtsein des Perspektivträgers und der von ihm erfaßten Wirklichkeit sind z. B. Leitmotive, → *Bildsprache,* Unterbrechung der Erzählperspektive und groteske Verfremdungen (→ *Komik und Groteske*). Durch den Wechsel von Erlebnisperspektive und Beobachtungsperspektive werden Widersprüche erfahrbar, die die unzureichende Sehweise der Erzählfiguren deutlich machen.

Der Fahrgast

Prosastück, Entstehungszeit vor 1908, Erstdruck unter dem Sammeltitel *Betrachtung* ohne eigene Überschrift in → *Hyperion* (1. Folge, 1. Bd., Heft 1, Jan./Febr. 1908)

Der Erzähler steht auf der Plattform der Straßenbahn, hängt seinen Gedanken nach und beobachtet ein Mädchen, das sich zum Aussteigen bereitmacht. Der Hintergrund des Textes wird deutlich, wenn man die Sprachgestalt mit ihren vielen Negationen und Konjunktionen betrachtet, durch die eine Beschreibung der Situation unmöglich gemacht wird: Die Existenz des Ich erscheint als fragwürdig.

Selbst die Dimension der Zeit ist problematisch geworden, das Präteritum des letzten Satzes hebt die Gegenwärtigkeit des Vorgangs auf. Die Beschreibung führt nicht zur Vergewisserung, sondern zu einem Umschlag ins Unbestimmte, Unzusammenhängende. Der Erzähler erfährt sich als ein Mensch, der sich durch analytisches Registrieren den Zugang zur natürlichen Lebenspraxis verstellt.

Eine Festrede

Entstehungszeit August/September 1908, Erstdruck in *Hochzeitsvorbereitungen auf dem Lande,* Frankfurt 1953

Im Auftrag des Kollegiums der → *Arbeiter-Unfall-Versicherungs-Anstalt* hielt Kafka die offizielle Rede zur Amtseinführung des neuen Direktors, Dr. Robert Marschner. Er würdigte Marschner als vorbildlichen Verwaltungsmann, als bekannten Redner, als Dozenten und Wissenschaftler und als produktiven Fachschriftsteller. Besonders hob er die vorbildlichen menschlichen Eigenschaften des neuen Vorgesetzten hervor, seine Sachlichkeit und Aufrichtigkeit.

Film

In einem Gespräch mit → *Gustav Janouch* bezeichnete Kafka einmal das Kino als ein »großartiges Spielzeug«. Er bezeichnete sich selbst als »*Augenmenschen*«, als optisch veranlagten Künstler. In → *Prag* besuchte er das Kinomatographentheater »Orient« und sah Filme wie z. B. »Der galante Gardist«, »Der durstige Gendarm«. In seinen → *Tagebüchern* schildert er genau und einfühlsam die Bewegungen des Millionärs aus dem Film »Sklaven des Goldes«, und im September 1913, so berichtete er, habe er bei einer Filmvorführung in Verona geweint.

Auch seine Dichtungen, vor allem der Roman → *Der Verschollene,* zeigen eine Nähe zum Film. Dinge und Gebärden wirken als Zeichen, als symbolischer Ausdruck einer gleichsam optisch orientierten Dramaturgie, die durch die Betonung der sichtbaren Realität an den Stil des Stummfilms erinnert. Wie beim Stummfilm wird das Milieu möglichst realistisch dargestellt, die Handlungsführung ist dramatisch bewegt, der Wechsel der Szenen ist deutlich markiert, → *Gestik und Mimik* und pantomimische → *Komik und Groteske* spielen eine wichtige Rolle. Das Erscheinen und Verschwinden von Dingen, mit denen der Leser durch den Erzählvorgang vertraut gemacht wurde (Koffer, Schirm, Mütze, Foto der Eltern, Jacke, Ausweis), charakterisieren die ständig wechselnde soziale Situation des jungen → *Karl Roßmann* und machen seinen Aufstieg und seinen Niedergang anschaulich.

Gustave Flaubert

* 12. 12. 1821 Rouen; † 8. 5. 1880 Croisset

Französischer Dichter

Die Lektüre der Werke Flauberts, den er zu seinen »Blutsverwandten« zählte, begleitete Kafka von etwa 1903/04 an durch sein ganzes Leben. Zusammen mit → *Max Brod* las er Flauberts *Tentation du Saint Antoine* im Original, und *L'éducation sentimentale* war eines seiner Lieblingsbücher (→ *Einflüsse und Vorbilder*). Flauberts Romanfiguren sind wie Kafkas Protagonisten auf der Suche nach etwas Unerreichbarem. Sie erleben fortwährende Demütigungen und Mißerfolge, die ihnen eine unerforschliche Schicksalsmacht auferlegt. Flauberts Stil ist gekennzeichnet durch sachliches Beobachten, durch genaues und vollständiges Registrieren ohne Wertung. Besonders deutlich ist der Einfluß Flauberts auf Kafkas Romanfragment → *Hochzeitsvorbereitungen auf dem Lande* festzustellen. Auch → *Die erste lange Eisenbahnfahrt* zeigt in der Hervorhebung von beschreibenden Einzelheiten und dem Zurückdrängen von Handlungselementen das Vorbild des französischen Romanciers.

Forschungen eines Hundes

Erzählfragment, Entstehungszeit 1921/22, Erstdruck in *Beim Bau der Chinesischen Mauer,* Berlin 1931

Ein Hundephilosoph, dem es um die Erkenntnis der Wahrheit zu tun ist, gibt einen Bericht über sein Leben unter seinen Artgenossen und über seine Forschungen und Experimente, die ihn diesem Ziel näherbringen sollen. Ein Erlebnis gibt seinen Bemühungen die entscheidende Richtung. Als junger Hund traf er auf sieben Hunde, die vor seinen Augen tanzten und musizierten. Nun beginnt er das Problem zu untersuchen, »wovon sich die Hundeschaft nährt«, woher ihre Nahrung kommt. Auch eine andere Frage beschäftigt ihn. Er will wissen, wie es die anderen Hunde fertigbringen, ihr Leben zu führen. Schließlich richten sich seine Forschungen auf die Musik der Hunde. Der Forscherhund zieht sich in die Einsamkeit zurück und beginnt zu fasten. Die Begegnung mit einem Jägerhund und die Nähe des Todes verändern sein Bewußtsein. Durch den Gesang dieses Hundes glaubt er die Erkenntnis gewonnen zu haben, daß eine solche Musik die wahre Nahrung »herabrufen« könne. Sie ist das wahre Gesetz, der Ausdruck der Wahrheit.

Die Suche nach Nahrung ist ein zentrales Motiv in Kafkas Werk. Wie kann der Mensch das Mittel zum Leben finden? Worauf läßt sich die irdische Existenz gründen? Für den Hund ist diese Suche wichtig, deswegen bemüht er sich, im Gegensatz zur wissenschaftlichen Lehrmeinung, die These zu beweisen, daß die

Kafka um 1906/08 mit Hund.

Nahrung nicht nur irdischen Ursprungs sei, daß sie auch von oben herabgesandt werde. Auch die »Lufthunde« haben zum Fortschritt der Wissenschaft beigetragen, obwohl diese schwebenden, geschwätzigen Tiere im übrigen Schwierigkeiten haben, ihre Existenznotwendigkeit zu begründen. Mit der Formulierung »... hie und da spricht man von Kunst und Künstlern« gab Kafka einen Hinweis. Der radikale Zweifel am Beruf des Künstlers hat in der Erscheinung der Lufthunde einen satirisch-grotesken Ausdruck gefunden (→ *Künstlerfiguren*, → *Tierfiguren*).
Eine andere Stelle kann als Schlüssel für das Gesamtverständnis dieser sehr eigenartigen, grotesk-verfremdeten Erzählung verstanden werden. Für den Forscherhund gibt es »niemanden außer den Hunden«, die Welt ist für ihn leer und weit. Er hält die Hunde für die intelligentesten Lebewesen, die es überhaupt gibt. Aus diesem Grund ignoriert er ganz einfach die Existenz der Menschen. Die Lufthunde, die ein »ödes Leben auf den Kissen wählten«, sind Schoßhunde, die, mit den Augen der Hunde von unten betrachtet, weit oben zu schweben scheinen. Die Nahrung, die angeblich als Resultat hündischer Leistungen von oben kommt, werfen die Menschen den Hunden vor, wenn diese Laut geben.
Der hintersinnige Witz der Geschichte liegt darin, daß durch den wahrheitssuchenden Hund in seiner perspektivischen Begrenztheit die Schwäche des menschlichen Erkenntnisvermögens karikiert wird, das sich auf umfassende Fragen richtet und das doch durch die eingeschränkte menschliche Sehweise nur zu untauglichen Ergebnissen kommen kann.
Deutungen:
1. Die Lufthunde sind Sinnbilder einer zweckfreien Geistigkeit.
2. Sie vertreten das bodenferne, entwurzelte Westjudentum.
3. Die Hunde insgesamt spiegeln die allgemein menschliche Situation in einer Welt, die durch die Lüge verfinstert ist.

Frauengestalten

Die Gestalten der Mütter in den Erzählungen → *Die Verwandlung* und → *Das Ehepaar* spiegeln in gewisser Hinsicht Eigenarten von Kafkas Mutter → *Julie Kafka* (→ *Mutterfiguren*).
In den großen Romanen steht ein anderes Bild der Frau im Vordergrund. Die Dienstmädchen und Waschweiber, die Ehefrauen der Gerichtsdiener, die Wirtinnen und Schankmädchen sind von einer hurenmäßigen, passiven Sexualität. Sie sind Geliebte von Kastellanen, Studenten, Advokaten und Beamten, denen sie sich fast widerstandslos hingeben. Sie werden von den männlichen Hauptfiguren als Machtmittel und Helferinnen benutzt, weil sie einen direkten Zugang haben zu wichtigen Instanzen und weil sie besser informiert sind als die Männer. Doch an den Handlungshöhepunkten lassen sie die Titelfiguren im Stich.
Diese Darstellungen der Frau sind beeinflußt von den sexuellen Erfahrungen Kafkas, der zuweilen Bordelle besuchte. Die Beziehung zu Prostituierten stillte seine momentane Sehnsucht nach menschlicher Gemeinschaft, aber gleichzeitig schloß sie beständige Gemeinschaft aus. So konnte sich der Schriftsteller Kafka freihalten für das Schreiben, das im Mittelpunkt seines Lebens stand (→ *Selbstverständnis als Schriftsteller*).
Ein dritter Typ wird z. B. von → *Amalia*, → *Fräulein Bürstner* und → *Frieda* verkörpert. Das sind selbständige, lebenspraktische Frauen mit eigenem Urteil, die ihr Tun vor sich selbst verantworten.

Fräulein Bürstner
Figur in dem Romanfragment → *Der Prozeß,* »Schreibmaschinistin«
Sie wohnt in der gleichen Pension wie → *Josef K.,* der ihr von seinem Prozeß berichtet und sie um Hilfe bittet. Sie ist eine unabhängige, selbstbewußte junge Frau, die sich sehr für Gerichtsangelegenheiten interessiert. Josef K. gelingt es nicht, sie zu seiner Geliebten zu machen. Das biographische Urbild dieser Figur war → *Felice Bauer.*

Sigmund Freud
* 6. 5. 1856 Freiberg/Mähren; † 23. 9. 1939 London
Neurologe, Begründer der Psychoanalyse
In seinem Tagebuch notierte Kafka, daß er sich während seines Kuraufenthalts in → *Jungborn* mit einem Gymnasialprofessor aus Nauheim auch über Freud unterhielt. Nachdem er in der Nacht vom 22./23. September desselben Jahres seine Erzählung → *Das Urteil* beendet hatte, schrieb er: »... Gedanken an Freud natürlich.« Kafka kannte die Lehre Freuds wenigstens in ihren Grundzügen, vor allem war er mit seiner Lehre vom Wunscherfüllungscharakter der Träume vertraut und wußte, daß Freud den Dichter mit dem Tagträumer gleichsetzte. Seine Haltung gegenüber dem Begründer der Psychoanalyse und seiner Lehre war jedoch ambivalent. Er lehnte die beschreibende Psychologie ab und mißtraute dem therapeutischen Anspruch der Psychoanalyse.

Frieda
Figur im Roman → *Das Schloß,* eine tüchtige Frau, die sich von der Stallmagd bis zum Ausschankmädchen des Herrenhofes emporarbeitete.
Sie ist die ehemalige Geliebte → *Klamms,* gibt sich → *K.* vor der Tür Klamms hin. Sie überredet K., die Stelle als Schuldiener vorerst anzunehmen, versucht ihn gegenüber dem Lehrer in Schutz zu nehmen, wehrt sich gegen die Entlassung der Gehilfen durch K., den sie schließlich verläßt, weil er gegen ihren Willen → *Amalia* und Olga besuchte. In der Schilderung dieser Gestalt hat Kafka seine Erfahrungen mit → *Milena Jesenská* verarbeitet.

Fürsprecher
Erzählung, Entstehungszeit 1921/22, Erstdruck in *Beschreibung eines Kampfes,* Prag 1936
Die kurze Erzählung erinnert durch Elemente der Verschiebung, Desorientierung und Realitätsverdünnung an einen Traum (→ *Traumstil*). Sie stellt nach Stil und Motiv eine Verbindung her zwischen den Romanen → *Der Prozeß* und → *Das Schloß.*
Nach Meinung des Erzählers ist die Hilfe eines Verteidigers im Vorfeld eines Prozesses wichtiger als im Prozeß selbst. Aus dieser Überlegung heraus macht er sich auf die Suche nach »Fürsprechern«. Er kommt in ein merkwürdiges Haus, das ihn an ein Museum, eine Bibliothek oder an ein Gerichtsgebäude erinnert. Er weiß nicht, wo er sich befindet. Auf jeden Fall fühlt er sich nicht am »richtigen Ort«. Die Gesichter der Anwesenden sind abweisend, zur Umkehr ist es zu spät. So bleibt ihm nur das sinnlose Weiterwandern über unendliche Treppen, die nirgendwohin führen. Die Suche nach Fürsprechern ist gescheitert.

Das Gassenfenster
Prosastück, Entstehungszeit 1906/07, Erstdruck in → *Betrachtung,* Leipzig 1913
Die Struktur des Textes ist bestimmt durch zwei in Haupt- und Nebensätzen ge-

gliederte Sätze, von denen der zweite den ersten in gewisser Weise einschränkt, modifiziert und aufhebt. Das Ich, das am Fenster steht, fühlt sich verlassen und sucht mit einem Blick auf die Straße die Nähe irgendeines Menschen. Im zweiten Satz wird das müde Ich, das die Suche aufgegeben hat und jetzt voller Ablehnung ist – der eingeschobene Hauptsatz »und er will nicht« statt des erwarteten Nebensatzes bringt dieses Sich-Sträuben zum Ausdruck –, gegen seinen Willen von der Bewegung auf der Straße mitgerissen zu einem merkwürdig abstrakt formulierten Ziel »der menschlichen Eintracht zu«.
Doch auch diese Erfahrung ist nur scheinbar, ein Phantasieerlebnis. Der zuerst suchende und dann sich sträubende Erzähler verläßt seinen Platz an der Fensterbrüstung nicht. Der Beobachtungsplatz gewährt ihm Einblick in das natürliche Leben, aber er verhindert gleichzeitig das reale Erlebnis menschlicher Gemeinschaft. Das um sich selbst kreisende Ich schützt sich vor den Gefahren, die mit einer Handlung verbunden sind, indem es in die traumhafte Passivität einer Ersatzhandlung flüchtet.

Die Gehilfen
Artur und Jeremias, clowneske Doppelfiguren im Roman → *Das Schloß*
Ähnlich wie Rosenkranz und Güldenstern in Shakespeares »Hamlet«, gleichen sie einander im Äußeren (mittlere Größe, sehr schlank, braunes Gesicht, schwarzer Spitzbart), in ihren sprunghaften Bewegungen und in ihrer kindlichen, aber ungezügelten Sexualität. Sie sind Gehilfen des Landvermessers → *K.*, allerdings verstehen sie nichts von der Landvermessung. Wegen ihrer verblüffenden Ähnlichkeit nennt K. beide Gehilfen »Artur«. Als sie K. gegenüber dem Lehrer als Haupttäter beim Holzdiebstahl bezeichnen und sich bei → *Frieda* Vertraulichkeiten herausnehmen, werden sie von K. rücksichtslos entlassen. Frieda und K. vermuten, daß die Gehilfen von der Schloßverwaltung mit ihrer Überwachung beauftragt wurden. Artur kehrt zu seinen Auftraggebern ins Schloß zurück, Jeremias lebt als Zimmerkellner mit Frieda im »Herrenhof« zusammen.
1911 sah Kafka das jüdische Theaterstück »Meschumed« von Josej Lateiner in Prag. In diesem Rührstück treten zwei Zeugen auf, gedungene Gehilfen eines Mörders, die gleich aussehen und sich gleich bewegen. Möglicherweise waren diese Gestalten Vorbilder für Kafkas Gehilfen.

Der Geier
Prosastück, Entstehungszeit November 1920, Erstdruck in *Beschreibung eines Kampfes,* Prag 1936
Der Erzähler berichtet von einem Geier, der ihn umkreist und mit seinen Schnabelhieben immer stärker verwundet. Ein Herr, der vorübergeht, verspricht, sein Gewehr zu holen, um das gefährliche Tier zu töten. Doch der Geier, der das Gespräch der beiden verstanden hat, stößt seinen Schnabel in den Schlund seines Opfers, ehe ihm irgend jemand helfen kann.
Der Geier, der seine Angriffe gegen Kehlkopf und Lunge richtet, erinnert an die Krankheit, unter der Kafka seit 1917 immer stärker litt. Der Kranke, der sich anfänglich gegen das mörderische Tier wehrt, scheint aber am Ende den Vogel als Erlöser herbeizusehnen. Wie eine lustvolle Befreiung wirkt der Untergang von Täter und Opfer, von Krankheit und Krankem. Der vorbeikommende Herr ist der Arzt, der zu helfen verspricht, aber doch nicht heilen kann. Diese → *biographische Deutung* wird unterstützt durch eine Stelle in einem Brief Kafkas an → *Felice Bauer*. Schon vier Jahre vor seinem Tod schrieb er an die Freundin: »Ich werde nicht mehr gesund.« Den Ausbruch seiner Krankheit empfand er

Kafka in Berlin um 1919.

als Befreiung, sie entband ihn von seiner Doppelexistenz als Beamter und Schriftsteller und ermöglichte ihm später die Auflösung der Bindung an Felice.
Deutungen:
1. Der Geier ist die dichterische Inspiration, die das Ich überwältigt, aus den Bindungen des alltäglichen, bürgerlichen Lebens reißt und schließlich vernichtet und dadurch befreit.
2. Der bei den Füßen beginnende Zerstörungsprozeß ist Ausdruck einer Kastrationspsychose. Der Geier ist ein Sinnbild der Mutter, der Vorübergehende vertritt die Rolle des Vaters (→ *Psychologische Deutung*).

Gemeinschaft
Erzählung, Entstehungszeit 1920, Erstdruck in *Beschreibung eines Kampfes,* Prag 1936
In der Wir-Form wird von fünf Freunden erzählt, die einmal aus einem Haus kamen und sich zu einer Gemeinschaft zusammenschlossen. Sie wollen weiter-

hin unter sich bleiben und lehnen deswegen die Aufnahme eines sechsten Mitglieds ab, obwohl der Abgelehnte nicht aufgeben will.
Die Gemeinschaft ist in Abhängigkeit von der Umwelt, durch eine Geste der »Leute« zufällig entstanden. Ihr Zusammensein ist eigentlich ohne Sinn, sie kannten sich vorher nicht und kennen sich auch jetzt nicht. Ihr einziger Zusammenhalt zeigt sich in der Verstoßung eines Sechsten. Durch die Wir-Form wird der Leser absichtlich irregeführt. Der Erzähler ergreift nicht die Partei der »Gemeinschaft«, sondern kritisiert sie als eine zufällige Ansammlung von außengelenkten einzelnen, die den Namen Gemeinschaft gar nicht verdient. Der Dichter steht auf der Seite des Abgelehnten, dem wie dem Landvermesser → *K.* die Aufnahme verweigert wird, obwohl er sich hartnäckig immer wieder darum bemüht und alle Demütigungen erduldet.

Eine Gemeinschaft von Schurken
Erzählung, Entstehungszeit Oktober 1917, Erstdruck in *Beschreibung eines Kampfes,* Prag 1936
Wie in der Erzählung → *Gemeinschaft* erscheint auch in diesem Text ein Zusammenschluß von Menschen unter einem negativen Vorzeichen, wobei die abwertende Kritik bis zur Verurteilung gesteigert wird. Wenn ein Mitglied dieser Gruppe einen Außenstehenden unglücklich gemacht hat, pflegt er von den anderen getröstet zu werden. Der Zusammenhalt unter ihnen ist so stark, daß sie nach ihrem Tod gemeinsam »im Reigen« zum Himmel auffliegen.
Durch die Identifizierung der Mitglieder der Gemeinschaft mit gewöhnlichen Menschen werden zwei disparate Ebenen aufeinander bezogen und ironisch ineinander gespiegelt. Das Strafgericht am Schluß aber entlarvt ihre »Kinderunschuld« als Prätention und ihr Verhalten als Schurkerei, die ihren gerechten Lohn findet. Eine Variante des Themas vom Menschen, der außerhalb einer Gemeinschaft steht und den man fühlen läßt, daß er von der Gruppe als Eindringling betrachtet wird.

Gericht
Zu den zentralen Vorstellungen in Kafkas privaten Äußerungen und in seinen Werken gehören die Bilder von Richter und Gericht. Die Gerichtsmetaphorik ist von → *Dostojewskis* Briefen und Tagebüchern beeinflußt. Möglicherweise ist die Philosophie → *Franz Brentanos* eine der Quellen für die dominierende Stellung dieses Vorstellungsbereichs. Eine andere Quelle ist in der privaten Lebensgeschichte Kafkas zu finden. Im → *Brief an den Vater* schrieb der Dichter, er habe vor dem Vater alles Selbstvertrauen verloren und »dafür ein grenzenloses Schuldbewußtsein eingetauscht«. Die Beziehung zwischen → *Hermann Kafka* und seinen Kindern charakterisierte er geradezu »als diesen schrecklichen Prozeß«, der zu keinem Abschluß kam und der ständig von den Beteiligten erörtert werden mußte. In diesem Prozeß übernahm der Vater die Rolle des Richters. Erst später erkannte Kafka, daß der Vater selbst Partei war und sich dieses Amt anmaßte. Trotz dieser späten Erkenntnis fühlte sich Kafka zeitlebens in der Rolle eines Menschen, der sein Leben zuerst vor seinem Vater und später gegenüber anderen rechtfertigen mußte. So vertraten einzelne Menschen gleichsam die weiterwirkende väterliche Autorität.
In einem Brief an → *Felice Bauer* schrieb er: »Du bist mein Menschengericht.« Die Aussprache im »Askanischen Hof« in Berlin im Juli 1914, die zur Entlobung führte, bezeichnete Kafka als »Gerichtshof«. Eine Formulierung, die in einem Brief an → *Max Brod* auftaucht, »das Menschen- und Tiergericht«, zeigt

den umfassenden Geltungsbereich dieser Vorstellung im Leben des Dichters, der davon überzeugt war, daß der Unzulängliche durch die Totalität des Lebens verurteilt wird. Den prägnantesten und umfassendsten Ausdruck fand dieses Lebensgefühl in → *Der Prozeß,* aber auch in anderen Werken fordert ein Gericht Rechenschaft. Kafka macht das Publikum zum Richter über den Hungerkünstler (→ *Ein Hungerkünstler*), das Volk der Mäuse entscheidet über Josefine (→ *Josefine, die Sängerin oder Das Volk der Mäuse*), und der Forscherhund stellt sich dem Urteil der Hundegemeinschaft (→ *Forschungen eines Hundes*).

Geschichtsdeutung

Kafka, der kein systematischer Denker war, hat keine philosophisch fundierte Theorie vom Sinn der Geschichte formuliert. In seiner Erzählung → *Forschungen eines Hundes* finden sich aber gewisse Vorstellungen vom Verlauf der Geschichte, die beeinflußt sind vom biblischen Mythos vom Sündenfall und von der Geschichte der Erzväter. Weil ihr Gedächtnis noch nicht so überlastet war, befanden sich frühere Generationen gegenüber den Nachgeborenen im Vorteil. Sie hatten größere Möglichkeiten, den wahren Weg zu finden und das wahre Wort zu sprechen. Die Väter waren dem Ursprung näher, ihre Handlungsmöglichkeiten waren begünstigt durch eine Gesellschaft, die nicht so fest gefügt war wie heute. Trotzdem irrten die Urväter vom rechten Weg ab und luden dadurch Schuld auf sich. Sie hätten durchaus die Chance gehabt, nach einer gewissen Zeit des Irrtums wieder auf den rechten Weg zurückzufinden, denn sie »sahen ja förmlich noch den Kreuzweg«. Aber sie und die folgenden Generationen kehrten nicht um und irrten weiter.

Gestik und Mimik

Nach dem Besuch eines Kabaretts versuchte Kafka in seinem Tagebuch den Eindruck festzuhalten, den die Hauptdarstellerin auf ihn machte. Dabei legte er großen Wert auf die Beschreibung ihres Mienenspiels und auf die Charakterisierung ihrer Bewegungen: »Schlechtes Mieder, sehr altes Kleid, aber sehr hübsch mit tragischen Bewegungen, Anstrengungen der Augenlider, Ausfällen der langen Beine, gut verstandenes Strecken der Arme dem Leib entlang. Bedeutung des steifen Halses bei zweideutigen Stellen.«
Auch in seinen Erzählungen und Romanen spielen Gestik und Mimik der dargestellten Figuren eine wichtige Rolle als Kunstmittel, die Bewußtseinszustände, seelische Vorgänge und Charakterzüge in knapper Form sinnfällig machen und die theatralischen Höhepunkte der Handlung markieren. Außerdem erhält die Figur, von deren Standpunkt aus erzählt wird, auf diese Weise Aufschlüsse über das Innenleben der Gegenfiguren.

Gibs auf!

Prosastück, Entstehungszeit November/Dezember 1922, Erstdruck in *Beschreibung eines Kampfes,* Prag 1936
Die Situation des Erzählers, der sich zuerst zielbewußt und voller Selbstvertrauen auf den Weg zum Bahnhof macht, ändert sich grundlegend, als ihm ein Blick auf die Turmuhr zeigt, daß er nur noch wenig Zeit hat. Er wird unsicher und wendet sich an einen Polizisten, der ihm den richtigen Weg weisen soll. An dieser Stelle erfolgt der Umschwung, die Antwort und das Verhalten des Befragten verstärken nur seine Unsicherheit. Die Lösung wird verweigert, die Ausgangssituation ist wieder erreicht, der → *paradoxe Zirkel* schließt sich. Alle wesentlichen Fragen müssen unbeantwortet bleiben.

Deutungen:
1. Der Mann, der die Stadt um jeden Preis verlassen will, leidet wie Kafka selbst an einer akuten Klaustrophobie. Als deutscher Jude im tschechischen Prag lebte Kafka in einem dreifachen Ghetto. Der Polizist ist das Sinnbild der erschütterten Autorität der k. und k. Monarchie, die ihren Untertanen keine Auskünfte mehr geben kann, weil das Imperium zum Untergang reif ist.
2. Der Text ist eine Studie der Neurasthenie. Dreimal versagen dem Mann die Nerven. Die Angst vor dem Schutzmann ist ein Ausdruck der Angst Kafkas vor seinem Vater aufgrund der Erziehung, die dieser ihm zuteil werden ließ.

Gleitendes Paradox
Eine für Kafka typische Denk- und Ausdrucksform, die sich besonders ausgeprägt in seinen → *Aphorismen* findet, z. B.: »Ein Vogel ging einen Käfig suchen« oder »Wer sucht, findet nicht, aber wer nicht sucht, wird gefunden.« Es handelt sich dabei nicht um die Darstellung des klassischen Widerspruchs, sondern um Abweichungen vom Normalverständnis, um Schwenkungen vom konventionellen logischen Ablauf. Im Denkgefüge erscheint eine »wolkige Stelle« (→ *W. Benjamin*), die den Leser desorientiert. Durch folgende Ablenkungsmanöver wird die festgelegte Begrifflichkeit ins Gleiten gebracht: durch semantische Verschiebungen, Zitatentstellung und Zitatumkehr, durch Ausbleiben des erwarteten Bedeutungsbezugs und der allegorischen Verweise. In einem Vorstellungsbereich, der sich zwischen herkömmlicher Stimmigkeit und jener besonderen Form der Alogik bewegt, soll der Leser die Möglichkeit gewinnen, sich von erstarrten Denkgewohnheiten zu befreien und neue Sinnbezüge zu erproben.

Großer Lärm
Prosastück, Entstehungszeit November 1911, Erstdruck in → *Herderblätter* (I, 4./5. Oktober 1912)
Mit genauem Realismus schildert der Autor die ihn belästigenden »akustischen Verhältnisse« in der Wohnung der Familie Kafka. Der Lärm ist entsprechend den verschiedenen Lärmquellen abgestuft. Daß für den extrem lärmempfindlichen Dichter auch aus psychologischen Gründen der Lärm, den sein Vater macht, am unerträglichsten ist, verwundert nicht. Der Text schien Kafka doch zu privater Natur, so daß er nicht in den Sammelband → *Betrachtungen* aufgenommen wurde.

Der Gruftwächter
Dramenfragment, Entstehungszeit 1916/17, Erstdruck in *Beschreibung eines Kampfes,* Prag 1936
Der Titel stammt vom Herausgeber → *Max Brod,* der die vorliegende Fassung nach seinen eigenen Angaben aus verschiedenen Ausarbeitungen des Autors zusammengestellt hat.
Ein Fürst möchte die Gruft seiner Vorfahren besser bewachen lassen, als bisher. Der Wächter, ein alter Mann, wird vorgeladen und berichtet von seinen Erfahrungen. In der Nacht pflegt er mit den Gespenstern der verstorbenen Fürsten zu kämpfen, die zu ihrem lebenden Nachfolger vordringen wollen. Unter Einsatz seines Lebens schützt er den Fürsten, dem er treu ergeben ist. Eine Gegenpartei, bestehend aus dem Obersthofmeister und der Fürstin, wendet sich gegen den Fürsten und den Gruftwächter. Als der Alte auf Befehl des Obersthofmeisters fortgeschafft werden soll, erleidet dieser einen Schwächeanfall. Gerade noch rechtzeitig kommt der Fürst zurück und schickt nach einem Arzt.

Der Text, dessen Bedeutung wegen seines allzu fragmentarischen Charakters im dunkeln bleibt, wurde einigemal von Studiobühnen aufgeführt.

Handlungsräume

Die Treppenhäuser, Dachböden, Schenkstuben und Zimmer, in denen sich Kafkas Figuren bewegen, haben eines gemeinsam: alle diese Örtlichkeiten sind schäbig, trist, obsolet und verkommen. Kafka bevorzugt die Darstellung abgeschlossener oder verlassener Räume. Seine Menschen leben in dunklen Höhlen, in primitiven Küchenverschlägen, in winkligen Galerien und dumpfen Kellern. Ihr Horizont ist eingeschränkt von ummauerten Hinterhöfen und hochragenden Häuserwänden. Sie leben in einem degradierten und degradierenden Milieu, das ihnen ein Ausbrechen ins Freie erschwert oder gar unmöglich macht. Diese Räume drücken Beziehungslosigkeit und Bedrohung aus. → *Adorno* sah darin das Sinnbild der kapitalistischen Spätphase, in der der Unrat hinter der Fassade die Entfremdung des Menschen sichtbar macht.

Wilhelm Hauff

* 29. 11. 1802 Stuttgart; † 18. 11. 1827 ebd.
Dichter

Die Erzählung »Der junge Engländer« aus Hauffs *Märchen* (1826ff.) war eine der Quellen für Kafkas Erzählung → *Ein Bericht für eine Akademie*. Ein Fremder, der ganz für sich in einer deutschen Kleinstadt lebt, kauft von einer durchreisenden Schaustellertruppe einen Orang-Utan, den er in Kleider steckt, dressiert und für einen jungen Engländer ausgibt. Der »Engländer« macht in den führenden Gesellschaftskreisen der Stadt bis zu seiner Entlarvung Furore. Die spießige, unkritische Einstellung der Kleinstädter, die alles Fremde bewundern, wird auf witzige Weise persifliert (→ *Einflüsse und Vorbilder*, → *Tierfiguren*).

Die Hauptfiguren der Romane

→ *Josef K.*, → *K.* und → *Karl Roßmann* werden in erster Linie durch die → *Dialoge*, durch → *erlebte Rede*, seltener durch den → *inneren Monolog*, durch → *Gestik und Mimik* und durch ihre Namen (→ *Namengebung*) charakterisiert. Folgende Charakteristiken sind den Protagonisten gemeinsam: Sie leben allein in der Fremde, Josef K. in der Stadt, K. in einem fremden Dorf, Karl Roßmann in den USA. Sie besitzen keine eigene Wohnung, ihr einziges Eigentum sind die Reiseutensilien. Sie leben allein, getrennt von der Familie.

Da alle Vorgänge mit den Augen der Hauptfiguren gesehen werden, erscheinen die Helden selbst ohne plastisches inneres und äußeres Profil. Sie sind undurchsichtige Personen, ohne Tiefe, ohne Innenleben, ohne Erinnerung und ohne Entwicklung. Ihre Handlungen beschränken sich im wesentlichen auf Reaktionen. Abgesehen von Karl Roßmann sind sie selbstsüchtig und berechnend. In ihrem Bestreben, stets rational zu reagieren, verdrängen sie ihre spontanen Regungen und jeden Gedanken an die Vergänglichkeit. Als Männer ohne Eigenschaften sind sie Symbolfiguren für die Anonymität und Entfremdung in der modernen Welt.

Heimkehr

Prosastück, Entstehungszeit August/September 1920, Erstdruck in *Beschreibung eines Kampfes*, Prag 1936

Im ersten Teil berichtet der Erzähler, es ist der Sohn des alten Bauern, wie er auf den Hof seines Vaters zurückkehrt. Die Szenerie ist trostlos, überall sieht er

unbrauchbares Gerät, das als unwirkliches Requisit aus einer längst vergangenen Zeit wirkt. Das folgende, unruhig-tastende Selbstgespräch stellt die Feststellung des Beginns »Ich bin zurückgekehrt« in Frage und entlarvt die Sicherheit des verlorenen Sohns als Selbsttäuschung. Seine Unsicherheit wächst, er zögert vor der Küchentür, die ihn von seiner Familie trennt. Der Schluß zeigt den vollständigen Umschlag der Situation. Die in der Küche Sitzenden wahren ihr Geheimnis vor dem Horchenden, und auch er ist nicht bereit, sein Geheimnis zu offenbaren. So kann eine Verständigung nicht erreicht werden, der Fremdgewordene bleibt auf sich selbst angewiesen, der enge Hof führt ihn nicht weiter, er ist nicht heimgekehrt.
Diesen Text hat → *Friedrich Beißner* als Schlüsseltext für das Gesamtwerk Kafkas verstanden; das zentrale Thema seiner Dichtung sei die »verfehlte Heimkehr«.

Der Heizer. Ein Fragment
Seit dem 25. 9. 1912 entstand der Roman → *Der Verschollene* (Amerika). Unter dem Titel *Der Heizer. Ein Fragment* veröffentlichte der Kurt Wolff Verlag im Mai 1913 als dritten Band der Reihe *Der jüngste Tag* das erste Kapitel dieses Romans.

Heizer (Gestalt)
Figur aus dem Romanfragment → *Der Verschollene,* ein körperlich und geistig schwerfälliger Mann, fühlt sich als Schiffsheizer auf einem deutschen Schiff von Schubal, einem rumänischen Obermaschinisten, ungerecht behandelt. Mit Hilfe von → *Karl Roßmann* versucht er vergeblich, den Kapitän und die Schiffsoffiziere von seinem Recht zu überzeugen.

Herderblätter
Eine Zeitschrift, die ab 1911 im Auftrag der J. G. Herdervereinigung erschien, einer Jugendvereinigung der Prager Loge des jüdischen Ordens B'nai B'rith, Herausgeber → *Willy Haas.* In den *Herderblättern* kam die moderne Prager deutsche Literatur zu Wort. Zu den Mitarbeitern gehörten → *Franz Kafka,* → *Franz Werfel,* → *Max Brod,* → *Franz Blei,* → *Robert Musil,* Albert Ehrenstein, Kurt Hiller.

Hochzeitsvorbereitungen auf dem Lande
Romanfragment, Entstehungszeit Frühjahr 1907, Erstdruck in »Die Neue Rundschau« (62. Jg., H.1)
Raban, ein dreißigjähriger Mann, der in einem Amt arbeitet, benutzt seine Ferien, um zu seiner Braut Betty, »einem ältlichen hübschen Mädchen«, aufs Land zu fahren. An die bevorstehende Heirat denkt er mit Unbehagen. Er empfindet diese geplante Verbindung als gesellschaftlichen Zwang, auf den er mit inneren Widerständen, Stimmungsschwankungen, Wunschvorstellungen und Aggressivität reagiert. Durch seine Isolierung von der sozialen Umwelt gerät er in einen Zustand lähmender Passivität. Seine widersprüchlichen Empfindungen stehen seinen als richtig erkannten Entschlüssen entgegen und bewirken eine unüberwindliche Distanz.
Raban, ein früher Vertreter der Kafka-Helden, zeigt keine Entwicklung, er ist eine experimentelle Figur, deren Willensschwäche sich dem Text als merkwürdige Spannungslosigkeit mitteilt.

Ernst Theodor Amadeus Hoffmann
* 24. 1. 1776 Königsberg; † 25. 6. 1822 Berlin
Dichter, Musiker, Maler, Jurist
Seine Erzählungen »Nachricht von den neuesten Schicksalen des Hundes Berganza« und »Schreiben Milos, eines gebildeten Affen, an seine Freundin Pipi, in Nord-Amerika« beeinflußten Kafkas Erzählungen → *Ein Bericht für eine Akademie* und → *Der Jäger Gracchus* (→ *Einflüsse und Vorbilder*).

Hugo von Hofmannsthal
* 1. 2. 1874 Wien; † 15. 7. 1929 Rodaun
Österreichischer Dichter
Hofmannsthal und Kafka berühren sich in ihrer Auffassung von der Dichtung. Das einfache Sein der Dinge, ihre Magie, wird neu gesehen durch den Dichter, der das Greifbare und Gegenständliche unverstellt zur Sprache bringt. Hofmannsthals »Reitergeschichte« und »Das Erlebnis des Marschalls von Bassompierre« waren in ihrer poetischen Gestaltung für Kafka ein bedeutungsvolles Muster. Diese Erzählungen sind geprägt durch eine personale Erzählhaltung, durch mimisch-gestische Charakterisierung der Gestalten und durch Akzentuierung scheinbar nebensächlicher Einzelheiten, die ebenso wie die Beschreibungen eingebunden sind in eine dicht verfugte Struktur ohne blinde Stellen.

Huld
Advokat in dem Roman → *Der Prozeß.*
Obwohl er herzkrank ist und seine Klienten im Bett empfangen muß, ist er bereit, → *Josef K.* in seinem Gerichtsverfahren zu verteidigen. Er rühmt sich seiner Erfolge, die er auf seine guten Beziehungen zu den Richtern zurückführt. Diese Hinweise wecken den Verdacht K.s, der ihm nach einiger Zeit das Mandat entzieht, weil er zu der Überzeugung gekommen ist, daß sich Dr. Huld für seine Verteidigung nicht genügend einsetzte.

Ein Hungerkünstler
Unter dem Sammeltitel *Ein Hungerkünstler. Vier Geschichten.* (Berlin, Verlag »Die Schmiede«, 1924) erschienen vier Erzählungen Kafkas in folgender Reihenfolge: → *Erstes Leid,* → *Eine kleine Frau,* → *Ein Hungerkünstler* und → *Josefine, die Sängerin oder Das Volk der Mäuse.* Die Titelgeschichte entstand 1921/22, Erstdruck in »Die Neue Rundschau« (33. Jg., 1922)
Die Erzählung handelt von einem Artisten, der dem Publikum seine »Hungerkunst« vorführt. Das Interesse der Zuschauer steigert sich zunächst von Tag zu Tag, selbst nachts wird der Hungerkünstler besichtigt. Nach genau vierzig Tagen muß der Impresario den Hungerkünstler geradezu überreden, wieder ein wenig Nahrung zu sich zu nehmen, und mit einer kleinen Publikumsveranstaltung feiert man das Ende des Hungerns. Doch nach ein paar Jahren tritt der Umschwung ein, wie so oft in Kafkas Erzählungen. Das Publikum interessiert sich immer weniger für die Hungerkunst, der Künstler kommt in einem Zirkus unter, wo ihm ein Käfig bei den Ställen zugewiesen wird. Nach einiger Zeit vergessen ihn die Wärter völlig, niemand registriert mehr seine Hungertage, er aber hungert weiter bis zur völligen Entkräftung. Kurz vor seinem Tod verrät er den Grund für sein fanatisches Hungern: Er hatte die Speise nicht finden können, »die mir schmeckt«. In den leeren Käfig sperrt man einen jungen Panther.
Die »Hungerkunst« ist eine Reduktionsform der Kunst, denn sie ist unproduktiv und lebensfeindlich, sie führt zu keiner Erkenntnis und stiftet keine Gemein-

Die letzte Aufnahme von Kafka um 1923/24.

schaft, ihre Wurzeln sind in einem menschlichen Unvermögen zu suchen. Der Künstler konnte nicht die richtige Speise finden, d. h., er fand nicht den richtigen Weg zu einem sinnvollen und erfüllten Leben. Trotz dieser Kritik beschreibt der Autor die Haltung des Hungerkünstlers doch mit einer gewissen Sympathie, denn Kafka bezieht sich im Grunde auf seine eigene künstlerische Existenz, auf sein → *Selbstverständnis als Schriftsteller*. Kafka erkrankte an einer Kehlkopftuberkulose, einer Krankheit, die ihn praktisch zum Hungertod verurteilte. Im Sanatorium Kierling korrigierte er noch die Druckbogen seiner Erzählung vom Hungerkünstler. Sein Freund → *Robert Klopstock* berichtet: »Kafkas körperlicher Zustand zu dieser Zeit und die ganze Situation, daß er selbst im wahren Sinne des Wortes verhungerte, war wirklich gespenstisch. Als er die Korrektur beendete, was eine ungeheure, nicht nur seelische Anstrengung, sondern eine Art erschütternder geistiger Wiederbegegnung für ihn sein mußte, rollten ihm lange die Tränen herunter. Es war das erste Mal, daß ich eine Äußerung von Bewegung dieser Art in Kafka miterlebte. Er hat immer eine übermenschliche Macht der Beherrschung gehabt.«
Mit den Mitteln einer grotesken Ironie stellt er sein Künstlertum in Frage. Die Figur des Panthers vertritt den Anspruch des vitalen Lebens, gegen das sich der Hungerkünstler mit seiner Kunst nicht behaupten kann. Aber auch dieser Aspekt wird nicht absolut gesetzt, die Forderung des normalen Lebens behält

nicht uneingeschränkt recht gegen die selbstzerstörerische Hungerkunst. Die Reaktion des Publikums ist zwar nicht ganz unverständlich, aber die Menge der gewöhnlichen Menschen wird andererseits als herzlos und vergnügungssüchtig geschildert. Beide Verhaltensweisen sind fragwürdig, Kafka trifft keine eindeutige Entscheidung zwischen den Ansprüchen der Kunst und den Forderungen des vitalen Lebens (→ *Künstlerfiguren*).

Deutungen:

1. Der Hungerkünstler zeigt die Selbstaufopferung des Künstlers im Kampf mit einer ungeistigen Welt. Das Recht ist auf der Seite des Künstlers, das Publikum, das den Ansprüchen einer auf das Absolute gerichteten Kunst nicht gewachsen ist, verfällt radikaler Kritik.
2. Der Verfasser kritisiert ein deformiertes Künstlertum, das die Schöpfung mißachtet. Animalische Vitalität siegt über asketische Lebensschwäche.

Hyperion

Literaturzeitschrift für Bibliophile, die sich an Außenseiter des Literaturbetriebs wandte, Zweimonatsschrift in luxuriöser Aufmachung, Herausgeber → *Franz Blei.* Mitarbeiter der Zeitschrift waren: Rudolf Borchardt, Hans Carossa, Richard Dehmel, → *Hugo von Hofmannsthal,* → *Robert Musil,* → *R. M. Rilke,* Carl Sternheim, R. A. Schröder und → *Franz Kafka* (→ *Betrachtung, Gespräch mit*

FRANZ KAFKA: GESPRÄCH MIT DEM BETER

Es gab eine Zeit, in der ich Tag um Tag in eine Kirche ging, denn ein Mädchen, in das ich mich verliebt hatte, betete dort knieend eine halbe Stunde am Abend, unterdessen ich sie in Ruhe betrachten konnte.

Als einmal das Mädchen nicht gekommen war und ich unwillig auf die Betenden blickte, fiel mir ein junger Mensch auf, der sich mit seiner ganzen mageren Gestalt auf den Boden geworfen hatte. Von Zeit zu Zeit packte er mit der ganzen Kraft seines Körpers seinen Schädel und schmetterte ihn seufzend in seine Handflächen, die auf den Steinen auflagen.

In der Kirche waren nur einige alte Weiber, die oft ihr eingewickeltes Köpfchen mit seitlicher Neigung drehten, um nach dem Betenden hinzusehn. Diese Aufmerksamkeit schien ihn glücklich zu machen, denn vor jedem seiner frommen Ausbrüche ließ er seine Augen umgehn, ob die zuschauenden Leute zahlreich wären. Ich fand das ungebührlich und beschloß ihn anzureden, wenn er aus der Kirche ginge, und ihn auszufragen, warum er in dieser Weise bete. Ja, ich war ärgerlich, weil mein Mädchen nicht gekommen war.

Aber erst nach einer Stunde stand er auf, schlug ein ganz sorgfältiges Kreuz und ging stoßweise zum Becken. Ich stellte mich auf dem Wege zwischen Becken und Türe auf und wußte, daß ich ihn nicht ohne Erklärung durchlassen würde. Ich verzerrte meinen Mund, wie ich es immer als Vorbereitung tue, wenn ich mit Bestimmtheit reden will. Ich trat mit dem rechten Beine vor und stützte mich darauf, während ich das linke nachlässig auf der Fußspitze hielt; auch das gibt mir Festigkeit.

Nun ist es möglich, daß dieser Mensch schon auf mich schielte, als er das Weihwasser in sein Gesicht spritzte, vielleicht auch hatte er mich schon früher mit Besorgnis bemerkt, denn jetzt unerwartet rannte er zur Türe hinaus. Die Glastür schlug zu. Und als ich gleich nachher aus der Türe trat, sah ich ihn nicht mehr, denn dort gab es einige schmale Gassen und der Verkehr war mannigfaltig.

In den nächsten Tagen blieb er aus, aber mein Mädchen kam. Sie war in dem schwarzen Kleide, welches auf den Schultern durchsichtige Spitzen hatte, — der Halbmond des Hemdrandes lag unter ihnen —, von deren unterem Rande die Seide in einem wohlgeschnittenen Kragen niederging. Und da das Mädchen kam, vergaß ich den jungen Mann und selbst dann kümmerte ich mich nicht um ihn, als er später wieder regelmäßig kam und nach seiner Gewohnheit betete. Aber immer ging er mit großer Eile an mir vorüber, mit abgewendetem Gesichte. Vielleicht lag es daran, daß ich mir ihn immer nur in Bewegung denken konnte, so daß es mir, selbst wenn er stand, schien, als schleiche er.

Einmal verspätete ich mich in meinem Zimmer. Trotzdem ging ich noch in die

126

Kafkas Prosastück Gespräch mit dem Beter *abgedruckt in* Hyperion, *März/April 1909.*

dem Beter und *Gespräch mit dem Betrunkenen* aus → *Beschreibung eines Kampfes*).

In der Strafkolonie

Erzählung, Entstehungszeit Oktober 1914, Erstdruck *In der Strafkolonie,* Leipzig 1914

Ein Forschungsreisender besucht eine Strafkolonie. Dort führt ihm ein Offizier voller Stolz einen Hinrichtungsapparat vor, der seine Funktionstüchtigkeit bei der Hinrichtung eines Soldaten zeigen soll. Das einzige Vergehen des Verurteilten besteht darin, daß er nachts auf der Wache eingeschlafen war und sich nicht dafür entschuldigt hatte. Die Maschine schreibt ihm das Gebot, das er übertrat, auf den Leib: »Ehre deinen Vorgesetzten.« Der Offizier erwartet von dem Reisenden, daß er beim neuen Kommandanten für diese Hinrichtungsart, die inzwischen nicht mehr unumstritten ist, ein gutes Wort einlege, was dieser aber entschieden ablehnt. Um ihn doch noch zu überzeugen, gibt der Offizier den verurteilten Soldaten frei und legt sich selber unter den Apparat. Aber der Mechanismus versagt, die Maschine foltert den Offizier nicht, sondern tötet ihn.

Das Thema der Erzählung ist die radikale Pervertierung der Gerechtigkeit durch ein inhumanes Machtsystem, das sich auf Tradition beruft und sich pseudoreligiöser Mittel bedient, um seinen totalitären Anspruch zu legitimieren. Das Gerichtsverfahren spottet aller rechtsstaatlichen Prinzipien, in der Hand des Offiziers sind Legislative und Exekutive vereint, die Schuld des Angeklagten steht von vornherein fest, und die Strafe steht in keinem Verhältnis zum Vergehen.

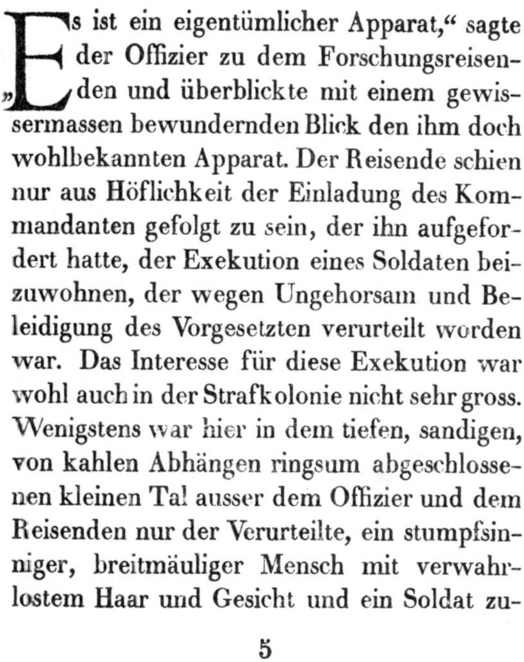
„Es ist ein eigentümlicher Apparat,“ sagte der Offizier zu dem Forschungsreisenden und überblickte mit einem gewissermassen bewundernden Blick den ihm doch wohlbekannten Apparat. Der Reisende schien nur aus Höflichkeit der Einladung des Kommandanten gefolgt zu sein, der ihn aufgefordert hatte, der Exekution eines Soldaten beizuwohnen, der wegen Ungehorsam und Beleidigung des Vorgesetzten verurteilt worden war. Das Interesse für diese Exekution war wohl auch in der Strafkolonie nicht sehr gross. Wenigstens war hier in dem tiefen, sandigen, von kahlen Abhängen ringsum abgeschlossenen kleinen Tal ausser dem Offizier und dem Reisenden nur der Verurteilte, ein stumpfsinniger, breitmäuliger Mensch mit verwahrlostem Haar und Gesicht und ein Soldat zu-

5

Eine Seite aus In der Strafkolonie, *herausgebracht im Kurt Wolff Verlag 1919.*

Der Offizier dient dem verstorbenen Kommandanten mit fanatischem Eifer wie einem unerreichbaren, abwesenden Richter. Er unterwirft sich einer Macht, die keine Schranken kennt. So sehr ist er von der Idee dieser Pseudogerechtigkeit erfüllt, daß er bereit ist, für sie sein Leben zu opfern. Aber die Maschine, die den höchsten Richterspruch ausführen soll (»Sei gerecht«), funktioniert nur unvollkommen und in unerwarteter Weise. Dem Sterbenden wird die versprochene Erlösung nicht zuteil, die heroische Treue des Gesetzesdieners war umsonst, das System der Macht samt seiner Ideologie hat sich selbst desavouiert. Dieser totalitären Ideologie kann sich der Reisende nur mit Mühe erwehren. Er ist ein wissenschaftlicher Beobachter, der sich zwar gegen Fanatismus und Unmenschlichkeit ausspricht, der aber nicht die Absicht hat, »fremde Gerichtsverfassungen zu ändern«. Er kann sich nicht zum Handeln entschließen und bleibt Beobachter.
Deutungen:
1. Die Erzählung, in der geschildert wird, wie ein Mensch in stumpfem Heroismus sein Leben für die Funktionsfähigkeit eines Mordapparates einsetzt, ist eine Satire auf den Krieg.
2. Kafka hat die Welt der Konzentrationslager vorausgeahnt.
3. Der Strafkult ist ein religiöser Kult, hier zeigt sich eine Parallele zwischen der Hinrichtung des Opfers und Christi Opfertod.
4. Die Geschichte ist ein Dokument literarischer Selbstbestrafung, der Dichter spielt in seiner Phantasie eine Sühnehandlung durch (→ *Max Brod*).
Kurt Tucholsky kommentierte diese Erzählung (*Die Weltbühne*, Berlin, 3. Juni 1920): »Aber dieses Kunstwerk ist so groß, daß es keiner Entschuldigung bedarf, und eine Allegorie ist erst recht nicht vonnöten ... Die Angelegenheit hat mit Christentum überhaupt nichts zu tun, dieser Offizier quält nicht, er ist beileibe kein Sadist. Und wenn er nach der sechsten Stunde der Folterung die Leidenszüge des nun immer schwächer werdenden Mannes in sich hineinschlürft, so ist das nur eine grenzenlose und sklavische Verneigung vor der Maschine dessen, was er Gerechtigkeit nennt, in Wahrheit: vor der Macht. Und diese Macht hat hier keine Schranken ... Diese Schrankenlosigkeit – hier bei Kafka ist sie geträumt und gestaltet.«

Innerer Monolog
Darunter versteht man die unmittelbare Darstellung von Gedanken und Gefühlen durch die Erzählfiguren in der Ich- oder Man-Form und im Tempus der Gegenwart, wobei die Assoziationen nicht durch die Situation eingeschränkt werden. Kafka verwendete den inneren Monolog nur ausnahmsweise, so z. B. zu Beginn der Erzählung → *Die Verwandlung* und in seinem Romanfragment → *Hochzeitsvorbereitungen auf dem Lande*, wie das folgende Zitat illustriert: »Raban steht in einem Torbogen und bemerkt eine Dame, die ihn beobachtet. Er glaubt, sie betrachte ihn mit Verwunderung. ›Aha‹, dachte er, ›wenn ich es ihr erzählen könnte, würde sie gar nicht staunen. Man arbeitet zu übertrieben im Amt, daß man dann sogar zu müde ist, um seine Ferien gut zu genießen. Aber durch alle Arbeit erlangt man noch gar keinen Anspruch darauf, von allen mit Liebe behandelt zu werden ...‹«

Der Jäger Gracchus
Erzählung, Entstehungszeit Anfang 1917, Erstdruck in *Beim Bau der Chinesischen Mauer*, Berlin 1931
Eine Barke fährt in den Hafen von Riva ein. Ein Toter wird auf einer Bahre in ein Haus am Ufer getragen. Der Bürgermeister kommt in den Raum, in dem die

1917 wohnte Kafka hier in der Alchimistengasse (Thata Ulicka) in Prag

Leiche aufgebahrt ist. Da schlägt der Tote die Augen auf und berichtet ihm von seinem Schicksal. Er, der Jäger Gracchus, sei vor vielen Jahren im Schwarzwald ums Leben gekommen, aber die Todesbarke, die ihn ins Jenseits bringen sollte, verfehlte ihr Ziel. Der Unglückliche mußte auf der Erde bleiben, als lebendiger Toter gleitet er in seinem Kahn seit Jahrhunderten steuerlos über die irdischen Gewässer, und niemand kann ihm helfen.

Kafka kannte von seinen Italienreisen her Riva am Gardasee. Außerdem war er vertraut mit den Sagen vom *Wilden Jäger,* vom *Ewigen Juden,* vom *Fliegenden Holländer* und *von Charon, dem Fährmann ins Totenreich.* Im Jahre 1917 verstärkte sich Kafkas Isolation von der Umwelt, er distanzierte sich von seiner Familie und von → *Felice Bauer.* Der Name der Titelfigur (lat. graculus, it. gracchio, tschech. Kavka, dt. Dohle) macht die Identifikation des Autors mit dem Jäger deutlich. Gracchus ist eine mythische Gestalt, die von allen Bindungen befreit ist und die sich in dieser Freiheit selbst finden will. Das merkwürdige Wort des Jägers: »Niemand wird lesen, was ich hier schreibe«, eine Feststellung, die als Bruch der Fiktion wirkt, zeigt das Ziel der Selbstfindung, die Selbstverwirklichung durch künstlerisches Schaffen. Doch dieses Ziel kann nicht erreicht werden. Zwar weist Gracchus auf seine Unschuld und auf seine Pflichterfüllung hin, aber diese Überzeugung erweist sich als Illusion, denn andererseits spricht er von einem »Grundfehler«, den er nicht näher erklärt, der für das Mißlingen seines Sterbens verantwortlich sei. In der Darstellung dieses verfehlten Sterbens verurteilt der Autor ein verfehltes Leben, das auch durch das Schreiben nicht ins rechte Lot gerückt werden kann. Möglicherweise hat Kafka in seiner Erzählung → *Die Sorge des Hausvaters* Bezug genommen auf das in der Geschichte vom Jäger Gracchus dargestellte Mißlingen der sprachlichen Verwirklichung.

Josefine, die Sängerin oder Das Volk der Mäuse
Erzählung, Entstehungszeit Frühjahr 1924, Erstdruck in: Prager Presse (Jg. 1924, Nr. 110 vom 20. 4. 1924)
Unter dem Mäusevolk tritt Josefine, eine Sängerin, auf, die mit ihren künstlerischen Leistungen großen Beifall findet. Besonders in Zeiten der Not versucht sie, das Volk durch ihre Darbietungen aufzurichten, und dieses dankt ihr ihre Bemühungen mit Zuneigung und Fürsorge. Josefine ist davon überzeugt, daß sie das Volk beschütze, nicht umgekehrt. Ihre Stellung bleibt zwar »ungeklärt«, aber ihr Pfeifen entspricht in wundersamer Weise der Tradition und dem Charakter des Mäusevolks. Seit langem fordert die Künstlerin als Anerkennung für ihre Kunst Befreiung von jeder gewöhnlichen Arbeit, doch das Volk lehnt dieses Ansinnen ab. Mit verschiedenen Mitteln versucht die Sängerin ihre Forderung dennoch durchzusetzen, doch alles ist vergeblich. Darauf verschwindet sie spurlos.
Die Geschichte wird von jemand erzählt, der »halb« zur Opposition gehört. Er distanziert sich von denjenigen, die Josefine ständig umschmeicheln. Sein Bericht ist zwar wohlwollend, aber kritisch. Vor allem mit zwei Problemen setzt er sich auseinander. Er will ergründen, was es mit dem Gesang Josefines auf sich hat, und er versucht den Gründen nachzugehen, die das Mäusevolk dazu veranlassen, die Sängerin zu bewundern. Zuerst ist viel von ihrem machtvollen Gesang die Rede, aber später wird deutlich, daß die »Macht des Gesanges« genaugenommen in einem schwachen Pfeifen besteht, das die Sängerin in der eitlen Pose einer Operndiva vorzutragen liebt. Das Mäusevolk wird als fleißig, praktisch beschrieben. Es ist ständig gehetzt, weil es seine bedrohte Existenz verteidigen muß, es ist mit einer starken Kindlichkeit begabt, allerdings auch alt, müde und hoffnungslos. Der Hinweis auf die »Auserwählten« und auf die »ewige Geschichte unseres Volkes« legt den Gedanken an das Volk der Juden nahe. Das Verhältnis zwischen Josefine und ihrem Volk spiegelt das Verhältnis Kafkas zum → *Judentum*.
Der Gesang Josefines verschafft der bedrohten Volksgemeinschaft Trost und Erbauung. Insofern ist ihre Kunst gegenüber der unnützen Kunstfertigkeit des Hungerkünstlers als sinnvoll dargestellt. Auch die Gemeinschaft selbst erscheint in einem versöhnlichen Licht. Das Mäusevolk betrachtet Josefine als Mitglied seiner Gemeinschaft, es beschützt die Künstlerin und zeigt ihr gegenüber trotz begrenztem Verständnis Zuneigung oder mindestens Toleranz. Das Volk ist ihr jedoch nicht bedingungslos ergeben. Der Wunsch nach Befreiung von der Arbeit – hier wird wohl auf Kafkas Wunsch nach Befreiung von seiner Bürotätigkeit angespielt – wird entschieden abgelehnt. Der Charakter der Erzählung ist geprägt durch witzige Anspielungen auf die Lebensgewohnheiten der Mäuse und vor allem durch die ironische Kontrastierung zweier Ebenen: Das Verhältnis zwischen Künstler und Gemeinschaft wird projiziert auf die Beziehung zwischen einer Mäusin und dem Mäusevolk, und Rang und Forderung der Dichtung werden durch groteske Identifizierung mit dem Pfeifen, das allen Mäusen gemeinsam ist, relativiert. Die Geschichte will nicht als ernsthafte und grundsätzliche Auseinandersetzung verstanden werden, sie ist vielmehr ein anmutiger,

humoristisch-verspielter »Schwanengesang« (→ *Emrich*) von Kafkas Kunst und Leben.

Deutungen:

1. In dieser Erzählung karikierte der Autor Starkult und Genieverherrlichung.
2. Die Situation der gehetzten Mäuse verweist auf den Kampf der schwachen Menschheit mit der Macht des Bösen.
3. Das Verschwinden Josefines am Schluß erinnert daran, daß die jüdische Religion »ein Zwischenfall in der Geschichte des jüdischen Volkes« ist (→ *Anders*).
4. Josefines Schicksal ist ein Hinweis auf die Sendung des Propheten Jeremias.

Junggesellen

Es ist auffällig, daß die meisten Figuren in Kafkas Werk Junggesellen sind, der Junggeselle ist ein zentraler Typus seiner Dichtung. Zu diesen Figuren gehören Raban in → *Hochzeitsvorbereitungen auf dem Lande,* der Kaufmann in der Erzählung → *Das Ehepaar,* → *Josef K.* im Roman → *Der Prozeß,* Gregor Samsa in der Erzählung → *Die Verwandlung,* der Freund in → *Das Urteil,* der Landarzt in → *Ein Landarzt,* aber auch viele Nebenfiguren. In diesen egozentrischen Gestalten mit ihrer schwierigen Seelenlage und ihrer überwachen Kritik spiegelt sich

Kafka um 1917.

die persönliche Problematik des Autors. Kafkas sehnlichster Wunsch war es, zu heiraten und Kinder zu haben. Er sah die Nachteile eines einsamen Lebens in schonungsloser Deutlichkeit. »Sysiphus war ein Junggeselle«, vertraute er seinem Tagebuch an.
Das Leben in der Gemeinschaft einer selbstgegründeten Familie war für ihn ein hohes Ideal, und er verdammte sich selbst, weil er einer zentralen Forderung des → *Judentums* nicht gerecht werden konnte. Schon 1911 hatte er in seinem Tagebuch einen Satz aus dem Talmud festgehalten: »Ein Mann ohne Weib ist kein Mensch.« Aus dem gleichen Jahr stammt eine Aufzeichnung, die ausführlich davon spricht, was der Junggeselle entbehren muß, wie sehr er sich vom eigentlichen Leben entfernt hat. Er durchbricht die Generationenkette, er ist neidisch auf die Kinder anderer Leute, und er muß die einsamen Abende fürchten. Diesen Tagebucheintrag hat Kafka fast wörtlich übernommen in die Erzählung → *Das Unglück des Junggesellen*. Die gleiche Problematik erscheint in der Erzählung → *Blumfeld, ein älterer Junggeselle*. In einem Brief an → *Felice Bauer* vom 2. 9. 1913 schrieb Kafka: »Sieh, von den vier Menschen, die ich ... als meine eigentlichen Blutsverwandten fühle, von Grillparzer, Dostojewski, Kleist und Flaubert, hat nur Dostojewski geheiratet, und vielleicht nur Kleist, als er sich im Gedränge äußerer und innerer Not am Wannsee erschoß, den richtigen Ausweg gefunden.« In einer stichwortartigen Zusammenfassung vom 20. 8. 1916 versuchte sich Kafka klarzumachen, was für und was gegen das Heiraten spricht. Hier erscheint das Problem doch in etwas anderem Licht. Zwar zieht der Verheiratete alle Kraft »aus dem Blutkreislauf des menschlichen Lebens«, aber auch der Status des Junggesellen hat jetzt seine positiven Seiten: »Konzentration auf die Arbeit.« Für das → *Selbstverständnis des Schriftstellers* Kafka wird die Erkenntnis entscheidend, daß »mein regelmäßiges, leeres, irrsinniges, junggesellenmäßiges Leben« durch das Schreiben eine Rechtfertigung erfährt und daß eine Ehe seine künstlerische Produktivität beeinträchtigen könnte. Von daher gesehen ist es kein Zufall, daß der Freund in der Erzählung → *Das Urteil* als Junggeselle gleichzeitig den Typus des Schriftstellers verkörpert.

K.

Hauptfigur im Romanfragment → *Das Schloß*
Er ist ein etwa dreißigjähriger Mann, der seine Heimat verließ. Er ist arm und hat keine Aussicht, zu Hause eine Arbeit zu finden. Nach einer beschwerlichen Reise kommt er an einem Winterabend in ein fremdes Dorf. Dort bemüht er sich um eine Aufenthaltserlaubnis, denn er sucht eine Existenzmöglichkeit als Landvermesser. Um diese Erlaubnis zu bekommen, versucht er, zur Schloßverwaltung vorzudringen. Er möchte ins Schloß gelangen, aber zugleich kämpft er im Rahmen der bestehenden Verhältnisse um seine Unabhängigkeit vom Schloß. Als Herausforderer zieht er jedoch die Diskussion der rechtlichen Grundlagen seiner Ernennung oder Ablehnung einer revolutionären Aktion vor. K. ist autoritätsabhängig, was ihn nicht daran hindert, seine Interessen mit einer gewissen Rücksichtslosigkeit zu verfolgen. Durch sein radikales Wahrheitsstreben zerstört er die Beziehung zu → *Frieda*. Auch für die unterdrückten Dorfbewohner bringt er kein Mitleid auf. Er selbst erfährt eine fortschreitende soziale Deklassierung. Er steigt ab vom selbsternannten Landvermesser zum Schuldiener und zum Arbeitslosen. Schließlich bietet ihm Gerstäcker eine Arbeit als Pferdeknecht an. Alle seine Versuche, die Wahrheit seiner Annahmen zu ergründen und von den Spekulationen zu den Tatsachen vorzustoßen, indem er zum Schloß vorzudringen versucht, sind zum Scheitern verurteilt.

Josef K.
Hauptfigur des Romanfragments → *Der Prozeß*
Er ist Prokurist einer Bank, wird an seinem 30. Geburtstag wegen einer Schuld, die er angeblich nicht kennt, von einem geheimen Gericht angeklagt. Mit Hilfe verschiedener Mittelsmänner ist er bemüht, das Gericht für sich günstig zu stimmen. Diesem Ziel ist aber seine ironische Rede vor dem Untersuchungsrichter nicht dienlich. Er versucht dem Gericht die Haltlosigkeit der Anklage, die Lächerlichkeit des gegen ihn eingeleiteten Verfahrens und die Bestechlichkeit der beiden Wächter klarzumachen. Nachdem er sich von der Unfähigkeit seines Anwalts → *Huld* überzeugt hat, entschließt er sich, seine Verteidigung in die eigene Hand zu nehmen. Es gelingt ihm aber nicht, seine Unschuld zu beweisen. Nach einjähriger Prozeßdauer wird er von zwei Henkern ohne Urteilsspruch hingerichtet.
Josef K. wurde gedeutet als moderner Jedermann, der die Widersprüchlichkeit der Existenz nicht überwinden kann; als Mensch, der in seinem erschöpften, isolierten Geist einen wahnhaften Traum träumt, oder als eine Gestalt, die durch ihre »Seinvergessenheit« an der Erkenntnis ihrer Existenzschuld gehindert wird.

Eine kaiserliche Botschaft
Ursprünglich Bestandteil der zu Lebzeiten des Dichters unveröffentlichten Erzählung → *Beim Bau der Chinesischen Mauer,* die vermutlich im März 1917 geschrieben wurde. Kafka veröffentlichte diese »Sage« in seinem Erzählband → *Ein Landarzt,* München, Leipzig 1919 im Verlag → *Kurt Wolff* unter dem Titel *Eine kaiserliche Botschaft.*

Der Kaufmann
Erzählung, Entstehungszeit 1907/08, Erstdruck unter dem Sammeltitel *Betrachtung* ohne eigene Überschrift als Nr. 1 in der Zeitschrift → *Hyperion* (1. Folge, 1. Bd., Heft 1, Jan./Febr. 1908)
Die Erzählung besteht aus zwei Teilen, einem → *inneren Monolog* und der imperativen Rede. Im ersten Abschnitt werden in einem Stil der Nüchternheit und Fremdheit die Probleme und Sorgen des Kaufmanns geschildert, die in gewisser Weise die geschäftlichen Sorgen von Kafkas Eltern spiegeln. Abgearbeitet und in einem Zustand der Aufregung kehrt der Kaufmann in seine Wohnung zurück. Im zweiten Teil wird in imperativer Rede ein traumhaftes Erlebnis dargestellt. Ein Tagtraum, der als simultanes lyrisches Bild gestaltet ist, überfällt den Kaufmann. Traumwesen, die Körper, Flügel und Hände haben, deuten tierische Existenzen an. Sie sind Sinnbilder für eine Welt des zweckfreien Seins. Doch der Ausschließlichkeitsanspruch der rationalen Welt macht eine Integration dieser schönen Traumwelt in den Alltag des Geschäftslebens unmöglich. Mit dem Hinweis auf die Ordnungsmacht der Polizei, die die frei galoppierenden Pferde bändigt, endet der Traum. Die gebändigten Tiere aber sind »unglücklich«. Damit wird angespielt auf die innere Verfassung des Kaufmanns, auf seine Sorgen, seine Unzufriedenheit und seine dadurch bedingte Aufregung, von der es zu Beginn hieß: »... ohne Ziel reißt sie mich mit.« Ihr kann er nicht entkommen (→ *Kaufmannsfiguren*).
Deutung:
Die Hauptfigur ist ein »maskierter« Schriftsteller, der fremden Mächten ausgeliefert ist. Diese sind in Wirklichkeit als Auswirkungen sozialer Konflikte zu verstehen, die der Autor nicht durchschaut.

Kaufmannsfiguren

Kafka, der selbst manchmal im elterlichen Galanteriewarengeschäft aushelfen mußte, kannte die Sorgen der Geschäftsleute aus eigener Anschauung. In vielen Erzählungen treten Kaufleute auf, so z.B. in den Erzählungen → *Der Nachbar,* → *Der Kaufmann,* → *Eine alltägliche Verwirrung.* Sie werden durch die Rationalität des ökonomischen Prozesses in ihren Unternehmungen nicht zum Erfolg geführt, sondern sie durchleben Ängste und Aufregungen, bis sie schließlich ihre wirtschaftliche Existenz verlieren oder in einen Zustand des Unglücklichseins und der Unzufriedenheit geraten, weil sie fühlen, daß sie einer bloß zweckgebundenen Existenzform ausgeliefert sind, ohne daß sie eine Möglichkeit finden, ein Leben in Freiheit und Selbstbestimmung zu führen.

Kinder auf der Landstraße

Prosastück, Entstehungszeit vermutlich 1904/05, Erstdruck in → *Betrachtung,* Leipzig 1913

Ein impressionistisch wirkendes Jugendwerk, das eine eigenartige Sprunghaftigkeit und Unruhe zum Ausdruck bringt. Kafka hat die Texte des Sammelbandes *Betrachtung* in einem Brief an → *Felice Bauer* einmal so charakterisiert: »Es ist ja wirklich eine heillose Unordnung darin oder vielmehr: Es sind Lichtblicke in eine unendliche Verwirrung hinein . . .«

Dargestellt ist die Welt der Kinder, die sich im kindlichen Bewußtsein des Ich-Erzählers spiegelt. Die Schilderung ist kaleidoskopartig-wechselnd, Naturszenen werden immer wieder durchbrochen von kindlichen Dialogen. Die Idylle ist bedroht durch die Erfahrung der Einsamkeit. Am Ende verabschiedet sich das Erzähler-Ich von der Gruppe und geht bewußt seinen Weg als Einzelgänger.

Klamm

Als Vorstand der Schloßkanzlei der ranghöchste Beamte im Roman → *Das Schloß*

Er wird als ruhig, klug, zuverlässig und undurchdringlich geschildert. Klamm ist ein Frauenheld, der mit vielen Frauen sexuelle Beziehungen aufnimmt und sie bedenkenlos aufgibt, wenn sein Interesse an der Partnerin erloschen ist. In geradezu zwanghafter Weise fühlen sich die Frauen zu ihm hingezogen. → *Frieda* und die Wirtsfrau Gardena können auch nach dem Ende ihrer Liebesbeziehungen den Geliebten nicht vergessen. Eine Begegnung zwischen → *K.* und Klamm im Herrenhof kommt nicht zustande, eine schriftliche Bitte um eine Unterredung bleibt ohne Antwort. Durch seine Beamten wird Klamm über alle Vorgänge im Dorf informiert. Die Dorfbewohner respektieren und fürchten ihn. Je nach ihrer augenblicklichen Stimmung erscheint er ihnen in jeweils anderer Gestalt, er wird zu einem Wesen, das sich ständig wandelt. Klamm hat eine »Proteusnatur« (→ *Emrich*).

Kleider

Prosastück, Entstehungszeit 1902/03, ursprünglich Teil der Erzählung → *Beschreibung eines Kampfes,* Erstdruck unter dem Sammeltitel *Betrachtung* ohne eigene Überschrift in der Zeitschrift → *Hyperion* (1. Folge, 1. Bd., Heft 1, Jan./Febr. 1908)

Die Schilderung der Schönheit der Kleider und der Körper zu Beginn wird durch die Hinweise auf Staub und Falten und durch die Verwendung des Masken- und Spiegelmotivs immer fragwürdiger, bis schließlich im letzten Abschnitt die Vergänglichkeit das letzte Wort behält.

Kleine Fabel

Erzählung, Entstehungszeit 1920, Erstdruck in *Beim Bau der Chinesischen Mauer,* Berlin 1931

Der Text besteht aus Rede und Gegenrede in zwei Sätzen. Genausowenig wie die Maus ist der Leser auf das Erscheinen der Katze gefaßt, die das Geschehen vom Rande her belauert hat. Ein allwissender Autor durchschaut die Zusammenhänge, aber merkwürdigerweise scheint auch die Katze diese Allwissenheit zu teilen, während die nichtsahnende Maus in ihr Verderben rennt. Die Pointe der Geschichte wird durch das Verhalten der Maus vorbereitet: Gerade dadurch, daß sie dem Rat der Katze folgt und der Falle ausweicht, fällt sie der Katze zum Opfer. Die beabsichtigte Vermeidung der Gefahr führt sie erst recht in den Tod. Dieses leere »Modell« fordert zu verschiedenen Deutungen heraus. Naheliegend scheint die Beziehung auf das Schicksal der Menschen zu sein. Die Katze vertritt das grausame Schicksal, das mit den Menschen spielt. Es zerstört ihre Illusionen und enthüllt die menschliche Freiheit als Determiniertheit.

Deutungen:

1. Das Schicksal der Maus erinnert an das Schicksal Franz Kafkas.
2. Die Maus hat ihre Chancen nicht genutzt, sie hätte im unbeirrbaren Weiterlaufen ihre Rettung gefunden.
3. Die Fabel symbolisiert das Schicksal der Juden.
4. Die Katze repräsentiert das vitale Leben, das über die Lebensschwäche der Maus den Sieg davonträgt.
5. Nach dem Vorbild der Aufklärung werden Vorurteile durch die sachliche Wahrheit widerlegt. Damit wird die Erkenntnisgläubigkeit der Menschen kritisiert.

Eine kleine Frau

Erzählung, Entstehungszeit Herbst 1923, Erstdruck in dem Erzählband → *Ein Hungerkünstler,* Berlin 1924

Nach Kafkas eigenen Angaben ist hier die Zimmerwirtin geschildert, die ihm und → *Dora Diamant* in ihrer gemeinsamen Berliner Wohnung das Leben schwer machte. Der erste Abschnitt, der das Aussehen der Frau schildert, scheint diese Erklärung zu bestätigen. Doch dann werden der beschriebenen Person merkwürdige Eigenschaften zugebilligt, nämlich Schönheitssinn, Gerechtigkeitsgefühl, schlagkräftiges Urteil und Konsequenz. Sie vertritt Überlieferungen, weckt Hoffnungen, nimmt ein Richteramt wahr und veranlaßt den Ich-Erzähler, sich vor ihr zu verantworten. Ihre Auseinandersetzungen will sie sogar »vor das Gericht der Öffentlichkeit« bringen.

Der Erzähler erfährt, die kleine Frau sei morgens bleich und übernächtigt, habe Kopfschmerzen und sei fast unfähig zur täglichen Arbeit. Vor allem diese Feststellung erinnert an Kafkas Erschöpfungszustand nach einer Nacht, in der er stundenlang geschrieben hatte, und an seine Furcht, deswegen seiner Büroarbeit nicht gewachsen zu sein. Offensichtlich steht das Thema der Erzählung im Zusammenhang mit dem Bereich der Literatur. Die kleine Frau ist nicht nur Kafkas Zimmerwirtin, sondern sie ist als Sinnbild für sein Verhältnis zur Literatur zu verstehen, deren Forderungen er nach seiner Meinung nur ungenügend erfüllen konnte. Mit dieser Deutung stimmt der befremdlich häufige Hinweis auf die Rolle der Öffentlichkeit überein. Die »unnützen Eckensteher und Lufteinatmer« karikieren die Vertreter des Literaturbetriebs, Kritiker und Verleger. Kafka hat in seinen Erzählbänden immer auf die Zusammenstellung themenverwandter Texte Wert gelegt. So fügt sich auch die vorliegende Erzählung in den Rahmen des Bandes *Ein Hungerkünstler* ein. Alle vier Geschichten, die der Autor hier vereinigte, kreisen um das Thema »Kunst und Künstler« (→ *Künstlerfiguren*).

Heinrich von Kleist
* 18. 10. 1777 Frankfurt/Oder; † 21. 11. 1811 Wannsee bei Berlin
Kafka bewunderte Kleists Anekdoten und Novellen, besonders die *Anekdote aus dem letzten preußischen Kriege* und *Die Marquise von O*. Er liebte vor allem *Michael Kohlhaas*, eine Erzählung, die er immer wieder las und auch öffentlich vortrug: »Das ist eine Geschichte, die ich mit wirklicher Gottesfurcht lese.« (→ *öffentliche Lesungen*). Kleists Sprache ist durch eine betonte Mündlichkeit gekennzeichnet. Auch Kafkas Sprache hat die sachliche Eloquenz der reichgegliederten Perioden, das vorwärtsdrängende Strömen, die scharf konturierende Strenge und Funktionalität (→ *Sprachstil*). Kleistisch mutet Kafkas Erzähltechnik an: Ein Mensch wird nach dem andern herangeholt, wobei nebensächliche Züge den ganzen Menschen repräsentieren können. Er gibt Hinweise auf die Gebärden der Handelnden und schildert scheinbar unwichtige Einzelheiten, die die Personen in den Augenblicken der Erregung in Überschärfe wahrnehmen (→ *Gestik und Mimik*). So behauptete Kurt Tucholsky anläßlich eines Rezitationsabends von Ludwig Hardt am 20. 11. 1921 in Berlin: »Kafka ist ein Großsohn von Kleist. Er schreibt die klarste und schönste Prosa, die zur Zeit in deut-

Heinrich von Kleist.

scher Sprache geschaffen wird . . ., der unterirdische Strom dieser Prosa, die unhörbaren Versfüße, die bis zur Schizophrenie gehenden Bilder [entfalten] sich leise und voll . . .«

Komik und Groteske
In manchen Erzählungen wird durch die Gegenüberstellung von antikem Mythos und moderner Rationalität ein komischer Effekt erzielt. In den Tiergeschichten erreicht der Autor schon durch die Bezugnahme auf den Blickwinkel und die Eigenarten der Tiere, die abgesetzt werden gegen die Lebensgewohnheiten der Menschen, den Ausdruck des Komischen. Die Erwartungen des Lesers werden durch die Schilderung des Unangemessenen enttäuscht, das Mißverhältnis zwischen Schein und Sein wirkt lächerlich.
In einer Episode des Romans → *Das Schloß* wird geschildert, wie → *K.* unerlaubterweise die Verteilung der Akten an die Beamten miterlebt. Diese gebärden sich wie rasend, schreien, läuten, fahren aus ihren Zimmern und verhalten sich geradezu kindisch. Die bürokratische Maschinerie gerät durch die absurdesten Zufälle ins Stocken, ein ungeheurer Aufwand führt zu einem höchst bescheidenen Resultat. Die Dinge erscheinen in Verwirrung. Alltägliches wird als monströs und fremd erlebt. Kafka treibt sein Spiel mit dem Leser; durch die Schilderung absurder Szenen und komischer Situationen will er verhindern, daß sich dieser, verführt durch die einsinnige → *Erzählperspektive,* den Standpunkt der Hauptfigur unkritisch zu eigen macht und sich mit der vorgegebenen Sicht der Welt vorschnell identifiziert.

Der Kreisel
Prosastück, Entstehungszeit November 1920, Erstdruck in *Beschreibung eines Kampfes,* Prag 1936
Ein Philosoph, der die Erkenntnis der Kleinigkeiten zur Grundlage aller Erkenntnis machen will, versucht einen Kreisel zu fangen, mit dem Kinder spielen. Jedesmal, wenn er das Spielzeug glücklich in seinen Händen hält, wirft er es enttäuscht zu Boden.
Die Frage nach der Möglichkeit der Erkenntnis ist das Thema des Textes, der durch die Dreiecksstruktur Philosoph-Kinder-Kreisel bestimmt ist. Dem Philosophen, der von außen kommt und sich nicht am Spiel beteiligt, gelingt es nicht, die Natur des Kreisels zu erkennen, denn er findet nicht den richtigen Bezug zum Erkenntnisobjekt. Weil er den Kreisel in seiner Bewegung aufhält, sieht er nur noch ein Holzstück vor sich. Ähnlich wie in der Erzählung → *Die Brücke* paralysiert die Beobachtung das Lebendige. Nur die Kinder in ihrem ungebrochenen Verhältnis zur Wirklichkeit gehen mit dem Kreisel in der richtigen Weise um. Der Schluß zeigt den Sieg des Lebens über die Erkenntnis: Der Philosoph ahmt die Bewegung des Kreisels nach und verrät so seine Ohnmacht.

Eine Kreuzung
Prosastück, Entstehungszeit April 1917, Erstdruck in der Zeitschrift »Die literarische Welt« (Heft 7, Nr. 13, 1931)
Der Ich-Erzähler beschreibt ein merkwürdiges Tier, das er geerbt hat. Es ist eine Kreuzung aus Katze und Lamm mit den entsprechenden Eigenschaften, die eigentlich einander ausschließen. Es lebt in Gegensätzen, trinkt Milch und hat Raubtierzähne. Außerdem versucht das monströse Geschöpf auch noch, sich wie ein Hund zu bewegen, und möglicherweise hat es auch »Menschenehrgeiz«. Es entwickelt sich vom friedlichen Lamm über die kämpfende Katze zum wei-

nenden Hund, der deswegen weint, weil er die Verlassenheit des Ich mitempfinden kann.
Zwischen dem Erzähler und dem widerspruchsvollen Tier besteht eine sehr enge Beziehung. Weil es sich isoliert fühlt von den anderen Tieren, die nicht blutsverwandt mit ihm sind, empfindet es das Leben in der Familie als Schutz. Die Fremdheit gegenüber den anderen, die intensive Beziehung zwischen Ich und Tier und der Hinweis auf den Schutz der Familie legen eine Deutung nahe, die das groteske Tier in Verbindung bringt mit dem Autor, dessen Existenz durch den Gegensatz auseinanderstrebender Kräfte in seinem Bewußtsein bestimmt ist.
Ebenso wie das Tier, das den Widerspruch zwischen Opfer (Lamm) und Kampf (Katze) erst im Tode lösen kann, sehnte sich auch Kafka nach Aufhebung seiner inneren Spannungen im Tod. »Ohne weitere Erklärung« wird das Tier den Kindern gezeigt. Möglicherweise ist hier an die Objektivierung seines inneren Lebens durch das literarische Werk zu denken. Unter diesem Blickwinkel könnte der Schluß des Prosastücks eine zusätzliche Bedeutung gewinnen: Der erhoffte, aber nicht eintretende Tod des Tieres weist hin auf die schriftlich verfügte, aber nicht erhoffte Verbrennung von Kafkas literarischem Nachlaß (→ *Tierfiguren,* → *Testament und literarischer Nachlaß,* → *Selbstverständnis als Schriftsteller*).
Deutungen:
1. Das aus Widersprüchen zusammengesetzte Tier verkörpert das Löwy- und das Kafka-Erbteil des Dichters.
2. Das Tier weist hin auf den Gegensatz zwischen christlichem Lamm und jüdischem Löwen in der Seele des Westjuden.
3. Kafka interpretiert sein Leben als gespaltene Existenz durch eine Selbstzerstörungsphantasie.

Der Kübelreiter

Erzählung, Entstehungszeit 1916/17, Erstdruck in → *Prager Presse* (Jg. 1921, Nr. 270 vom 25. 12. 1921)
Nach → *Brods* Angaben bezieht sich die Geschichte auf die große Kohlenknappheit im Kriegswinter 1916/17. Der Erzähler befindet sich in einer Notlage, er leidet unter der strengen Kälte, der Ofen ist kalt, und auch der Himmel zeigt sich abweisend und unerbittlich. Zwischen Ofen und Himmel will der Frierende »hindurchreiten«, um beim Händler Kohle zu holen. Diese Vorstellung wird im Fortgang der Erzählung wiederaufgenommen und die Linie, die fast unmerklich vom Alltäglichen zum Wunderbaren führt, verlängert. Der Kohlenhändler muß schon bei der Ankunft des Kunden beeindruckt werden, deswegen besteigt der Erzähler den leeren Kübel und reitet durch die Luft zur Kohlehandlung. Sein Versuch, hoch oben auf dem Kübel sitzend, seine Bitte dem Kohlenhändler vorzutragen, gelingt nicht, sein Wunsch findet lediglich eine gewisse schwache Resonanz im Dialog des Händlers mit dessen Frau. Am Ende behandelt ihn die Frau als Unperson, als jemanden, der gar nicht vorhanden ist, und treibt den Kübelreiter fort, hinauf in die eisige Luft.
Die aus der Kohlennot resultierende Eiseskälte wird zum Bildzeichen für den Verlust menschlicher Wärme. Der Versuch, durch Kontakt mit der Gemeinschaft menschliche Zuwendung zu erfahren, scheitert, eine Verständigung kommt nicht zustande. Die Frage allerdings bleibt unbeantwortet: Ist der Rückzug in »die Regionen der Eisgebirge« für den Dichter ein erzwungener Rückzug in eine menschenfeindliche Isolation, oder bezieht sich die Selbstdiagnose des

Franz Feigls Zeichnung von Kafka bei der Lesung des Kübelreiter.

Verfassers auf einen letztlich wünschenswerten Zustand der Befreiung vom Zwang sozialer Verhältnisse?

Künstlerfiguren
Die vier Erzählungen, die Kafka in dem Sammelband → *Ein Hungerkünstler* zusammenfaßte, enthalten wesentliche Aussagen über Probleme der Kunst und des Künstlers, aber auch die Erzählungen → *Forschungen eines Hundes und* → *Der Bau* beschäftigen sich mit wichtigen Aspekten der künstlerischen Existenz. Es sind nicht Maler, Musiker oder Schauspieler, die den Typus des Künstlers verkörpern, sondern Artisten, Hungerkünstler, ein dachsähnliches Tier, Schoßhunde und eine Mäusin (→ *Tierfiguren*). Durch die angestrengte und kompromißlose Ausübung ihres Könnens, das sie in lebensverachtendem Fanatismus zur höchsten Perfektion steigern wollen, versuchen die Künstler ihre Existenz zu rechtfertigen. Für sie sind Kunst und Leben identisch. Ihre Kunstausübung verstehen sie nicht als egozentrisches Spiel.
Wenn ihre Beziehung zur Gesellschaft zuweilen auch reduziert erscheint, so ist doch die Gemeinschaft ihr unerläßlicher Bezugspunkt. Nur der Künstler selbst kann seine Kunst vollkommen begreifen, die Umwelt reagiert oft mit Unverständnis. Im Dienst seiner Kunst ist er zu einem asketischen Leben bereit. Er empfindet Leid über die Hindernisse, die sich seinem Ziel entgegenstellen, aber er erlebt auch die Freude über seine Leistung, über ein Werk, das für ihn ein Schutz gegen die feindliche Umwelt sein kann. Allerdings herrscht zwischen den hohen Ansprüchen der Künstler und ihrer Kunst und der Realität ihrer künstlerischen Leistung nicht selten ein auffälliges Mißverhältnis: Der Hunger-

künstler ist im Grunde unproduktiv, die Lufthunde sind geschwätzig, die artistischen Leistungen des Trapezkünstlers werden gar nicht erwähnt, und die Mäusesängerin Josefine läßt nur ein schwaches Pfeifen vernehmen. In dieser wunderlichen Diskrepanz kommt die Selbstironie des Schriftstellers Kafka zum Ausdruck, der durch ein groteskes Mißverhältnis zwischen Anspruch und Leistung seinem Bedürfnis nach Selbstverurteilung Ausdruck verlieh.

Ein Landarzt

Dieser Sammelband mit dem genauen Titel *Ein Landarzt. Kleine Erzählungen,* München und Leipzig, Kurt Wolff 1919, vereinigte folgende Erzählungen in der angegebenen Reihenfolge: → *Der neue Advokat,* → *Ein Landarzt,* → *Auf der Galerie,* → *Ein altes Blatt,* → *Vor dem Gesetz,* → *Schakale und Araber,* → *Ein Besuch im Bergwerk,* → *Eine kaiserliche Botschaft,* → *Die Sorge des Hausvaters,* → *Ein Brudermord,* → *Ein Traum* → *Ein Bericht für eine Akademie.* Entstehungszeit der Titelerzählung Jan./Febr. 1917, Erstdruck in *Die neue Dichtung. Ein Almanach.* Mit 9 Bildbeigaben von Ludwig Meidner, Leipzig 1918.
Die Nachtglocke ruft einen älteren Landarzt zu einem Schwerkranken. Zur Fahrt dorthin braucht er dringend ein neues Wagenpferd, weil sein eigenes durch Überanstrengung verendet ist. Plötzlich streben zwei starke Pferde aus dem Schweinestall hervor. Die Pferde werden angespannt, der Wagen wird fortgerissen. Inzwischen stürzt sich der Pferdeknecht auf das Dienstmädchen Rosa. Als der Arzt die Wohnung des Kranken erreicht hat, stellt er fest, daß der Junge eigentlich gar nicht krank ist. Doch als die Pferde ihre Köpfe durch das Fenster stecken, erkennt er eine große, unheilbare Wunde an der Hüfte des Jungen. Der Arzt wird selbst Patient und legt sich zu dem Jungen ins Bett. Eltern und Geschwister beobachten die Vorgänge besorgt, ein Schulchor singt ein absurdes Lied, der Junge wirft dem Arzt Unfähigkeit vor. Die Lage wird bedrohlich, der Arzt muß an seine Rettung denken und wirft sich halb angekleidet in seinen Wagen, den die beiden Pferde jetzt nur ganz langsam voranziehen, während der »irrtümliche« Gesang der Kinder den Fliehenden begleitet. Auf diese Weise kommt der Arzt, der sich betrogen fühlt, niemals nach Hause und irrt durch die winterliche Nacht.
Die Kenntnis bestimmter biographischer Hintergründe erleichtert das Verständnis der Erzählung. Die Hauptfigur trägt Züge von Kafkas Lieblingsonkel → *Siegfried Löwy,* der Landarzt in → *Triesch* war. Ins Jahr 1917 fiel Kafkas zweite Verlobung mit → *Felice Bauer.* Im August des gleichen Jahres erlitt er den ersten Blutsturz, im Dezember löst er die Verlobung wieder auf.
In der Ich-Erzählung, die geprägt ist durch genaue Schilderung traumhafter, irrealer Vorgänge (→ *Traumstil*), stehen sich zwei Bereiche gegenüber, der Ort, an dem der unverheiratete Landarzt mit seinem Dienstmädchen lebt (→ *Junggesellen*), und das Haus, in dem der Patient mit seiner Familie den Arzt erwartet. Zwischen beiden Bereichen besteht eine geheimnisvolle Beziehung. Der Name des Dienstmädchens Rosa korrespondiert mit der rosafarbigen Wunde des Jungen, und die starken Pferde aus dem Schweinestall ziehen den Wagen des Arztes von einem Ort zum andern und schauen ins Krankenzimmer. Rosa und der Landarzt entdeckten die beiden Pferde, die als Ersatz für das verendete Pferd des Arztes angespannt wurden, gemeinsam im Schweinestall. Aber als dieser dem Ruf der Glocke folgt, muß er Rosa als »Kaufpreis« für die Fahrt dem brutalen Pferdeknecht überlassen.
Kafka hat seinen zentralen lebensgeschichtlichen Konflikt gestaltet. Der Ruf der Glocke bedeutet seine dichterische Berufung. Schon früh erkannte er, daß

die Bindung an seine Verlobte unvereinbar war mit seiner Existenz als Schriftsteller. Er erfuhr Dichtung als erkenntnisfördernd, der Wahrheit verpflichtet und deswegen heilend. Der Preis für ein Leben als Dichter ist der Verzicht auf die konkrete sinnliche Existenz, die in Rosa verkörpert ist. Der Tod des Pferdes könnte gedeutet werden als Versagen der normalen dichterischen Inspiration. An ihre Stelle treten die Inspirationskräfte des Unbewußten, symbolisiert in den »unirdischen« Pferden, die den Helden fortreißen zu einer Selbstbegegnung mit dem eigenen Ich im dichterischen Schaffensprozeß. Der Patient und der hilflose Arzt sind also identisch. Die Beziehung zwischen Rosa und der Krankheit erhält einen besonderen Sinn. Die dichterische Berufung zerstört die Beziehung zwischen dem Ich und dem Mädchen, und die Krankheit Kafkas machte die Trennung endgültig. Die Kräfte des Unbewußten lassen ihn diese Zusammenhänge intuitiv erkennen. Aber noch gelingt ihm nicht die klare Entscheidung. Der Arzt will zurückfahren, um sich und Rosa zu retten. Im Konflikt zwischen der unbedingten Forderung der Kunst und den Ansprüchen des vitalen Lebens scheitert er. In einem Niemandsland zwischen beiden Sphären irrt er umher und verliert sich in einer endlosen Schneewüste ohne Hoffnung.

Deutungen:

1. Der Ruf der Nachtglocke bedeutet den falschen Ruf des Über-Ich, d.h. der väterlichen Autorität, die ihn der Fremdbestimmung ausliefert.
2. Die Geschichte schildert einen Krankheitszustand, einen geistigen Zusammenbruch.
3. Die gesellschaftliche Isolation des Landarztes führt zu seinem Scheitern, weil er die sozialen Kräfte als unberechenbar und undurchschaubar mißdeutet.
4. Die Erzählung bringt den Angsttraum eines bedrohten Menschen stark zum Ausdruck.

Lyrik

In einem Brief vom 29. 8. 1907 an Hedwig Weiler findet sich Kafkas Gedicht »In der abendlichen Sonne«:

In der abendlichen Sonne
sitzen wir gebeugten Rückens
auf den Bänken in dem Grünen.
Unsere Arme hängen nieder,
unsere Augen blinzeln traurig.

Und die Menschen gehn in Kleidern
Schwankend auf dem Kies spazieren
Unter diesem großen Himmel,
Der von Hügeln in der Ferne
Sich zu fernen Hügeln breitet.

Die poetische Miniatur von eigentümlich schwebendem Charakter umfaßt zwei Strophen zu je fünf ungereimten Verszeilen im vierfüßigen trochäischen Versmaß. Die Erscheinungen der abendlichen Natur sind bezogen auf die Bewegungen der Menschen. Ihre Gesten drücken Trauer und Resignation aus, sie fühlen sich verloren unter dem großen Abendhimmel. Ton und Wortwahl, vor allem die Verwendung des asyndetischen »und«, aber auch die Technik der reihenden Nennung erinnern an den lyrischen Stil → *Hugo von Hofmannsthals*. Die zweite Strophe dieses Gedichts hat Kafka der ursprünglichen Fassung der Erzählung → *Beschreibung eines Kampfes* vorangestellt. Das Gedicht »Kleine Seele springt im Tanze« schrieb Kafka in das Stammbuch des Linzer Sammlers A. M. Pachin-

ger. In einem Brief an Oskar Pollak, datiert vom 9. 11. 1903, sind drei einstrophige Gedichte überliefert. Sie schildern eine städtische Winterlandschaft, eine Weihnachtsidylle und charakteristische Szenen aus der Topographie Prags. Ein anderes Gedicht »Aufgehoben die Reste ...« findet sich in einem Brief an → *Felice Bauer,* das in der Unverbundenheit der Dinge und in der Darstellung einer idyllischen Naturszene den Einfluß chinesischer Vorbilder zeigt (→ *chinesische Dichtung*). Auch in seinen Tagebüchern hielt Kafka einige Gedichte fest. Noch Ende Juni 1923 schrieb der Dichter in sein hebräisches Vokabelheft die Verse »Waldschatten noch in reiner Luft hinauf ...«
Insgesamt sind etwa ein Dutzend Gedichte erhalten. Sie können allesamt keinen besonderen Anspruch auf Originalität erheben. Es sind vorwiegend ungereimte lyrische Versuche in freien Rhythmen mit eher konventionellen Bildern, die Gefühle der Trauer und Einsamkeit zum Ausdruck bringen.

Mutterfiguren
Als der Kaufmann in der Erzählung → *Das Ehepaar* Frau N. trifft, sagt er zu ihr, »... daß sie mich ein wenig an Mutter erinnere«. Das trifft auf einige Figuren in Kafkas Werk zu, sie verkörpern charakteristische Wesenszüge von seiner eigenen Mutter. → *Julie Kafka* war ihrem Mann, dem häuslichen Patriarchen, fürsorglich untertan, und auch Frau N. bedient ihren Mann geradezu unterwürfig, zieht ihm den Pelz aus, bringt ihm ein vorgewärmtes Hemd und scheint nur Augen für ihren Mann zu haben, während der Sohn krank und unbeachtet im Bett liegt. Frau Roßmann – das Familienfoto zeigt ihre Unterordnung – wird als Abhängige, die keine eigene Meinung hat, geschildert. Sie setzt sich nicht für ihren Sohn ein und wird für diesen zum Mitglied der Gegenwelt (in → *Der Verschollene* [Amerika]).
Am ausführlichsten hat Kafka in der Gestalt der Mutter in der Erzählung → *Die Verwandlung* ein mindestens in wesentlichen Teilen realistisches Porträt seiner eigenen Mutter gezeichnet. Die sanfte, passive Frau stellt sich zwar schützend vor ihren Sohn, als der Prokurist kommt, sie versucht auch mit ihren schwachen Kräften einige Angriffe des Vaters gegen den Käfer abzuwehren, aber sie fügt sich dann doch ziemlich widerstandslos dem Willen ihres Mannes. Wegen ihrer Untätigkeit werden alle diese Mütter für den Sohn von der Vertrauten zur Verräterin. In einem Fragment zum Roman → *Der Prozeß,* dem → *Max Brod* den Titel gab *Fahrt zur Mutter,* wird berichtet, daß → *Josef K.* seine Mutter schon 3 Jahre nicht besucht habe. Die alte Frau war beinahe erblindet, »aber das hatte K. schon seit Jahren erwartet«; widerwillig vernahm er, daß sie fromm geworden sei, und so entschloß er sich nur aus einer gewissen »Wehleidigkeit« heraus, ihr endlich einen Besuch zu machen, von dem er sich allerdings wenig verspricht.

Der Nachbar
Erzählung, Entstehungszeit Frühjahr 1917, aus dem Nachlaß erstmals veröffentlicht in *Beim Bau der Chinesischen Mauer,* Berlin 1931
Ein junger Kaufmann, dessen Geschäfte sich gut anlassen, bekommt durch einen Nachbarn, einen Geschäftsmann namens Harras, Konkurrenz. Dieser hat die Nebenwohnung samt Küche gemietet. Er hat den Eindruck, daß sein Konkurrent, der offensichtlich keinen »Arbeitsapparat« hat, sein Telefon mitbenütze, denn durch die dünne Wand hört der Nachbar alle Telefonate mit, und vielleicht – das befürchtet der junge Kaufmann – verwendet er sofort die geschäftliche Information, um in die Stadt zu gehen und dem jungen Kaufmann »entgegenzuarbeiten«.

In dieser Geschichte werden eine geschäftliche Konkurrenzsituation und ihre Auswirkungen dargestellt. Solange der junge Kaufmann allein ist, kann er sein Geschäft mit Leichtigkeit führen, aber durch die Nähe eines Konkurrenten gerät er in Schwierigkeiten. Der Name dieses Nachbarn »Harras« ist typisch für Kafkas → *Namengebung*. Der Vokal »a« wiederholt sich an der gleichen Stelle (ähnlich wie bei »Samsa« und »Raban«) wie im Namen »Kafka«, d.h., Harras ist ein Deckname für Kafka. Der Nachbar wird nicht als Partner erlebt, mit dem Verständigung durch einen Dialog möglich ist, sondern als Gegner, der das eigene Sprechen belauscht, um seinen wirtschaftlichen Vorteil daraus zu ziehen. Der junge Kaufmann als Ich-Erzähler schildert das Entstehen seiner Angst, die schließlich dazu führt, daß nicht nur sein »Arbeitsapparat« an den Nachbarn ausgeliefert wird, sondern daß die Identität des jungen Kaufmanns durch eine nachbarliche Beziehung gefährdet ist, die durch ökonomische Zwänge zum Verhältnis zwischen Überwacher und Überwachtem degeneriert.
Deutungen:
1. Der Nachbar ist das andere ungebrochene Sein des Kaufmanns. Er lebt in einer zweckfreien Welt. Es handelt sich nicht um ein Konkurrenzverhältnis, sondern um einen innermenschlichen Kampf zwischen Arbeitswelt und unverletztem, freiem Sein.
2. Die Erzählung stellt die Bedrohung der Identität durch die kapitalistische Berufswelt dar.
3. Die Wurzeln der Angst sind in den nach außen projizierten Angstträumen der Hauptfigur zu finden.

Der Nachhauseweg
Prosastück, Entstehungszeit 2. Hälfte des Jahres 1907, Erstdruck unter dem Sammeltitel *Betrachtung* ohne eigene Überschrift als Nr. III in → *Hyperion* (1. Folge, 1. Heft, Januar/Februar 1908), München 1908
Das Ich erlebt auf dem Nachhauseweg nach einem Gewitter eine phantastische Steigerung seines Selbstbewußtseins. Der Erzähler findet sich im Einklang mit seiner Umwelt, ja noch mehr, er fühlt sich verantwortlich für die Lebensvorgänge, die er sich im Augenblick vorstellt, für die Trinkenden und die Liebenden. Sein Selbstgefühl führt ihn zu einer Hochschätzung seiner Möglichkeiten in Vergangenheit und Gegenwart. Die Vorsehung, die ihn »begünstigt«, muß er geradezu »tadeln«. An dieser Stelle findet ein Umschlag statt, der durch die Reihe der sich steigernden Ironiesignale vorbereitet wurde. Als der Erzähler sein Zimmer betritt, wird die Phantasie von der Realität eingeholt, das gesteigerte Selbstgefühl enthüllt sich als Prätention, die angemaßte Herrschaft des Ich über die Lebensäußerungen in einem bestimmten Stadtviertel ist Schein. Das Gefühl der Ernüchterung stellt das Gleichgewicht wieder her.

Das nächste Dorf
Prosastück, Entstehungszeit vermutlich Jan./Febr. 1917, Erstdruck in → *Ein Landarzt*, München, Leipzig 1919
Der Text besteht aus zwei Sätzen. Ein Enkel, der weiter nicht in Erscheinung tritt, zitiert seinen Großvater. In der Erinnerung vergegenwärtigt sich dieser das Mißverhältnis zwischen einem Vorhaben und der zur Verfügung stehenden Zeit. Er spricht aber nicht eine allgemeine Lebensweisheit aus. Nur von seiner eigenen Erfahrung aus gesehen scheint es ihm unmöglich, daß ein junger Mensch das nächste Dorf erreichen könnte. Durch die Paradoxie, die darin besteht, daß der Großvater in seiner Vorstellung seinen eigenen Mangel an Zeit auf die Si-

tuation des jungen Menschen überträgt, wird deutlich, daß diese Erfahrung nur für ihn, den alten Menschen, gelten kann. Hier scheint eine ähnliche Einsicht formuliert zu sein wie in der Erzählung → *Vor dem Gesetz*. Der Eingang in das Gesetz ist nur einem bestimmten Menschen zugänglich.
Deutung:
1. Das Thema des Texts ist die kollektive Solidarität. Einem einzelnen gelingt es nicht, in das nächste Dorf zu reiten, aber wenn dessen Zeit nicht ausreicht, kann ein anderer den Plan ausführen.

Nachts
Prosastück, Entstehungszeit Ende 1920, Erstdruck in *Beschreibung eines Kampfes*, Prag 1936
Der Text läßt sich in fünf Abschnitte gliedern. Zuerst taucht das Ich vollständig in die Nacht ein (1), dann stellt es sich die Menschen vor, die in Häusern schlafen (2). Aber diese Vorstellung ist eine »unschuldige Selbsttäuschung« (3), in Wirklichkeit – und damit wird in einer für Kafka typischen Weise der Schein durch das Sein korrigiert – sind die Schlafenden eine große Gemeinschaft, ein Volk, das in der Wüste unter freiem Himmel schläft »wie damals einmal und wie später« (4). Das Volk der Vergangenheit, dessen Geschichte in die Gegenwart hereinreicht, ist das Volk der Juden (→ *Judentum*). Im letzten Abschnitt folgt eine Aufforderung des Erzählers an sich selbst: Er will Wächter sein, der Dichter will da sein für sein Volk (5).
Verglichen mit anderen Dichtungen Kafkas, wirkt dieses Prosastück ungewöhnlich. Nicht der Dreischritt von Erwartung-Erfahrung-Scheitern ist gestaltet, wir finden auch nicht den Ausdruck der gestörten Verständigung zwischen einem Ich und seinem Gegenüber oder eine Variation des Themas von der mißlingenden Ankunft. Der Dichter erlebt sich als Angehöriger seines Volkes, in dessen Dienst er eine notwendige und sinnvolle Aufgabe übernimmt.

Namengebung
Auf die Bedeutung gewisser Namen, die er seinen fiktiven Gestalten gab, wies Kafka selbst hin. Einige Namen sind Kryptogramme, Decknamen für den Autor selbst. Zu diesem Typus gehören die Namen, die durch die Position des Vokals »a« an »Kafka« erinnern: Raban in dem Romanfragment → *Hochzeitsvorbereitungen auf dem Lande*, Harras in der Erzählung → *Der Nachbar* und Samsa in der Erzählung → *Die Verwandlung*. Nach den Erklärungen Kafkas, der seine Liebe zu Mystifikationen aller Art auch auf die Wahl der Namen ausdehnte, hat auch der Name Georg Bendemann in der Erzählung → *Das Urteil* eine geheime Beziehung zum Namen des Verfassers: »Georg Bendemann hat so viele Buchstaben wie Franz. In Bendemann ist ›mann‹ nur eine für alle noch unbekannten Möglichkeiten der Geschichte vorgenommene Verstärkung von ›Bende‹. Bende aber hat ebenso viele Buchstaben wie Kafka und der Vokal ›e‹ wiederholt sich an der gleichen Stelle wie der Vokal ›a‹ in Kafka.«
Eine zweite Gruppe von Namen ist durch religions- und kulturgeschichtliche Anspielungen gekennzeichnet. Der Name des Malers Titorelli (→ *Der Prozeß*) ist entstanden aus einer Zusammensetzung von Tizian, Tintoretto, Botticelli. Robinson (→ *Der Verschollene*) soll an Robinson Crusoe und Jeremias, einer der Gehilfen (→ *Das Schloß*), an den gleichnamigen jüdischen Propheten erinnern. Der Bote → *Barnabas* im *Schloß*-Roman leitet seinen Namen her von jenem Barnabas, dem »Sohn des Trostes« oder »Sohn der Mahnung« aus Cypern, der den Rang eines Apostels erhielt, obwohl er nicht zu den Zwölfen gehörte. Der Sekre-

tär Momus aus dem gleichen Roman weist hin auf den »Sohn der Nacht« aus der griechischen Mythologie, der von den Göttern beauftragt wurde, in allen Dingen Fehler zu finden.
Schließlich gab Kafka seinen Figuren auch Namen, deren Bedeutung auch ohne Bezug auf allegorische Hintergründe allein durch den Hinweis auf den deutschen Sprachgebrauch verständlich wird. → *K.*, die Hauptfigur des *Schloß*-Romans, ist eine unerfüllte, fast anonyme Person. Beim Namen des Vorstands der Schloßkanzlei, → *Klamm*, wird die Assoziation der Bedrängnis, Bedrückung und Enge lebendig. → *Frieda* erinnert daran, daß K. durch seine Liebe zu ihr den Frieden seiner Seele zu finden hofft, → *Bürgel* scheint die Rettung zu verbürgen, und Erlanger heißt so, weil der Held bei ihm Hilfe bei der Lösung seiner Probleme zu erlangen versucht.

Natur
Lange Jahre war Kafkas vertraute Umgebung die Großstadt → *Prag*. Erst seit 1915 wurde er unter dem Einfluß seiner Schwester → *Ottla* von einem Stadt- zu einem Landmenschen. Jetzt gewann er auch einen Blick für Landschaften.
Besonders angezogen fühlte er sich von der großflächigen, sanften Landschaft Nordböhmens, einer Landschaft ohne schroffe Gegensätze, mit weiten Aussichten auf waldige Hügel und Flußtäler. Gebirge und Meer lehnte er als zu »heroisch« ab. In seinen Werken erscheinen zwar Naturbilder, aber sie haben keine selbständige Bedeutung als Erlebniseindruck, sie sind in den Ablauf der Handlung einbezogen als Raum, in dem sich die Menschen bewegen. In seinem Roman → *Der Verschollene* finden sich solche funktionalisierte Landschaftsbilder, die aus den Elementen seiner nordböhmischen Lieblingslandschaft komponiert sind, während in den anderen Romanen die Naturdarstellungen deutlich zurücktreten.
Im Romanfragment → *Das Schloß* werden nur Sternenhimmel, Schnee und Wind erwähnt, aber es gibt keine einzige Naturbeschreibung. Die Schwärze der Nacht, das Weiß des Schnees und das Grau, das die Menschen umgibt, sind die einzigen Farben in seiner Welt. Die Natur wird auch in seinen Erzählungen zu einem neutralen Element, zu einer bloßen Projektion der jeweiligen menschlichen Situation. Ein Grund für Kafkas Naturferne ist vielleicht darin zu suchen, daß für ihn die Wirklichkeit vollkommen verwaltet und durchorganisiert erscheint. Für ihn gibt es nicht Natur als die von Menschen unangetastete Welt.

Der neue Advokat
Prosastück, Entstehungszeit Januar 1917, Erstdruck in der Zeitschrift »Marsyas« (1. Heft, Juli/August 1917)
»Wir haben einen neuen Advokaten« . . ., so beginnt der Bericht. Der Berichterstatter gehört zum »Barreau«, d. h., er ist Mitglied des Gerichtshofs, bei dem der neue Anwalt zugelassen ist. Dr. Bucephalus trägt nicht nur den Namen von Alexanders Streitroß, er ist darüber hinaus ein Mischwesen aus Jurist und Pferd. Man sieht es z. B. an der Bewegung seiner Schenkel, wenn er die Freitreppe des Gerichtsgebäudes hinaufsteigt.
Der Advokat befindet sich in einer schwierigen Lage. Die Zeiten des großen Alexander sind vorbei, nur die negativen Spuren seiner Herrschaft sind in unserer Zeit noch sichtbar. Alexander hatte im Rausch seinen Freund getötet. Die moderne Gesellschaft kennt immer noch das Mittel der Gewalt. Aber im Gegensatz zu den Zeiten Alexanders ist sie orientierungslos, weil es kein allgemein akzeptiertes Ziel mehr gibt, auf das sich die Aktivität einer Gemeinschaft richten

könnte. Aus diesem Grund hat sich das Streit-Roß in der neuen Zeit dem Rechts-Streit zugewandt. Die forensische Tätigkeit des Advokaten erschöpft sich aber »bei stiller Lampe« im Studium der Gesetzbücher.
Der Text enthält eine doppelte Kritik. Durch die Figur des menschgewordenen Pferdes fällt ein bezeichnendes Licht auf die moderne Gesellschaftsordnung, und die Haltung dessen, der sich aus äußeren Schwierigkeiten rettet, indem er sich nach innen wendet, wird in Frage gestellt.
Deutung:
Alexander zwang sein furchtsames Pferd zum Vorwärtsstürmen, heute – dies zeigt die Menschwerdung des Bucephalus – haben sich die rückwärts gewandten Kräfte in der Gesellschaft emanzipiert.

Friedrich Nietzsche
* 15. 10. 1844 Röcken bei Leipzig; † 25. 8. 1900 Weimar
Philosoph, Philologe
In Kafkas Bibliothek befand sich Nietzsches Schrift »Also sprach Zarathustra«, wahrscheinlich hat er auch dessen Abhandlung »Die Geburt der Tragödie aus dem Geiste der Musik« gekannt. Gewisse Einflüsse Nietzsches, der ein Modeautor der damaligen Zeit war, zeigen sich am Schluß der Erzählung → *Das Urteil.* Der Tod der Hauptfigur wird in verklärtem Licht gezeigt, Sterben schafft Zufriedenheit, der Tod ist eine Quelle dionysischer Lust.

Oktavhefte
Im Winter 1916/17 begann Kafka seine dichterischen Einfälle, Erzählfragmente und Erzählungen in acht blaue Oktavhefte einzutragen. Sie enthalten nur vereinzelte datierte Tagebucheinträge (→ *Tagebücher*). Diese Aufzeichnungen wurden von → *Max Brod* zusammen mit den »aus Heften und losen Blättern« zusammengestellten »Fragmenten« im Sammelband *Hochzeitsvorbereitungen auf dem Lande* veröffentlicht. Heute befinden sich die Oktavhefte zusammen mit den → *Quartheften* und anderen Handschriften des Dichters in der Bodleian Library in Oxford.

Onkel Jakob
Figur aus dem Roman → *Der Verschollene,* ein reicher Senator, Inhaber eines Kommissions- und Speditionsgeschäfts in New York, Bruder von → *Karl Roßmanns* Mutter. Seinen richtigen Namen, Jakob Bendelmayer, änderte er in Edward Jakob, um sich von seiner europäischen Verwandtschaft zu distanzieren. Trotzdem nimmt er seinen Neffen Karl in sein Haus in New York auf.

Parabel
Die Parabel, ein zur Erzählung erweitertes Gleichnis, ist im Gegensatz zur Allegorie, die Zug um Zug ausdeutbar ist, nur über einen Vergleichspunkt (tertium comparationis) mit der Sachebene verbunden. Für eine Deutung, die die Bilder und Aussagen Kafkas für das Eigentliche hält, erscheint die Anwendung des Parabelbegriffs auf seine Dichtungen problematisch, denn jede parabolische Darstellung muß sich im zentralen Vergleichspunkt auf einen bestimmten Sinn beziehen. Bei einigen Prosatexten liegt die Beziehung auf einen verschlüsselten Zentralgedanken nahe. Zu diesen Erzählungen, die als Gleichniserzählungen gedeutet werden können, gehören in erster Linie → *Vor dem Gesetz,* → *Eine kaiserliche Botschaft,* → *Kleine Fabel,* → *Gib's auf!* und → *Der Aufbruch.* Entsprechend ihrem jeweiligen Deutungsansatz verstanden verschiedene Interpreten

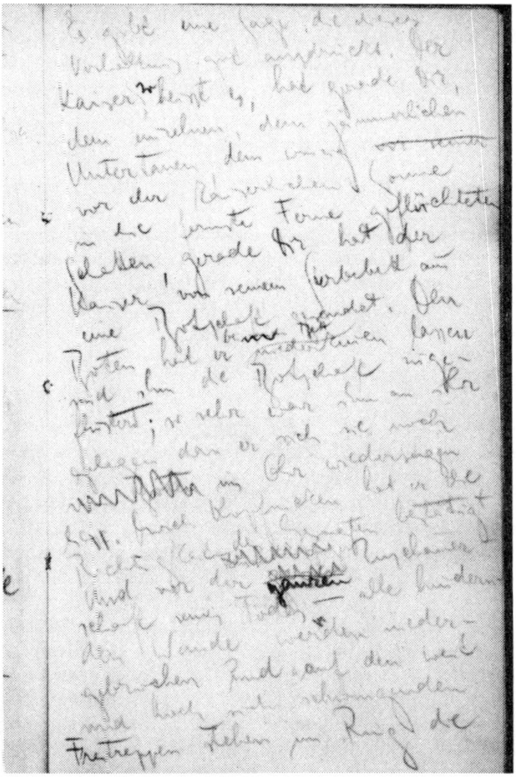

Das Prosastück Eine kaiserliche Botschaft *aus Kafkas* Oktavheften, *vermutlich im März 1917 niedergeschrieben.*

auch andere Werke als Parabeln. Im Fall Kafkas bleibt die Anwendung dieser Gattungsbezeichnung strittig.

Paradoxer Zirkel

Während Gehalt und Struktur von Kafkas Romanfragmenten durch die einsinnige → *Erzählperspektive* entscheidend bestimmt sind, zeigt eine Analyse der Gedankenbewegung in den kleinen Prosatexten häufig ein logisches Muster, das an den sophistischen Zirkelschluß vom Typ der Aussage »Ein Kreter sagt: ›Alle Kreter sind Lügner‹ « erinnert. Zu Beginn wird eine Situation beschrieben, die die folgenden Kommentare nicht erklären, sondern im Gegenteil verdunkeln. Die aufeinanderfolgenden Sätze entfalten keinen Sinn, sie relativieren ihre jeweilige Aussage, so daß der Leser eine Zirkelbewegung mitvollziehen muß, die seine Vernunft »vor den Kopf stößt«, d.h., die er als paradox empfindet. Er wird auf den Ausgangspunkt zurückverwiesen.
Dabei stehen die Teile in einem streng logischen Zusammenhang und sind für sich und in ihrer Beziehung zueinander rational überprüfbar. Die paradoxe Zirkelbewegung bezieht sich auf einen geheimen, nicht faßbaren Sinn, der durch das In-sich-Kreisen des Textes »aufgehoben« ist. Solange die Bewegung andau-

ert, bleibt die Frage nach Sinn oder Sinnlosigkeit unentschieden. → *Martin Walser* deutete den paradoxen Zirkel als Ausdruck des »Gleichgewichts zwischen Möglichsein und Unmöglichsein«. Ein Ich, dessen Bewußtsein durch die in sich widersprüchliche Vieldeutigkeit der Erscheinungen gelähmt ist, sieht keine Möglichkeit zur befreienden Tat.

Der plötzliche Spaziergang
Prosastück, Entstehungszeit Februar 1912, Erstdruck in → *Betrachtung,* Leipzig 1913
In einer reich gegliederten Satzperiode – neun Wennsätze münden in einen Hauptsatz – wird nach zahlreichen Ansätzen der Übergang von der Analyse hemmender Umstände zur Handlung vollzogen. Mit der Loslösung aus dem Familienverband erreicht der Erzähler seine wahre Bestimmung, aber nur in einem Wunschtraum und »für diesen Abend«. In einem kurzen Epilog intensiviert sich die Bewegung der Loslösung: dDer späte Spaziergänger entschließt sich zu einem Besuch bei einem Freund.

Poseidon
Prosastück, Entstehungszeit Ende 1920, Erstdruck in *Beschreibung eines Kampfes,* Prag 1936
Der Gott der Meere muß sich seine Degradierung zum Verwaltungsbeamten gefallen lassen, der zwar manchmal zu seinem Vorgesetzten, Jupiter, gerufen wird, der aber bei diesen Dienstreisen zu seinem Ärger und entgegen landläufigen Vorstellungen keine Gelegenheit findet, die Meere zu sehen, für die er eigentlich zuständig ist.
Zwei divergierende Bereiche sind einander gegenübergestellt, die Welt der Bürokratie und der antike Mythos, der den Rahmen abgibt, aus dem die Titelfigur fallen kann. Besonders hervorgehoben wird die zentrale Aufgabe, die der Gott der Meere in seiner Kanzlei bewältigen muß. Er ist ein eifriger Rechner, der auch die Rechnungen seiner Beamten zur Sicherheit noch einmal nachprüft. Kafka äußerte sich zuweilen selbstkritisch über seine »Beamtenhaftigkeit« und seine »Rechenkunst«. Damit meinte er das vorsichtige Abwägen aller möglichen Faktoren in einer bestimmten Situation. Angesichts lebenswichtiger Entscheidungen erweist sich aber die »Rechenkunst« als völlig untauglich. Diesem Mißverhältnis entspricht die Beziehung zwischen der rein rechnerischen Verwaltung der Gewässer und der Unendlichkeit der Meere, die nur einem Gott gemäß ist. Darüber hinaus gestaltet Kafka im Bild Poseidons seine eigene problematische Doppelexistenz. Der rechnende Beamte erscheint als Karikatur der produktiven, uneingeschränkten dichterischen Existenz.
Deutungen:
1. Poseidon ist das Zerrbild eines mächtigen, vielbeschäftigten Managers.
2. Das Thema ist die Abhängigkeit des Menschen von einem Herrn, der über die Natur herrscht, und die Abhängigkeit dieses Herrn von einer unbekannten Natur, die er zu beherrschen glaubt.

Prager Presse
Eine halboffizielle Zeitung, 1921 auf Veranlassung von Masaryk und Beneš gegründet
Das staatlich subventionierte Blatt sollte die Außenpolitik Beneš' bei den Sudetendeutschen vertreten. Die Zeitung erschien in deutscher Sprache, war aber tschechisch orientiert. Das Niveau des Feuilletons war höher als das der ande-

ren deutschen Tageszeitungen. Mitarbeiter waren neben → *Franz Kafka* → *Robert Musil,* → *Rudolf Fuchs,* → *Otto Pick* und Paul Eisner. → *Oskar Baum* war Musikkritiker der *Prager Presse.*

Prometheus

Prosastück, Entstehungszeit Januar 1918, Erstdruck in *Beim Bau der Chinesischen Mauer,* Berlin 1931

Vier Sagen über Prometheus werden nebeneinandergereiht. Die erste entspricht der klassischen Tradition, aber in den folgenden drei wird der mythische Hintergrund immer stärker deformiert. Der Autor bezieht sich nur auf einen Ausschnitt der griechischen Sage, er schildert den Vollzug der Strafe und das Ende der Qualen. Durch die Vorstellungen von der Versteinerung des Prometheus, durch die Einführung der Motive des Vergessens und der weltumfassenden Müdigkeit ist der überlieferte Mythos aufgelöst. Es geht nicht mehr um das Sichtbarmachen einer Wahrheit, sondern um die Darstellung einer Wirklichkeit, die sich allen traditionellen und allen neuartigen Erklärungsversuchen verweigert.

Der Prozeß

Romanfragment, Entstehungszeit 1914/15, Erstdruck unter dem gleichnamigen Titel, Berlin 1925

Der Bankprokurist → *Josef K.* wird an seinem 30. Geburtstag verhaftet, ohne daß er sich irgendeiner Schuld bewußt ist. Mit allen Mitteln sucht er sich zu rechtfertigen. Zuerst entschuldigt er sich wegen seiner Verhaftung bei seiner Zimmerwirtin, Frau Grubach, und möchte auch → *Fräulein Bürstner* erklären, warum die Männer, die ihn verhafteten, in ihrem Zimmer eine solche Unordnung anrichteten. Trotz seiner »Verhaftung« kann Josef K. vorerst sein gewohntes Leben weiterführen. Allerdings wird er aufgefordert, zu einem Verhör zu erscheinen, das in einem Saal eines alten Mietshauses stattfindet (→ *Prag*). Dort hält er eine kämpferische Verteidigungsrede, die aber seiner Sache eher abträglich ist. Als er am nächsten Sonntag wieder in dieses Haus kommt, trifft er die Frau des Gerichtsdieners, die ihm helfen will, und einen Studenten namens Berthold, den Liebhaber dieser Frau.

K.s Onkel Karl vermittelt seinem Neffen die Bekanntschaft mit dem Advokaten → *Huld,* der seine Verteidigung übernimmt. Auch den Maler Titorelli bittet K. um Vermittlung in seinem Prozeß. Eines Tages trifft er im Dom den Gefängniskaplan, der ihm ein Gleichnis (→ *Vor dem Gesetz*) erzählt, um ihm seine Situation klarzumachen. Die Gerichtsbehörden werden jetzt aktiv, Josef K., der immer noch nicht zu den Richtern vordringen konnte, wird von zwei Henkern in einen Steinbruch geführt und dort ohne Urteil erstochen.

Die zentrale Frage, die viele Interpreten beschäftigte, heißt: Ist Josef K. schuldig? Unter dem Druck des drohenden Gerichtsverfahrens zeigt der Held gewisse Verhaltensmuster, die wohl immer schon für ihn typisch waren. Er läßt seine Kollegen seine Macht spüren, auch den Direktorstellvertreter versucht er zu demütigen, für den Kaufmann Block hat er nur Verachtung übrig, die Frauen, die er kennenlernt, benutzt er als Mittel, um sich gegen die Bedrohung durch den Prozeß zu behaupten. Auch vor Unaufrichtigkeit und Bestechung schreckt er nicht zurück. Kafka selbst bezeichnete K. im Gegensatz zu → *Karl Roßmann* als schuldig: »Roßmann und K., der Schuldlose und der Schuldige . . .«

Zuerst verdrängt der Angeklagte jeden Gedanken an seine Schuld. Dann scheint er sie aber zu akzeptieren und erklärt sich in der großen »Eingabe« zur

Eine Szene aus Orson Welles' Film Der Prozeß *(1962) mit Anthony Perkins als Josef K. und Romy Schneider als Dienstmädchen Leni.*

Zusammenarbeit mit dem Gericht bereit. Die Hauptfigur projiziert unbewußt ihre eigenen Verfehlungen auf die Gerichtsbehörden: Der Untersuchungsrichter ist verlogen, die Richter benutzen die Frauen als Sexualobjekte und behandeln die Angeklagten mit Härte. Josef K., von dessen Standpunkt aus erzählt wird (→ *Erzählperspektive*), ist für die Entstehung und Entwicklung seines Prozesses selbst verantwortlich, seine Zustimmung ist für die Fortführung des Gerichtsverfahrens notwendig. Die Persönlichkeit des Angeklagten spiegelt sich im Charakter des Gerichts, sein Bewußtsein schafft aus sich heraus eine Gegenwelt, Josef K. prüft und verurteilt sich selbst in einem Denk-Prozeß.
Das Fehlverhalten des Protagonisten deformiert auch sein Erkenntnisvermögen. Diese Problematisierung teilt sich dem Leser mit, der durch die scheinrationale Struktur des Romans ständig verunsichert wird. In einem hypothetischen Erzählvorgang erscheint das Geschehen in einem widersprüchlichen Licht, Tatsachen enthüllen sich als bloße Vermutungen und umgekehrt. Durch paradoxe Sachverhalte und logische Disproportionen verliert das als objektiv vorgetragene Geschehen immer wieder an Glaubwürdigkeit und entzieht sich einer eindeutigen Festlegung.
Kafka begann die Niederschrift des Romans kurz nach seiner Entlobung im Juli 1914. Die Aussprache im Hotel bezeichnete er als »Gerichtshof«. Er fühlte sich schuldig, weil er nach seiner Überzeugung den Anforderungen, die das Leben an ihn stellte, nicht gerecht wurde. Von hier aus ergibt sich eine Beziehung zum Prozeß-Roman. Im November 1917 schrieb er an seinen Freund → *Max Brod:* »Ich habe mich in der Stadt, in der Familie, dem Beruf, der Gesellschaft, der

Liebesbeziehung . . ., der . . . Volksgemeinschaft . . . nicht bewährt.« Dazu zitierte er den Schlußsatz des Romans *Der Prozeß*. Die Figur des Josef K. ist mit dieser allgemein menschlichen (nicht juristischen) Schuld beladen, um derentwillen er sich selbst den Prozeß macht. In einer radikalen Strafphantasie endet dieser Prozeß mit einem Todesurteil, das in keinem Verhältnis zur Schuld steht (→ *Gericht*, → *Schuld*, → *Strafen*).
Deutungen:
1. Der Roman ist eine Prophetie nationalsozialistischen Terrors.
2. Die Sehnsucht nach dem Wiederfinden des Seelenheils, nach der Erlösung von der im Kosmischen wurzelnden Schuld ist dargestellt. Das Gericht ist eine Erscheinungsform der Gottheit (→ *Religiöse Deutung*).
3. Josef K. unterwirft sich einer Schuldideologie, die von den Autoritäten als Machtmittel eingesetzt wird.
4. Das Gericht repräsentiert die »Totalität der Lebensvorgänge«. Die Schuld des Angeklagten ist durch das Leben selbst bewirkt (→ *Emrich*). Josef K. hat das erfüllte Leben noch nicht gewonnen, er hat vom »Baum des Lebens« (Kafka) noch nicht gegessen (→ *Philosophische Deutung*).
5. Der Roman ist eine Satire auf die Justiz.
6. Josef K.s Schuld besteht darin, daß er seine eigene Rebellion verrät. Nach anfänglicher Auflehnung läßt er sich selbst im Stich (→ *Sokel*).
7. Das Gericht ist der Ausdruck väterlicher Übermacht. Die Schuld des Angeklagten wird ihm von der väterlichen Autorität zudiktiert (→ *Psychologische Deutung*).
8. Das Thema des Romans ist die Problematisierung des Verstehensprozesses selbst. Die Zuverlässigkeit rationaler Erkenntnisse und damit die Tradition des aufklärerischen Fortschrittsoptimismus werden in Frage gestellt.

Die Prüfung
Erzählung, Entstehungszeit November 1920, Erstdruck in *Beschreibung eines Kampfes*, Prag 1936
Im ersten Abschnitt wird der Ich-Erzähler, ein Diener, der keine Arbeit hat, vorgestellt. Er hat zwar manchmal den starken Wunsch, gerufen zu werden, aber andererseits möchte er sich auch nicht vordrängen. So verbringt er seine unausgefüllte Zeit mit Schlafen und Biertrinken. Im zweiten Abschnitt berichtet er von einer kleinen Begebenheit. Ein anderer Diener stellte ihm einige Fragen. Der Ich-Erzähler verstand die Fragen nicht und gab keine Antwort. Darauf erfuhr er: »Wer die Fragen nicht beantwortet, hat die Prüfung bestanden.«
Nicht das Scheitern, sondern die Hoffnung behält das letzte Wort. Der passive, ruhig abwartende Diener führt die Prüfung ad absurdum. Er zieht sich auf sich selbst zurück und ignoriert die Ansprüche des anderen. Wie dieser Ich-Erzähler war Kafka selbst ein eher passiver Mensch. Der biographische Bezug wird noch deutlicher, wenn man weiß, daß er sich besonders in der Beziehung zu → *Felice Bauer* zur unablässigen Selbstbefragung gedrängt fühlte. Die Erzählung bewertet die Ablehnung sinnloser Fragen als positive Haltung, als Ausdruck eines erstrebenswerten Selbstbewußtseins.

Quarthefte
In insgesamt 13 Heften im Quartformat hielt Kafka die meisten seiner Tagebucheinträge fest (→ *Tagebücher*). Diese Hefte enthalten auch Erzählungen. Ins 2. Quartheft schrieb er einen Teil der Erzählung → *Der Heizer*, der zweite Teil findet sich im 6. Heft. Die Erzählung → *Das Urteil* ist ins selbe Heft geschrie-

ben, und Heft 13 enthält einen Teil der unvollendeten Erzählung → *Forschungen eines Hundes*. 1921 händigte Kafka 12 Quarthefte an → *Milena Jesenská* aus, die sie dann → *Max Brod* überließ. Dieser fand das 13. Heft in Kafkas elterlicher Wohnung.

Rede über die jiddische Sprache
Erstdruck in *Hochzeitsvorbereitungen auf dem Lande*, Frankfurt 1953
Mit dieser Rede eröffnete Kafka am 18. 2. 1912 einen Rezitationsabend des ostjüdischen Schauspielers → *Jizchak Löwy* im Festsaal des Prager Jüdischen Rathauses. Die Rede ist nur in einer stenographischen Abschrift durch Elsa Brod erhalten. Kafka versucht Charakter und Herkunft des Jiddischen aus vielen lebenden und toten Sprachen deutlich zu machen und gibt kurze Einführungen zu drei jiddischen Gedichten, die Löwy anschließend rezitierte.

Die Muttersprache der Ostjuden, die Kafka besonders faszinierten, war Jiddisch. Hier ein rumänischer Jude.

Reisetagebücher
Tagebuch einer Reise nach Friedland und Reichenberg und *Reise Weimar–Jungborn* wurden zuerst veröffentlicht in *Tagebücher und Briefe*, Prag 1937. Die anderen Reisetagebücher in *Tagebücher 1910–1923*, Frankfurt 1951.
Die Reisetagebücher enthalten keine sichtbaren Ansatzpunkte für spätere literarische Arbeiten Kafkas. Es sind vorwiegend pragmatische Aufzeichnungen von

Erlebnissen und Ereignissen, protokollartige Notizen eines Touristen, aber auch kleine Schilderungen von Straßenszenen, Hotels und Parkanlagen. Kafka beschrieb auch interessante Menschen, ihr Aussehen, ihre Bewegungen und ihre Sprechweise während seiner Reisen.

Rezensionen

In der Zeitschrift → *Hyperion* hatte → *Franz Blei* 1908 Kafkas erste literarische Veröffentlichung ermöglicht. Deswegen fühlte sich Kafka verpflichtet, eine ziemlich nichtssagende Besprechung von Bleis mit Recht vergessenem Buch *Die Puderquaste. Ein Damenbrevier* unter dem Titel *Ein Damenbrevier* zu verfassen, die in der Zeitschrift »Der neue Weg« erschien (Jg. 38, 6. 2. 1909). Der Bruder Carl Sternheims, Felix, hatte einen empfindsamen Briefroman geschrieben, *Die Geschichte des jungen Oswald.* Über dieses epigonale Werk in der Werther-Tradition verfaßte Kafka eine nicht unkritische, aber im ganzen doch sehr wohlwollende Besprechung unter der Überschrift »Ein Roman der Jugend« (→ *Bohemia,* Jg. 83, vom 16. 1. 1910).
Als die Zeitschrift *Hyperion* im Jahr 1910 ihr Erscheinen einstellen mußte, widmete ihr Kafka einen Nachruf mit dem Titel *Hyperion,* der ebenfalls in der *Bohemia* veröffentlicht wurde (Jg. 84, vom 19. 3. 1911). Schließlich existiert noch eine »Würdigung« einer von dem tschechischen Maler Antonin Holub in → *Tatranské Matliary* veranstalteten Ausstellung seiner Aquarelle, die von Kafka aber nicht ernst gemeint war. Nur im Manuskript liegt die Besprechung der von Julius Bab besorgten Ausgabe der Kleistschen Anekdoten vor: »Über Kleists Anekdoten« (→ *Heinrich von Kleist*).

Richard und Samuel

Auf der → *Reise nach Lugano–Paris–Erlenbach* faßten → *Max Brod* und → *Franz Kafka* den Plan zu einem gemeinsamen Roman. Aus der »Vorbemerkung zum ersten Kapitel« von *Richard und Samuel* und aus dem vorliegenden Entwurf (Erstdruck in → *Herderblätter,* 1. Jg., Mai 1912) läßt sich eine ungefähre Vorstellung über den Charakter des geplanten Romans gewinnen. Das Thema sollte die Schilderung einer Freundschaft mit all ihren Komplikationen sein. Nur das erste Kapitel ist unter dem Titel → *Die erste lange Eisenbahnfahrt* publiziert worden.

Karl Roßmann

Hauptfigur des Romans → *Der Verschollene*
Er ist ein 16jähriger, etwas naiver, gutartiger und rechtlich denkender Junge aus Prag. Er wurde von einem Dienstmädchen verführt, das von ihm ein Kind bekam. Um den Skandal zu vertuschen, schickten ihn seine Eltern nach Amerika. Zuerst wird er von seinem → *Onkel Jakob* aufgenommen. Durch sein unbedachtes Verhalten verscherzt er sich die Gunst seines Verwandten und wird fortgeschickt. Trotz seiner körperlichen Kraft, seiner Geschicklichkeit und seines Optimismus gelingt es ihm nicht, in Amerika eine seinen Talenten entsprechende Stellung zu erhalten.

Schakale und Araber

Erzählung, Entstehungszeit Januar 1917, Erstdruck in der Monatsschrift »Der Jude« (2. Jg., Okt./Nov. 1917)
Zwei Parteien stehen sich in dieser schwer deutbaren Geschichte gegenüber, eine Herde von Schakalen und eine Gruppe von Arabern. Das älteste Tier wen-

det sich an den Ich-Erzähler, einen Reisenden aus dem Norden, der zusammen mit den Arabern in einer Oase lagert, und fordert diesen auf, den Streit zu beenden, der aus historischen und blutsmäßigen Gründen zwischen beiden Parteien schwelt. Mit einer kleinen rostigen Schere soll er den Arabern die Hälse durchschneiden. Der Reisende lehnt dieses Ansinnen ab. Aber der Streit wird nicht ausgetragen. Statt dessen werfen die Araber den Tieren einen Kamelkadaver vor, den diese gierig verzehren, wobei sie vom Führer der Araber durchgepeitscht werden. Dann brechen die Araber auf und überlassen den Kadaver den Schakalen.

Das Verhalten der aasfressenden Tiere, die »Reinheit«, Frieden und »atembare Luft« ersehnen, ist widersprüchlich. Sie ekeln sich vor den Arabern und sind nicht imstande, sie zu töten. Trotzdem scheinen sie zuweilen ihre Feindschaft zu vergessen und stürzen sich auf das Aas, das ihnen ihre Feinde vorwerfen. Die Araber verkörpern das selbstgenügsame, vitale Leben. Die Schakale sind ein Bild für die literarische Existenz, die für Kafka nur in der Verneinung des Lebens realisiert werden kann. Die Schere, die der Reisende verwenden soll, bringt zum Ausdruck, daß der Künstler seine Beziehungen zum Leben abschneiden muß. Doch die autonome künstlerische Lebensform ist eine Utopie. Die Schakale können die Araber, die sie hassen, nicht besiegen. Sie sind von ihnen abhängig und akzeptieren den Kadaver. Der Künstler, der die Welt ins »Reine« haben will, kann sich der Übermacht des Lebens nicht vollständig entziehen. Er lebt als Schmarotzer von den schlechten Gaben, die ihm das Leben zugesteht, und verurteilt sich damit selbst. Mit überlegener Geste läßt ihn das Leben gewähren und demonstriert ihm seine eigene Abhängigkeit auf schmerzhafte Weise.

Deutungen:

1. Die Geschichte ist eine Satire auf die Revolution. Die um Reinheit bemühten Schakale sind fanatische Revolutionäre, deren wichtigstes Instrument zur Erreichung ihrer Ziele der Terror ist.
2. Der Konflikt zwischen Schakalen und Arabern ist ein Bild für den inneren Konflikt Kafkas, der in einem Brief an → *Felice Bauer* schrieb: »Daß zwei in mir kämpfen, weißt Du . . .«
3. Die Schakale verkörpern den Juden in der Diaspora, der zwischen → *Zionismus* und Assimilation schwankt.
4. Der Kampf zwischen Schakalen und Arabern veranschaulicht den Kampf zwischen Vater und Sohn, wobei der Sohn das Scheitern seines Freiheitsstrebens erfährt.

Der Schlag ans Hoftor

Erzählung, Entstehungszeit Frühjahr 1917, Erstdruck in *Beim Bau der Chinesischen Mauer,* Berlin 1931

Der biographische Hintergrund sind die Ausflüge, die Kafka und → *Ottla* 1916 in die Prager Umgebung machten. Die Schwester des Erzählers schlägt an ein Hoftor oder droht auch nur mit ihrer Faust, und die Dorfbewohner warnen die Geschwister vor den Folgen dieser »Tat«. Eine Reitertruppe verfolgt das Geschwisterpaar. Der Bruder drängt seine Schwester, sie solle nach Hause gehen. Er selbst wird gefangengenommen und von einem Richter verhört. Der Inhaftierte gibt alle Hoffnung auf Entlassung auf.

Das Thema der Erzählung ist die Beziehung zwischen Bruder und Schwester, die durch die feindselige Reaktion der Gesellschaft bedroht ist. Die Solidarität der Geschwister hält dieser Drohung nicht stand. Nur der Bruder muß die Folgen eines »Vergehens« tragen, die in einem grotesken Mißverhältnis zum auslösenden Ereignis stehen. Auch hier mißlingt die Rechtfertigung vor dem → *Gericht,* die der Verhaftete zwar erwägt, aber nicht ernsthaft versucht. Er flüchtet sich in ein passives Abwarten.

Das Schloß

Romanfragment, Entstehungszeit vermutlich zwischen Februar und August 1922, Erstdruck München 1926

An einem Winterabend kommt → *K.* in ein Dorf, das zu einem Schloß gehört. Im Dorfwirtshaus behauptet er, Graf Westwest selbst habe ihn gerufen und zum Landvermesser bestellt. Am nächsten Morgen will K. ins Schloß gehen, aber er kann den Weg dorthin nicht finden. Nach seiner Rückkehr trifft er im Wirtshaus zwei → *Gehilfen,* die ihn im Auftrag des Schlosses bei seiner Tätigkeit als Landvermesser unterstützen sollen. Der Bote → *Barnabas* bringt einen Brief, der von einem hohen Schloßbeamten namens → *Klamm* unterzeichnet ist. Darin wird K. seine Aufnahme in die Dienste der Schloßverwaltung mitgeteilt. Am Abend dieses Tages trifft K. im Herrenhof das Schankmädchen → *Frieda,* eine ehemalige Geliebte Klamms, die sich ihm, K., hingibt. Den folgenden Tag verbringen die beiden schlafend in K.s Zimmer.

Als K. am dritten Morgen nach seiner Ankunft zum Gemeindevorsteher geht, erklärt ihm dieser, man brauche im Dorf keinen Landvermesser, er könne ihm aber eine Stelle als Schuldiener anbieten. In der vierten Nacht wartet K. im Herrenhof vergeblich auf Klamm, bittet diesen schriftlich um eine Unterredung und übernachtet mit Frieda im Schulhaus. Nach einer Auseinandersetzung mit dem Lehrer und der Lehrerin entläßt K. die Gehilfen und besucht die Familie des Barnabas. Olga, die Schwester des Boten, berichtet ihm, warum ihre Familie sozial geächtet ist. Ihre Schwester → *Amalia* hatte es gewagt, den obszönen Antrag eines Schloßbeamten abzulehnen. In der Zwischenzeit hat sich Frieda von K. getrennt, weil er gegen ihren Willen Kontakt zu der verfemten Familie aufgenommen hatte, und ist in den »Herrenhof« zurückgekehrt.

Der Sekretär Erlanger lädt K. dorthin zu einem nächtlichen Verhör. K. verfehlt die richtige Tür und kommt in das Zimmer → *Bürgels,* der ihm die Erfüllung seiner Bitte um Anstellung verspricht. In diesem entscheidenden Augenblick überkommt K. eine unbezwingliche Müdigkeit, er kann seine Chance nicht wahrnehmen. Erlanger weckt den Schlafenden auf und befiehlt ihm, Frieda mit Rücksicht auf Klamm freizugeben. Am nächsten Morgen erlebt K. eine groteske Szene mit: Diener verteilen Akten an die zuständigen Beamten. Nach einem langen Schlaf erwacht K. erst am folgenden Tag. Das Zimmermädchen Pepi will in ihrem Zimmer mit K. zusammenleben. Damit bricht das Fragment ab. → *Max Brod* skizzierte den geplanten Schluß des Romans aufgrund eines Gespräches mit Kafka. K., der an Entkräftung stirbt, erfährt noch kurz vor seinem Tod von der Schloßverwaltung, »daß zwar ein Rechtsanspruch K.s, im Dorf zu wohnen, nicht bestand, daß man ihm aber doch mit Rücksicht auf gewisse Nebenumstände gestatte, hier zu leben und zu arbeiten«.

Als K. zum ersten Mal das Schloß sieht, fällt ihm der Turm auf, ein söllerartiger Rundbau, »dessen Mauerzinnen unsicher, unregelmäßig, brüchig, wie von ängstlicher oder nachlässiger Kinderhand gezeichnet, sich in den blauen Himmel zackten«. Der anthropomorphe Aspekt wird noch verstärkt, wenn es dann weiter heißt, der Turm erinnere an einen trübseligen Hausbewohner, der das Dach durchbrochen habe, um sich der Welt zu zeigen. Der selbstbewußte, resolute Hausbewohner läßt an Kafkas Vater denken (→ *Hermann Kafka*). Das

Das Schloß in Osek, das Kafka von seinen Besuchen beim Großvater kannte, könnte eine der Inspirationen zu Das Schloß *gewesen sein.*

Schloß mit seiner alles registrierenden, alles kontrollierenden Beamtenwelt ist eine Hypostasierung der väterlichen Autorität. Wie schon → *Walter Benjamin* feststellte, ist das Schloß nicht nur ein Bild für diesen Vater, sondern ein Symbol für die korrupte Welt der Väter überhaupt. Der Vater-Sohn-Konflikt wird zum Weltprinzip erhoben und erfährt eine gigantische Ausweitung zum allumfassenden patriarchalischen Herrschaftssystem, zum irrationalen Machtapparat, der eine Verehrung genießt, wie sie nur einer göttlichen Instanz zukommt.

Das totalitäre Herrschaftssystem macht K., aber auch die Dorfbewohner, innerlich und äußerlich von sich abhängig und verhindert ein Leben in Freiheit. Das wird exemplarisch an der Familie des Barnabas deutlich, deren Mitglieder mit Ausnahme von Amalia gebrochen und würdelos dahinvegetieren. Sie unterwarfen sich dem Schloß und verinnerlichten ihre Diskriminierung als gerechte Strafe. K., mit dessen Augen der Leser das Geschehen verfolgt, projiziert seine Bedürfnisse auf das Schloß und verfestigt so seine zum Teil selbstverschuldete Abhängigkeit von einem Machtsystem, das zwar objektiv existiert, das aber auch ein Produkt seiner Sehnsüchte und Ängste ist. In der Aufdeckung der Mechanismen und der psychologischen Wirkungsweise eines Modells totalitärer Herrschaft liegt einer der Gründe, warum Kafkas Roman, der einen privaten Konflikt transzendiert, seine weiterwirkende Bedeutung für ein späteres Zeitalter behalten und sogar vertieft hat.

Die Menschen in diesem Roman können sich der Deformierung durch die Macht nicht entziehen, und auch K.s Versuche, das Geheimnis des Systems aufzudecken, sind zum Scheitern verurteilt. Aber in der Struktur des Erzählprozesses sind Möglichkeiten angelegt, die den Leser befähigen, die Scheinhaftigkeit des Apparats zu erkennen. Die Einsinnigkeit der → *Erzählperspektive* bringt es

mit sich, daß der Hauptfigur Nachrichten über das Schloß auf verschiedene Weise zukommen: durch eigenes Erleben, durch eigene Deutungsversuche, durch Informationen von anderer Seite und durch Deutung dieser Angaben. Der Leser entdeckt, daß K.s Erlebnisse und seine Deutung dieser Erfahrungen nicht übereinstimmen. Das Schloß ist nicht, wie er glaubt, eine wirkungsvolle, mächtige Organisation, sondern ein korruptes, ineffizientes System, das zuweilen einen lächerlichen Leerlauf produziert. Diese Lächerlichkeit wird durch die kunstvolle Verwendung grotesker und komischer Mittel unterstrichen (→ *Komik und Groteske*). Der Leser erhält Spielraum für sein kritisches Urteil.
Deutungen:
1. Der Roman ist eine Allegorie der göttlichen Gnade. Das Schloß stellt diejenige Seite des Absoluten dar, die dem menschlichen Verständnis überhaupt zugänglich ist. K. ist ein Mensch auf der Schwelle des christlichen Glaubens, der das Elend der Menschheit ohne Gott zum Ausdruck bringt (→ *Religiöse Deutung*).
2. K. ist »Jedermann« in der modernen bürokratischen Welt (→ *Literatursoziologische Deutung*).
3. Der Roman schildert die Lage des Judentums, das sich vergeblich bemüht, von seiner nichtjüdischen Umgebung anerkannt zu werden.
4. Der Kampf K.s gegen eine totalitäre Herrschaft weist voraus auf die Diktatur Stalins oder auf den Faschismus.
5. Der Intellektuelle K. sucht Kontakt zu seinem Unbewußten, um seine neurotischen Qualen zu überwinden (→ *Psychologische Deutung*).
6. Die Schloßbehörde verkörpert den spontanen Lebenstrieb. K. kämpft mit ihr, weil er nicht fähig ist, die entsprechende Seite seines eigenen Wesens zu verwirklichen.
7. Die moderne Gesellschaft ist zum Tod verurteilt, weil sie den Bezug zu ihrem metaphysischen Grund, dem Sein, verlor.
8. Die Schloßbehörde ist ein Symbol des Absurden (→ *Philosophische Deutung*).
9. Die Grundmuster des Romans sind Labyrinth und Kreis. Die Untersuchung der erzählerischen Mittel führt zur Erkenntnis, daß der Verfasser Parallelen, Parodien, die Unterbrechung der einheitlichen Erzählperspektive und groteske Elemente benutzt, um dem Leser eine Distanzierung von der verzerrten Sehweise der Hauptfigur zu ermöglichen (→ *Werkimmanente Deutung*).

Schuld
In Kafkas Romanen → *Der Prozeß,* → *Der Verschollene* und → *Das Schloß,* aber auch in den Erzählungen → *Die Verwandlung* und → *Das Urteil* zeigt sich eine archaische Vorstellung von Schuld, die als Verfehlung gegenüber einer Autorität erlebt und durch → *Strafen* gesühnt wird. Die Hoffnung auf Gnade erweist sich als Täuschung. Der Schuldige akzeptiert seine Strafe, die oft in krassem Mißverhältnis steht zu einer Schuld, die in der Isolierung des einzelnen von der Gemeinschaft besteht. Durch sein moralisches Fehlverhalten trägt das Ich eine gewisse Verantwortung für seine Entfremdung von der Gemeinschaft. Aber auch derjenige, der seine Vereinsamung in der Gesellschaft als zwangsläufig erfährt, fühlt sich schuldig. Im Hintergrund dieser Vorstellung von einer Schuld, die allein schon durch die Existenz des Menschen gegeben ist, steht der alttestamentarische Mythos vom Sündenfall und von der Vertreibung aus dem Paradies.

Das Schweigen der Sirenen

Prosastück, Entstehungszeit Oktober 1917, Erstdruck in *Beim Bau der Chinesischen Mauer,* Berlin 1931

Die Umdichtung des antiken Mythos von Odysseus und seinen Gefährten, die der Verführung der Sirenen widerstehen, soll nach Ansicht des Erzählers beweisen, daß man sich auch mit Hilfe von unzulänglichen Mitteln retten kann. Die überlieferte Geschichte ist verändert, Odysseus verstopft nicht den Gefährten, sondern sich selbst die Ohren. Doch die Sirenen setzen eine stärkere Waffe ein, nämlich ihr Schweigen. Sie glaubten zu wissen, daß Odysseus ihr Schweigen als Sieg gedeutet hätte, und seine daraus resultierende Überheblichkeit würde seine Widerstandskraft schwächen. Aber Odysseus war davon überzeugt, daß die Sirenen tatsächlich sängen. Durch seine Entschlossenheit und im Vertrauen auf seine Hilfsmittel hielt er jedoch der Verführung stand. In einem angefügten Schlußteil erörtert der Autor noch eine weitere Möglichkeit: Vielleicht wußte der listenreiche Odysseus vom Schweigen der Sirenen und hat sie durch die Verwendung von Wachs und Ketten irregeführt und so überlistet?

Die Hauptfigur ist nicht typisch für Kafkas erzählte Welt. Anders als z. B. der Mann vom Lande in der Parabel → *Vor dem Gesetz* oder als der Sohn in der Erzählung → *Heimkehr* ist Odysseus ein Mann, der ohne Zögern, mit Mut und Geschick sein Schicksal meistert. Er ist nicht fasziniert und hypnotisiert von einer als übermächtig erlebten Gegenwelt. Sein Selbstbewußtsein erlaubt es ihm, die Gefahren geringzuachten, und »die Sirenen verschwanden förmlich von seiner Entschlossenheit«. Diese Odysseus-Gestalt kann als Gegen- und Wunschbild des Dichters verstanden werden.

Deutungen:

1. Das Schweigen der Sirenen drückt den Zweifel des Autors an der Fähigkeit der Sprache aus, sinnvolle Gedanken zu übermitteln.
2. Odysseus, der in dieser Geschichte Aktivität und Kontemplation miteinander verbindet, ist ein Bild für den Dichter und sein Schaffen.
3. Odysseus verkörpert den Gott Jahwe, der der Versuchung des Christentums widersteht.

Selbstwehr

Prager zionistische Wochenschrift, die Kafka mindestens seit 1917 abonniert hatte, Herausgeber war → *Felix Weltsch.* Kafka stellte dreimal Texte zum Abdruck in Festnummern zu jüdischen Feiertagen zur Verfügung: → *Eine Kaiserliche Botschaft* (24. 9. 1919), → *Die Sorge des Hausvaters* (19. 12. 1919) und → *Ein altes Blatt* (30. 9. 1921).

Die Sorge des Hausvaters

Prosastück, Entstehungszeit April 1917, Erstdruck in → *Selbstwehr* (9. Jg. vom 7. 9. 1915)

In der Einleitung erwägt der Ich-Erzähler die mögliche Bedeutung des Namens »Odradek«, aber er kommt zu keinem gesicherten Ergebnis. Dann beschreibt er das Aussehen dieses merkwürdigen Wesens, seinen Zweck und seinen Aufenthaltsort. Odradek wird zuerst als Ding und im folgenden Abschnitt als Mensch charakterisiert. Aber dann tritt in der Art des → *paradoxen Zirkels* der Umschlag von der relativen Klarheit in die absolute Dunkelheit ein: »Oft ist er lange stumm, wie das Holz, das er zu sein scheint.« Odradek entzieht sich listig jeder Definition, er ist weder Ding noch Mensch, sondern Ding-Mensch oder Menschen-Ding. Weil er oder es den Hausvater, aus dessen Perspektive berichtet

Titelblatt eines Exemplares der zionistischen Zeitschrift »Selbstwehr«.

wird, möglicherweise überleben kann, vor allem aber, weil er als unbegreifliches, halb mechanisches, halb organisches Phänomen Angst auslöst, ist Odradek dessen Sorgenkind.

Der Versuch, Odradek einzuordnen, ihn durch Befragung einzubeziehen in die menschliche Gemeinschaft, scheitert. Das geheimnisvolle Etwas reagiert auf diese Bemühungen mit einem Lachen, »wie man es ohne Lungen hervorbringen kann«. Die Erwähnung der Lunge könnte ein Hinweis darauf sein, daß in dieser witzig-grotesken Geschichte Odradek ein Zeichen für Kafkas eigene Lebensschwierigkeiten ist, durch das er seine Isolierung von jeder Gemeinschaft ausdrücken wollte.

Deutungen:

1. → *Brod* deutete den Namen Odradek aus dem Tschechischen als »Abtrünniger« (vom Schöpfungsbeschluß) und bezieht die rätselhafte Figur auf das Schicksal des unglücklichen jüdischen Volkes.
2. → *Emrich* leitet den Namen der Hauptfigur vom tschechischen Verbum »odraditi« = jemandem etwas abraten her. Odradek ist also das »Abrätchen«, d.h., er rät von jeder festlegenden Sinndeutung ab, denn er verkörpert »die absolute Freiheit im Dasein«.
3. Odradek zeigt die gescheiterte Verständigung zwischen Sprecher und Gesprochenem.
4. Das Sorgenkind Odradek stellt eine Beziehung her zu Kafkas literarischem

Sorgenkind, nämlich zu seiner Erzählung → *Der Jäger Gracchus.* Die Sorge des Hausvaters ist eine literarische Mystifikation. Für diese Deutung sprechen folgende Parallelen: Gracchus und Odradek sind beide schicksallos, sind nicht recht lebendig, haben einen unbestimmten Wohnsitz, halten sich gern auf Treppen auf und können nicht sterben.

Sprachstil

→ *Gustav Janouch* berichtet von einem Gespräch mit Kafka, in dem dieser die Klarheit, Reinheit und Wahrhaftigkeit eines chinesischen Holzschnitts bewunderte. In seinem Prosastil ist der Dichter diesem Ideal nahegekommen. Nach Meinung → *Tucholskys* schrieb Kafka »das beste klassische Deutsch unserer Zeit«.

Man hat seinen Sprachstil als extrem schmucklos, konzentriert, durchsichtig, rhetorisch akzentuiert und fremdartig-streng zu charakterisieren versucht. Die Ausdrucksmöglichkeiten reichen von kanzleimäßiger Trockenheit bis zum engagierten Ton eines leidenschaftlichen Plädoyers. Vorherrschend aber ist der Eindruck einer beklemmenden Stille, in der ungeheuere Dinge geschehen, die der Held wahrnimmt und zu deuten versucht. Zum Ausdruck der aufeinanderfolgenden Wahrnehmungen verwendet Kafka oft eine Kette unverbundener Hauptsätze, Satzgehalt und Satzgestalt korrespondieren. Dies gilt besonders, wenn die Reaktionen der Tiere in den Tiergeschichten des Autors geschildert werden. Ihre Bewegungen sind in rhythmisch gegliederten Sätzen eingefangen.

Ein typisches Element in Kafkas Werk ist die Verschmelzung von realen und irrealen Vorgängen. Der Umschwung vom Realen zum Phantastischen wird häufig durch den Wechsel vom Indikativ zum Konjunktiv ausgedrückt. Ein paradoxer Gebrauch des Konjunktivs liegt dann vor, wenn, wie in der Erzählung → *Auf der Galerie,* das Nicht-Authentische im Indikativ und die Realität im Konjunktiv wiedergegeben ist. Dadurch wird der Ausdruck der Orientierungslosigkeit und Traumhaftigkeit erreicht. Auch die fiktiven Gestalten wirken wie Traumfiguren, sie sind zugleich nah und fern. Sie sprechen keine individuelle Sprache, ihre Sprache unterscheidet sich nicht von der Erzählersprache. Nur die Ausdrucksweise des Heizers, des Landstreichers Delamarche (→ *Der Verschollene*) und des Onkels (→ *Der Prozeß*) ist durch die Verwendung umgangssprachlicher Wendungen individualisiert. Auch in anderen Werken ist Kafkas Wortwahl beeinflußt von der österreichischen Umgangssprache (»Nachtmahl«, »Tasse« = Tablett, der »Akt« = die Akte usw.), aber auch von der juristischen Fachsprache (Beispiel: die Passivkonstruktion mit »es« als Subjekt). Bei relativer Adjektivarmut hat das Substantiv ein deutliches Übergewicht. Bestimmte Konjunktionen (wenn–dann, trotzdem, daß, aber) treten gehäuft auf als Sprachform der Reflexion. Die strenge Ordnung des Sprachverlaufs steht in einem spannungsvollen Gegensatz zur inneren Irregularität der erzählten Welt.

Das Stadtwappen

Erzählung, Entstehungszeit September 1920, Erstdruck in *Beim Bau der chinesischen Mauer,* Berlin 1931

Vielleicht war das impulsgebende Motiv für diese Geschichte das Wappen der Stadt Prag, das eine geballte Faust zeigt.

Beim Turmbau zu Babel herrschte anfangs eine so gute Ordnung, daß man zu ausschließlich an die Arbeitsorganisation dachte und davor zurückschreckte, die Turmfundamente zu bauen. Man war davon überzeugt, daß der Gedanke an den Turmbau eine ewige Idee sei, deren Verwirklichung noch Generationen von

Menschen beschäftigen werde. Außerdem dachte man an die Möglichkeit, daß die kommenden Geschlechter angesichts der Entwicklung der Baukunst das inzwischen Gebaute aus Unzufriedenheit niederreißen könnten. Diese Überlegungen lähmten die Kräfte so stark, daß man sich inzwischen mit dem Bau und der Verschönerung der Arbeiterstadt begnügte. Das Streben nach den besten Wohnmöglichkeiten führt zu Neid und zu kriegerischen Auseinandersetzungen. Nun erscheint den Menschen die Idee vom Turmbau als sinnlos, und sie hoffen nur noch auf die Zerstörung der Stadt.
Warum scheitert das Gemeinschaftsunternehmen? Warum soll die Stadt zerstört werden? Die Illusionen der Bauleute, die sich über die Reihenfolge der notwendigen Arbeiten und über die ihnen zur Verfügung stehende Zeit täuschen, verhindern die Errichtung des Turms. Sie fallen ab von ihrer Idee, die sie als ewig betrachteten, und beschränken sich auf ihre materielle Existenz. Der Turmbau zu Babel war an sich ein hybrides Unterfangen. Dadurch, daß die Bauleute die Wirklichkeit falsch einschätzen und sich dem Gemeinschaftswerk verweigern, wird aber die Herausforderung des Himmels unbeabsichtigt verhindert. In diesen beiden entgegengesetzten Bestrebungen, Beschränkung auf endliche Ziele oder Himmelsstürmerei, zeigt sich eine falsche Alternative. Die Entwicklung der Gesellschaft erfolgte in falschen Richtungen, dadurch ist sie abgeirrt vom rechten Weg. Das erstrebte und das erreichte Ziel waren beide falsch. Auf eine Zeit leidlicher Ordnung folgte die Unordnung. Deswegen wird die Rücknahme der Fehlentwicklung durch radikale Zerstörung ersehnt (→ *Geschichtsdeutung*).
Deutungen:
1. In der Erzählung kritisiert der Autor die jüdische Familienstruktur und die Mentalität des assimilierten Judentums (→ *Literatursoziologische Deutung*).
2. Durch den bewußtlos mitvollzogenen, rein technischen Fortschritt sind die Arbeiter zum Triebverzicht gezwungen, der zur Aggression und zum Wunsch nach Selbstzerstörung führt (→ *Psychologische Deutung*).

Der Steuermann
Erzählung, Entstehungszeit November 1920, Erstdruck in *Beschreibung eines Kampfes*, Prag 1936
Die kleine Geschichte erhält durch Rede und Gegenrede dramatischen Zuschnitt. Zu den dramatis personae gehören der Steuermann, ein Fremder und die Mannschaft auf einem Schiff. Erzählt wird aus der Perspektive des Steuermanns. »Bin ich nicht Steuermann?« fragt dieser einen Fremden, der ihn zuerst wortlos wegzuschieben versucht, den Widerstrebenden brutal zu Boden reißt und dann selbst das Steuer in die Hand nimmt. Gegen den gewalttätigen Fremden sucht der Niedergeschlagene Hilfe bei der Mannschaft. Zwar bestätigen die Matrosen durch Kopfnicken, daß er der Steuermann ihres Schiffes ist, aber trotzdem verteidigen sie ihn nicht. Sie gehorchen dem Befehl des Fremden.
Das zentrale Thema ist die Beziehung zwischen Macht und Recht. Aufgrund seiner Macht, und weil er durch die Mitläufer in seiner Machtstellung anerkannt wird, bekommt der Mächtige recht, auch wenn er nicht recht hat. Aus Trägheit, Feigheit und Gedankenlosigkeit läßt die Mannschaft den rechtmäßigen Steuermann im Stich und verstößt ihn in die Einsamkeit.
Deutungen:
1. Die drei Partner sind Teil einer Psyche. Das Ich des Steuermanns wird vom Über-Ich, dem Fremden, überwältigt. Das Es, die Mannschaft, gehorcht dem Appell des Ich nicht mehr und schlägt sich auf die Seite des Über-Ich (→ *Psychologische Deutung*).

2. Der Steuermann erfährt den Fremden als Projektion seines eigenen Bewußtseins, das ihm selbst fragwürdig geworden ist.

Strafen
Kafka schlug dem Kurt Wolff Verlag vor, man möge seine drei Erzählungen → *Das Urteil*, → *Die Verwandlung* und → *In der Strafkolonie* unter dem gemeinsamen Titel *Strafen* veröffentlichen. Auch in anderen Werken Kafkas zieht die → *Schuld* des Helden Strafen nach sich. Durch das Verhalten des Sohnes wird die väterliche Autorität, durch die Auflehnung des Soldaten gegen seinen Hauptmann wird die militärische Autorität, und durch die Reaktion des Angeklagten im *Prozeß*-Roman wird das Gericht herausgefordert. Auf die Störung der ursprünglich vorhandenen scheinbaren Eintracht durch Fehlverhalten folgt die Verhängung grausamer, unverhältnismäßiger Strafen: Georg Bendemann vollzieht das Todesurteil selbst, ein Apfelwurf verletzt Gregor Samsa schwer, die Eltern verbannen → *Karl Roßmann* nach Amerika (→ *Der Verschollene*), und auf den Soldaten, der seine Pflicht vernachlässigte, wartet die Hinrichtungsmaschine *(In der Strafkolonie)*.

Tagebücher
Die dreizehn → *Quarthefte* enthalten die Tagebücher Kafkas. Seit seiner Studienzeit führte er Tagebuch. 1912 vernichtete der Dichter seine Tagebücher, und 1924 wurde ein weiterer Teil seiner Aufzeichnungen nach seinem Willen von → *Dora Diamant* verbrannt. Die überlieferten Tagebucheintragungen beginnen mit dem Jahr 1909. Im zweiten Quartheft folgen ab dem 6. November 1910 Tagebücher, in denen das Datum zum ersten Mal genau fixiert ist. Dazu kommen noch in den Jahren 1911 und 1912 die → *Reisetagebücher*.
Die Tagebücher enthalten Dokumentationen von Erlebnissen, Lektüre, Briefen und Gesprächen. Sie sind Ausdruck von Stimmungen und Launen. In ihnen hat Kafka auch schriftstellerische Fingerübungen festgehalten, Gestaltungsversuche, Anfänge von Geschichten, gelegentlich auch vollständige Erzählungen. Wenn die literarische Produktion stockte, war das Tagebuch für Kafka ein Mittel, mit sich selbst zu sprechen. Es schärfte seinen Sinn für Selbstbeobachtung und verstärkte seine Stimmungsschwankungen. So schrieb Kafka am 23. 12. 1911 in seinem Tagebuch: »Ein Vorteil des Tagebuchführens besteht darin, daß man sich mit beruhigender Klarheit der Wandlungen bewußt wird, denen man unaufhörlich unterliegt, die man im allgemeinen natürlich glaubt, ahnt und zugesteht, die man aber unbewußt immer dann leugnet, wenn es darauf ankommt, sich aus einem solchen Zugeständnis Hoffnung oder Ruhe zu holen. Im Tagebuch findet man Beweise dafür, daß man selbst in Zuständen, die heute unerträglich scheinen, gelebt, herumgeschaut und Beobachtungen aufgeschrieben hat, daß also diese Rechte sich bewegt hat wie heute, wo wir zwar durch die Möglichkeit des Überblickes über den damaligen Zustand klüger sind, darum aber desto mehr die Unerschrockenheit unseres damaligen, in lauter Unwissenheit sich dennoch erhaltenden Strebens anerkennen müssen.« Der Tagebuchschreiber notierte isolierte Einzelbeobachtungen, wobei er vom Optischen und Gegenständlichen ausging und auch die → *Gestik und Mimik* der beschriebenen Personen festhielt.
Mit Kafkas beginnender Krankheit im Jahre 1917 werden die Einträge seltener und knapper, im Juni 1923 brachen sie ganz ab. Schon 1928 veröffentlichte Brod Auszüge aus den Tagebüchern, vollständig publiziert wurden sie erst 1951 in der Gesamtausgabe (→ *Werkausgaben*).

Tierfiguren
In seinen → *Tagebüchern* und → *Briefen* vergleicht sich Kafka selbst mit verschiedenen Tieren, so z. B. mit einem alten Maulwurf, der einen Gang gräbt, einem Geier, einem Erd- und Höllenhund, einer Maus, die über den Teppich huscht, und mit einem schmutzigen Waldtier. Die Erfahrung, daß soziale Wechselwirkungen zu Angst und Erniedrigung führen, veranlaßten ihn zum Rückzug aus der Realität. Ein Bild für die Trennung von der Menschenwelt war für ihn das Tier. In diesem Licht erscheint auch der Käfer in der Erzählung → *Die Verwandlung.* Er objektiviert die Entfremdung der Hauptfigur von sich selbst und von der Welt.
Die Tierfiguren in Kafkas Dichtungen sind jedoch nicht auf diese Bedeutung festgelegt. In den Erzählungen → *Der Bau,* → *Forschungen eines Hundes,* → *Schakale und Araber* und → *Josefine, die Sängerin oder Das Volk der Mäuse* verkörpern Tiere wichtige Aspekte des Künstlertums. Die private Problematik des Autors, seine unaufhebbaren inneren Spannungen und die Wirklichkeit seiner lebenbedrohenden Krankheit sind in den Erzählungen → *Eine Kreuzung* und → *Der Geier* gestaltet. Die Katze in der Parabel → *Eine kleine Fabel* läßt an die Darstellung des unerbittlichen Schicksals denken, und der Panther in der Erzählung → *Ein Hungerkünstler* vertritt Anspruch und Forderung des vitalen Lebens. Tiere treten als Ich-Erzähler (die Maus in der Erzählung »Josefine, die Sängerin oder Das Volk der Mäuse«, der Affe in → *Ein Bericht für eine Akademie,* das Waldtier in *Der Bau*) oder als handelnde Figuren auf (die Schakale in *Schakale und Araber,* die Pferde in → *Ein Landarzt,* der Panther in *Ein Hungerkünstler*). Die Grenzen zwischen Mensch und Tier sind nach beiden Seiten hin durchlässig. Menschen werden zu Tieren verwandelt (*Die Verwandlung*) oder umgekehrt (→ *Der neue Advokat, Ein Bericht für eine Akademie*). Auch die Grenzen zwischen den verschiedenen Tierarten können aufgehoben werden (*Eine Kreuzung*). Die Tiere sind Chiffren für das Bewußtsein der fiktiven Gestalten. Ebenso wie in der Fabel bringen sie menschliche Probleme zum Ausdruck. Aber im Unterschied zur Fabel verlieren sie ihr tierisches Wesen und ihr entsprechendes Verhalten nicht, auch wenn sie als Sprechende auftreten.

Ein Traum
Erzählung, Entstehungszeit zwischen 1914 und 1916, Erstdruck in der Sammelschrift *Das jüdische Prag,* herausgegeben von der Redaktion der → *Selbstwehr* 1916
Die Erzählung, die ursprünglich Bestandteil des Romans → *Der Prozeß* war, wurde von Kafka für sich veröffentlicht. K. besucht im Traum einen Friedhof und sieht einen frischen Grabhügel mit einem Grabstein. Ein Künstler tritt auf und versucht umständlich, den Grabstein mit Goldbuchstaben zu beschriften. Schließlich stampft er mit dem Fuß, K. begreift, legt sich ins Grab und sieht nun mit Entzücken, daß sein eigener Name auf dem Grabstein erscheint.
Eine Erlösung wird geschildert, erst im Tod erkennt das Ich die Wahrheit und erfährt seine Befreiung. Der Tod wird als ersehnte Erfüllung, als willkommenes Ende erlebt. Man hat mit Recht darauf hingewiesen, daß der Text den Intentionen des *Prozeß*-Romans zuwiderläuft. Das Grundproblem, der Widerspruch zwischen Wahrheitssuche und Erkenntnisverweigerung, ist durch eine irrationale Utopie umgangen. Die im Traum erfahrene Erkenntnis »Endlich verstand ihn K.« ist vordergründig und scheinhaft.

Traumstil

In seinen → *Tagebüchern* versuchte Kafka immer wieder, seine Träume festzuhalten, die er manchmal auch als Ausgangspunkt für eine Erzählung verwendete. Doch es handelt sich dabei nicht um eine unmittelbare Umsetzung des Traummaterials in Literatur. Der Bildervorrat, den ihm die Träume zur Verfügung stellten, diente ihm zur Darstellung innerer Zustände und als Instrument der Selbstanalyse. Zwischen den unbewußt ablaufenden, wirklichen Träumen und Kafkas Erzählstrukturen besteht keine vollständige Übereinstimmung, man kann nur von Ähnlichkeiten sprechen. Seine Dichtungen sind nicht unmittelbare Produkte seiner Träume, sie zeigen aber traumhafte Elemente. Als Gestaltungsmittel spielen Träume vor allem in seinen Romanen eine wichtige Rolle. Aber auch die Darstellung selbst ist durch Traum-Phänomene geprägt. Dazu gehören die Grenzenlosigkeit der Ereignisse, die schnelle Überwindung von Raum und Zeit, der unvermittelte Wechsel der Perspektiven, das Ineinanderfließen aller Vorgänge, die Nachgiebigkeit der Materie, das Ersetzen kausaler Verknüpfungen durch eine Folge verschiedener Bilder, überraschende Assoziationen und die Aufspaltung der Hauptfigur in verschiedene Personen.

Die Truppenaushebung

Erzählung, Entstehungszeit Ende 1920, Erstdruck in *Tagebücher und Briefe,* Prag 1937

Ein Land wird von Grenzvölkern bedroht. Die Regierung läßt Truppen ausheben zum Schutz der Grenze. Sie beauftragt einen jungen Adligen mit der Durchführung der Rekrutierung. In seiner Müdigkeit, Unruhe, Gleichgültigkeit und in der Nachlässigkeit seiner Kleidung erinnert er an die Beamten des *Schloß*-Romans. Die meisten Männer warten schon auf das Kommen des Adligen. Selbst derjenige, der sich versteckt hat, will sich der Rekrutierung keineswegs entziehen, sondern es fehlt ihm nur die Kraft, sich ohne weiteres zu stellen. Deswegen nimmt er auch die verhängte Strafe mit geradezu masochistischer Unterwürfigkeit an. Durch die Hauptfigur, ein Mädchen, das sich zur Truppenaushebung drängt, obwohl sie natürlich keinerlei Aussicht hat, angenommen zu werden, ist die Sehnsucht nach Hingabe in grotesker Weise ausgedrückt.

Kafka schildert in dieser Geschichte, die einem Bewohner des Landes in den Mund gelegt ist, das abgestufte Verhalten der Menschen gegenüber einem Machtsystem. Das Spektrum reicht von unkritischer Zustimmung über ehrfürchtiges Zurückweichen vor der großen Aufgabe bis zum pseudoreligiösen Anspruch des jungen Mädchens, das die Aushebung ersehnt: ». . . und legte sie jemandem die Hand auf den Kopf, ist es mehr als der Segen des Vaters.« Um so ernüchternder und demütigender ist für sie dann die Zurückweisung. Bereitschaft zur Hingabe führt zu Ablehnung. Dieses Ritual wiederholt sich für das Mädchen ebenso wie für → *K.* (→ *Das Schloß*), die Autorität bleibt unzugänglich. Der Schlußabschnitt vom überzähligen Mann wirkt angehängt und schwächt die Wirkung der Geschichte. Nach → *Max Brods* Meinung ist die Erzählung Fragment geblieben.

Deutungen:

1. Der junge Adlige stellt die letzte »Entmenschung« des Gesetzes dar (→ *Emrich*). 2. Die Soldaten sollen den Einbruch des Göttlichen von jenseits der Grenze abwehren. Das Göttliche ist dem Menschen nur in abgeschwächter Form erträglich. Der junge Adlige verkörpert diese gemilderte göttliche Erscheinung. Er bestraft das Mädchen für seine Hybris und verwehrt ihr den Zugang zum Dasein (→ *Religiöse Deutung*).

Das Unglück des Junggesellen

Prosastück, abgewandelte Fassung eines Tagebucheintrags vom November 1911, Erstdruck in → *Betrachtung,* Leipzig 1913

Die Beschwernisse und niederdrückenden Erfahrungen, die einem Junggesellen bevorstehen, reiht ein ausgedehnter Satz aneinander. Der folgende kurze Satz präzisiert diese Vorstellung als Wirklichkeit. Der Junggeselle (→ *Junggesellen*) ist eine Gestalt ohne Entwicklung, ohne gesicherte Identität. Die Zukunft des Ich besteht in der Rückwendung.

Unglücklichsein

Erzählung, Entstehungszeit Herbst 1910, Erstdruck in → *Betrachtung,* Leipzig 1913

Aus einem dunklen Korridor tritt unvermittelt ein Kind und besucht den Ich-Erzähler in dessen Zimmer. Zwischen beiden entwickelt sich ein merkwürdiger Dialog. Das Mädchen glaubt den Erzähler so gut zu kennen, daß es nicht notwendig sei, daß dieser ihm etwas vorlüge. Dieser Hinweis und die Bemerkung des Erzählers »Ihre Natur ist meine« machen deutlich, daß das Kind eine Objektivierung seines Bewußtseins als Resultat einer Ich-Spaltung ist. Über den menschlichen Kontakt scheint der Erzähler zuerst Freude zu empfinden. Aber das Gespräch ist unergiebig und voller unterschwelliger Mißverständnisse. Die Gestalt des Kindes ist nur eine Projektion, ein »Gespenst«, das nicht helfen kann. Der Erzähler kehrt dem Kind den Rücken und zieht sich in seine Einsamkeit zurück. Niemand und nichts kann ihn von seinem Unglücklichsein befreien.

Das Urteil

Erzählung, niedergeschrieben in der Nacht vom 22. zum 23. September 1912, Erstdruck in »Arkadia«. Jahrbuch für Dichtkunst, Leipzig 1913

Georg Bendemann, ein junger Kaufmann, schreibt seinem Freund, der seit drei Jahren in Rußland lebt. Er teilt ihm mit, er habe sich mit Frieda Brandenfeld, einer Tochter aus wohlhabender Familie, verlobt. Diese Neuigkeit soll nun auch sein Vater erfahren. Dieser aber reagiert auf diese Nachricht mit unklaren Vorwürfen. Georg, der sehr um seinen Vater besorgt ist, bringt den alten Mann zu Bett und deckt ihn zu. Unvermittelt richtet sich der Vater in seinem Bett zu riesenhafter Größe auf. Zornig bringt er seine Anklage vor: Georg habe sich gegen ihn und seinen fernen Freund gestellt. Seine Verlobung mit Frieda sei Verrat am Vater und der toten Mutter. Dann verkündet er seinen Richtspruch. Der Sohn wird zum Tode durch Ertrinken verurteilt. Georg taumelt aus dem Haus, eilt zum Fluß und stürzt sich ins Wasser.

Als Vorstudie zu der Geschichte schrieb Kafka das Fragment *Die städtische Welt* in sein Tagebuch. Oskar M., ein älterer Student, wird von seinem Vater wegen seines angeblichen Lotterlebens beschimpft. Durch sein Verhalten, so wirft er ihm vor, müßten Vater und Mutter langsam zugrunde gehen. Wörtlich genommen enthalten diese Vorwürfe eine Mordanklage, die das später in der Erzählung *Das Urteil* verkündete Todesurteil über den Sohn als gerechtfertigt erscheinen läßt. Der Autor berichtete selbst über seine Quellen für seine Erzählung. Er holte sich Anregungen von → *Franz Werfels* Dramenfragment »Die Riesin«, von → *Max Brods* Roman → *Arnold Beer* und von einem nicht näher bezeichneten Werk Jakob Wassermanns. Auch den Namen → *Sigmund Freuds* nannte er in diesem Zusammenhang. Wichtig für das Verständnis der Erzählung ist ein Tagebucheintrag Kafkas vom 14. 8. 1913. Dort heißt es: »Folgerungen aus dem *Ur-*

teil für meinen Fall. Ich verdanke die Geschichte auf Umwegen ihr. Georg geht aber an der Braut zugrunde. »Gemeint ist die damalige Verlobte Kafkas, → *Felice Bauer,* der die Erzählung gewidmet ist.
Die Frage, die sich dem Leser nach der Lektüre stellt, lautet: Warum bringt sich Georg Bendemann nach dem Urteilsspruch seines Vaters tatsächlich um, wenn er doch offensichtlich keinerlei Schuld auf sich geladen hat? Der Schlüssel zum Verständnis scheint in der Beziehung zwischen Georg Bendemann, von dessen Standpunkt aus erzählt wird, und seinem Freund zu liegen. Georg ist ein ge-

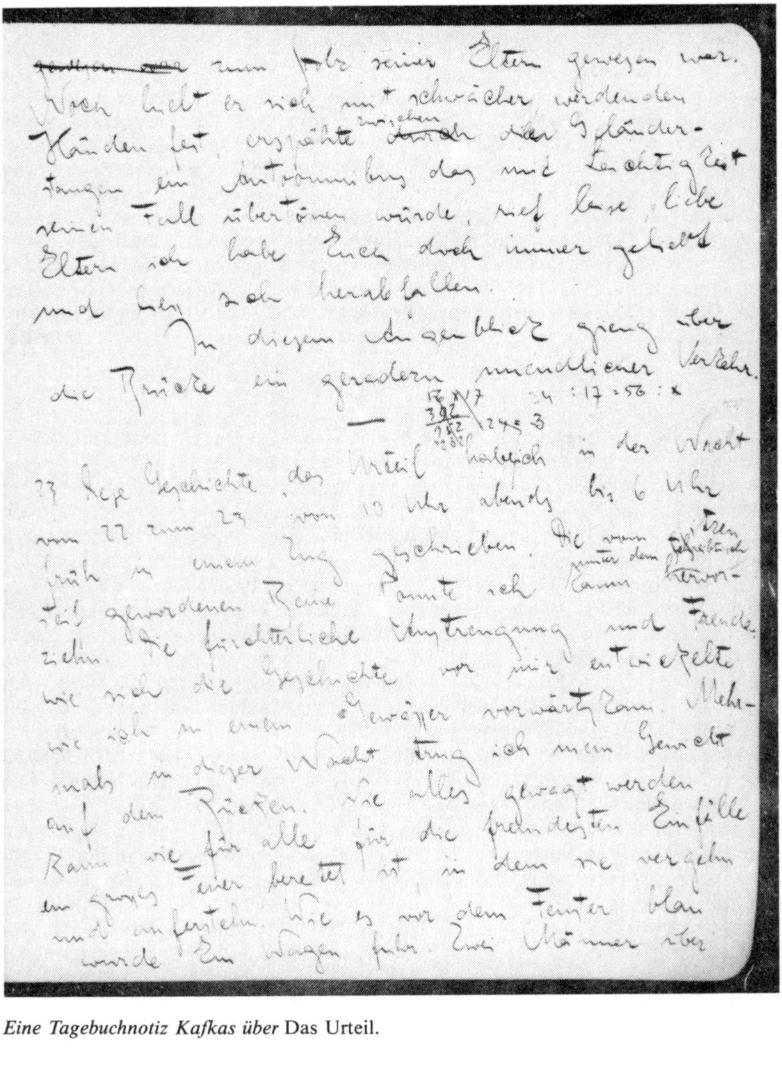
zum Stolz seiner Eltern gewesen war. Noch hielt er sich mit schwächer werdenden Händen fest, erspähte zwischen den Geländerstangen einen Autoomnibus, der mit Leichtigkeit seinen Fall übertönen würde, rief leise, Liebe Eltern, ich habe Euch doch immer geliebt und liess sich herabfallen.
In diesem Augenblick gieng über die Brücke ein geradezu unendlicher Verkehr.

—

23 Diese Geschichte, das Urteil habe ich in der Nacht vom 22 zum 23 von 10 Uhr abends bis 6 Uhr früh in einem Zug geschrieben. Die vom Sitzen steif gewordenen Beine konnte ich kaum unter dem Schreibtisch hervorziehn. Die fürchterliche Anstrengung und Freude, wie sich die Geschichte vor mir entwickelte, wie ich in einem Gewässer vorwärtskam. Mehrmals in dieser Nacht trug ich mein Gewicht auf dem Rücken. Wie alles gewagt werden kann, wie für alle, für die fremdesten Einfälle ein grosses Feuer bereitet ist, in dem sie vergehn und auferstehn. Wie es vor dem Fenster blau wurde. Ein Wagen fuhr. Zwei Männer über

Eine Tagebuchnotiz Kafkas über Das Urteil.

schäftstüchtiger, angepaßter Erfolgsmensch. Der einsame Freund im fernen Rußland ist schwierig, kränklich, geschäftlich erfolglos, neidisch auf Georgs Heirat, dazu ein asketisch lebender Junggeselle. Doch hat er eine ungewöhnliche Eigenschaft, er kann »unglaubliche Geschichten« erzählen.
Der Freund trägt Züge Kafkas. Die Beziehung zwischen Georg und seinem Freund ist als Auseinandersetzung zwischen zwei konträren Existenzformen des Autors zu verstehen. Sein bürgerliches Ich steht im Konflikt mit dem Schriftsteller-Ich. Der Vater, darin → *Hermann Kafka* ganz unähnlich, ergreift die Partei des Schriftstellers gegen den Geschäftsmann. Georg, der den Vater »zudeckt«, spielt mit dem unbewußten Wunsch, diesen umzubringen. Durch die geplante Heirat mit Frieda wollte er den Patriarchen entmachten, indem er selbst die Vaterrolle anstrebte. Die Geste des Zudeckens verändert die Situation. Jetzt vertritt der Vater die Sache des Freundes und verurteilt Georg zum Tode.
Kafka schuf sich mit diesem Vaterbild eine Wunschvorstellung. Er hatte immer wieder versucht, durch seine literarische Arbeit bei seinem Vater Anerkennung zu finden. Der Vater Georg Bendemanns verurteilt seinen Sohn und damit die bürgerliche Existenzform. Georg nimmt seinen Tod willig auf sich, weil dadurch das Bündnis zwischen dem Vater und seiner abgespaltenen Schriftstellerexistenz gefestigt wird. Weil es seinen eigenen Wünschen entgegenkommt, unterwirft er sich dem väterlichen Willen. Die bürgerliche Existenz ist zum Tod verurteilt, der Künstler darf mit Billigung des Vaters weiterleben. Diese Deutung wird auch durch die angeführte Tagebuchstelle bestätigt: Georgs Verbindung mit Frieda Brandenfels (F. B. = Felice Bauer) ist einer der Hauptgründe für seine Verurteilung. Anders als der Verfasser der Geschichte muß der überlebende Doppelgänger in Rußland keine Gefährdung seiner künstlerischen Existenz durch eine Heirat fürchten.
Deutungen:
1. Der Tod im Fluß stellt die Sehnsucht des Autors nach lustvoller Auflösung des Ich im Es dar (→ *Psychologische Deutung*).
2. Das Thema der Erzählung ist der Aufstand des Sohnes gegen die vaterzentrierte Religion. Der Vater wird mit Jehova, der Sohn mit dem Erlöser und der Freund mit dem Hl. Geist gleichgesetzt.
3. Der Konflikt zwischen ökonomischer Lebensform und asketischer Verweigerung steht im Mittelpunkt.
4. Die Auseinandersetzung zwischen Leben und Geist zeigt sich im Kampf zwischen Bürgertum und Künstlerexistenz.

Am 23. 9. 1912 schrieb Kafka in seinem Tagebuch: »Diese Geschichte *Das Urteil* habe ich in der Nacht vom 22. bis 23. von zehn Uhr abends bis sechs Uhr früh in einem Zug geschrieben. Die vom Sitzen steif gewordenen Beine konnte ich kaum unter dem Schreibtisch hervorziehn. Die fürchterliche Anstrengung und Freude, wie sich die Geschichte vor mir entwickelte, wie ich in einem Gewässer vorwärtskam. Mehrmals in dieser Nacht trug ich mein Gewicht auf dem Rücken. Wie alles gesagt werden kann, wie für alle, für die fremdesten Einfälle ein großes Feuer bereitet ist, in dem sie vergehn und auferstehn. Wie es vor dem Fenster blau wurde. Ein Wagen fuhr. Zwei Männer über die Brücke gingen. Um zwei Uhr schaute ich zum letzten Mal auf die Uhr. Wie das Dienstmädchen zum ersten Mal durchs Vorzimmer ging, schrieb ich den letzten Satz nieder. Auslöschen der Lampe und Tageshelle.«

Vaterfiguren

Die Frage, warum er danach strebe, die Welt zu verlassen, beantwortete Kafka einmal in einem Tagebucheintrag vom 28. 1. 1922 so: »Weil ›er‹ mich in der Welt, in seiner Welt nicht leben ließ.« Mit »er« ist der Vater gemeint, den Kafka als seinen Feind betrachtete: ». . . die Wurzeln dieser Feindschaft sind hier unausreißbar.« Der Konflikt zwischen Vater und Sohn spielt in seiner Dichtung eine wichtige Rolle. In der Erzählung → *Das Urteil* entwarf er in der Gestalt des Vaters, der das Schriftsteller-Ich rettet, ein Wunschbild. Aber in der Erzählung → *Die Verwandlung* wendet sich der Vater mit aggressiver Feindseligkeit gegen den zum Käfer verwandelten Sohn, dessen Tod er verschuldet.
Die Funktion des Patriarchen übernehmen in der Erzählung → *In der Strafkolonie* zwei miteinander rivalisierende Strafsysteme, und im Verhältnis zwischen dem Hauptmann und dem Soldaten wiederholt sich die Auflehnung des Sohnes gegen den Vater. Die anonyme Gerichtsinstanz im *Prozeß*-Roman übt väterliche Gewalt aus, indem sie Schuld zuweist, verurteilt und das Urteil vollzieht. Im Roman → *Das Schloß* entspricht das Verhältnis → *K.*s zur unzugänglichen und unberechenbaren Schloßverwaltung der Beziehung zwischen Vater und Sohn.

Der Verschollene

Romanfragment, Entstehungszeit 1912, Erstdruck unter dem vom Herausgeber → *Max Brod* stammenden Titel *Amerika.* In seinem Tagebuch nannte Kafka den Roman *Der Verschollene*
Weil ein Dienstmädchen ihn verführt und von ihm ein Kind bekommen hat, schicken die Eltern den 16jährigen → *Karl Roßmann* nach Amerika. Auf dem Schiff, kurz vor der Ankunft in New York, begegnet Karl einem → *Heizer,* der sich über seine ungerechte Behandlung durch den Obermaschinisten Schubal

Die Auswanderung nach Amerika war ein häufiges Thema in der Literatur am Anfang dieses Jahrhunderts. Hier ein Auswandererschiff nach einer Zeichnung von Ekwall.

beklagt. Roßmann begleitet den Heizer zum Schiffskapitän, um ihm zu seinem Recht zu verhelfen. In der Kapitänskajüte trifft er seinen → *Onkel Jakob,* der ihn in sein Haus aufnimmt. Eines Abends lädt ihn ein Geschäftsfreund des Onkels, Pollunder, gegen dessen Willen in sein Landhaus ein. Die Tochter Pollunders, Klara, führt Karl in ihr Zimmer. Sie bekommen Streit miteinander, und der Junge unterliegt zu seiner Beschämung im Ringkampf mit ihr. Er will sofort nach Hause, aber ein anderer Geschäftsfreund seines Onkels, Green, hält ihn so lange auf, bis er ihm nach Mitternacht einen Brief seines Onkels aushändigen kann, in dem ihm mitgeteilt wird, er habe in seinem Haus nichts mehr zu suchen, da er gegen den Willen des Onkels zu Pollunder gegangen sei.
Zusammen mit zwei Landstreichern, Robinson und Delamarche, macht sich Karl nun auf Arbeitssuche. Als jedoch einer von beiden in seiner Anwesenheit seinen Koffer aufbricht, trennt er sich von ihnen. Im Hotel »Occidental« erhält er eine Stelle als Liftboy. Als er den betrunkenen Robinson in seinem Bett versteckt, kündigt ihm der Oberkellner, und der Oberportier verprügelt den Jungen. Schließlich gelingt ihm die Flucht. Bei Delamarche findet er als Diener der dicken Sängerin Brunelda Zuflucht. Er verläßt aber die gemeinsame Wohnung und meldet sich beim »Naturtheater von Oklahoma«, das jedermann Arbeit verspricht, und wird ohne Schwierigkeiten aufgenommen. Damit endet das Fragment.
Nach den Angaben Brods hatte Kafka folgenden Schluß geplant: *Karl Roßmann* sollte »Beruf, Freiheit, Rückhalt, ja sogar die Heimat und die Eltern wiederfinden«. Dieser Aussage widerspricht allerdings ein Tagebucheintrag Kafkas vom 30. 9. 1915. Dort heißt es, auch der schuldlose Roßmann werde umgebracht, »der Schuldlose mit leichter Hand, mehr zur Seite geschoben als niedergeschlagen«.
In seiner Thematik schließt sich dieser Roman mit den Romanen → *Der Prozeß* und → *Das Schloß* zusammen zu einer Trilogie der Einsamkeit. Auch hier handelt es sich um eine Variation der »Ur-Fabel«: Ein Mensch vergeht sich gegen eine patriarchalische Ordnung und wird von der höchsten Autorität mit dem Tod oder wie in diesem Fall mit Verbannung bestraft (→ *Schuld,* → *Strafen*). Der Ausgestoßene erfährt Amerika als das schlechthin Fremde und versucht in einer Welt Fuß zu fassen, die ihn immer wieder zurückweist. Doch anders als in den späteren Romanen ist der Ton hoffnungsvoller, optimistischer, die Erzählung ist reicher an Details. Durch die Schilderung der amerikanischen Gesellschaft und ihres Lebensstils, durch die Einbeziehung der → *Natur* und nicht zuletzt durch die liebenswerte Naivität der Hauptfigur gewinnt der Roman hellere Farben.
Im Widerspruch dazu wirkt es wie ein unheilverkündendes Zeichen, als Karl zum ersten Mal die Freiheitsstatue erblickt. Statt einer Fackel hält sie ein Richtschwert in der Hand. Der Zugang zum Gelobten Land wird von einem Racheengel bewacht. Bei seinen Versuchen, die Isolation zu überwinden, trifft Karl auf Menschen, die mit Autorität ausgestattet sind. Sie haben die Macht, ihm den Zugang zur Gemeinschaft zu verwehren oder ihn in diese Gemeinschaft aufzunehmen. Sie handeln gleichsam als Stellvertreter des Vaters (→ *Vaterfiguren*). Zu ihnen gehören der Kapitän, Onkel Jakob, der ihn ausstößt und damit seinen sozialen Abstieg bewirkt, der Oberkellner, der Oberportier.
Widersprüchliche Deutungen erfuhr das »Naturtheater von Oklahoma«. Wollte der Autor westliche Sozialutopien karikieren? Handelt es sich um eine ironische Anspielung auf das Christentum, oder ist hier eine jenseitige Landschaft geschildert, in die Karl nach seinem Tod eintritt? (Vgl. Clayton-Lehmstadt-Totenreich; Oklahoma – schönes Land-Paradies.)

Deutungen:
1. Der Roman kritisiert die moderne Zivilisation. Die Entfremdung des Menschen wird als vorwiegend soziales Phänomen verstanden (→ *Emrich*).
2. Es handelt sich um einen Bildungsroman. Durch einen Prozeß der Desillusionierung gelangt der Junge zur charakterlichen Reife. Seine Schuld liegt in seinem durch Scheinheiligkeit verbrämten Fehlverhalten. Das Naturtheater ist eine »mißratene Allegorie« (→ *Politzer*).

Die Verwandlung
Erzählung, Entstehungszeit in der Zeit vom November bis Dezember 1912, Erstdruck in der Monatsschrift »Die weißen Blätter« (2. Jg., 10. Heft, Oktober 1915)
Als Gregor Samsa, ein junger Reisender, eines Morgens nach unruhigen Träumen erwacht, findet er sich zu einem ungeheueren Ungeziefer verwandelt. Es ist schon spät, die Familienmitglieder klopfen an seine Türe, der Prokurist kommt, um sich danach zu erkundigen, warum Gregor nicht ins Geschäft gekommen ist. Er wird ungehalten, macht versteckte Andeutungen über Gregors Unzuverlässigkeit und droht ihm mit Entlassung. Der junge Reisende versucht sich durch die geschlossene Tür zu rechtfertigen, aber seine Stimme ist unverständlich. Nach einiger Zeit öffnet der Käfer unter großer Anstrengung die Tür, der Prokurist flieht vor Entsetzen, die Eltern sind schockiert und fassungslos. Mit drohenden Bewegungen treibt der Vater den Käfer in sein Zimmer zurück und versetzt ihm dabei einen starken Stoß, daß er blutet.
Durch den Türspalt beobachtet der zum Insekt Verwandelte die Familie. Die Schwester, die seinen Anblick fürchtet, bringt ihm Essen, das ihm aber nicht schmeckt, und als ihn die Mutter nach vierzehn Tagen besucht, fällt sie über den Anblick des Käfers vor Entsetzen in Ohnmacht. Als Gregor einmal aus seinem Zimmer ausbricht, gerät der Vater darüber in großen Zorn und wirft Äpfel gegen den Käfer und fügt diesem eine schwere Wunde zu. Da Gregor nicht mehr für ihren Unterhalt aufkommen kann, muß nun die Familie selbst für ihre Lebensbedürfnisse sorgen. Der Vater findet eine Stelle als Bankdiener. In seiner neuen Uniform wirkt er jünger, straffer und selbstbewußter (→ *Vaterfiguren*). Ein Zimmer der Wohnung wird an drei Zimmerherren vermietet.
Eines Abends, als die Schwester nach dem Abendessen zur Unterhaltung der Zimmerherren Geige spielt, kriecht der Käfer, angelockt durch die Musik, ins Wohnzimmer. Die Zimmerherren werden auf das Insekt aufmerksam, verlangen empört eine Erklärung und kündigen fristlos. Jetzt kann die Schwester in dem lästigen Ungeziefer nicht länger ihren Bruder sehen und rät ihren Eltern, alles zu tun, um den Käfer loszuwerden. Dieser kriecht erschöpft in sein Zimmer zurück und stirbt. Eine Bedienerin schafft die Überreste weg, die Familie ist erleichtert, und alle drei, Vater, Mutter, Schwester, genießen beglückt einen freien Tag.
Das Schicksal Gregor Samsas erinnert an den Traum Rabans in → *Hochzeitsvorbereitungen auf dem Lande*. Raban möchte den Ansprüchen der Welt dadurch genügen, daß er seinen angekleideten Körper schickt, während das Ich in Gestalt eines Käfers im Bett liegenbleibt. Gregor Samsas Gedanken beim Aufwachen verraten seine Probleme. Er leidet unter dem Zwang, sich ständig als gut funktionierender Angestellter bewähren zu müssen. Außerdem ist er der Geldgeber der Familie, die seine Gutmütigkeit ausnützt. Die Verwandlung macht seine verdrängten Wünsche offenbar. Er will sich aus allen sozialen Bindungen zurückziehen, und er erfüllt sich den Wunsch nach Auflehnung gegen die Mächte, die über ihn verfügen, gegen seinen Arbeitgeber, aber auch gegen seinen Vater.
Als Zeichen des Protestes schafft sein rebellierendes Unterbewußtsein eine Fi-

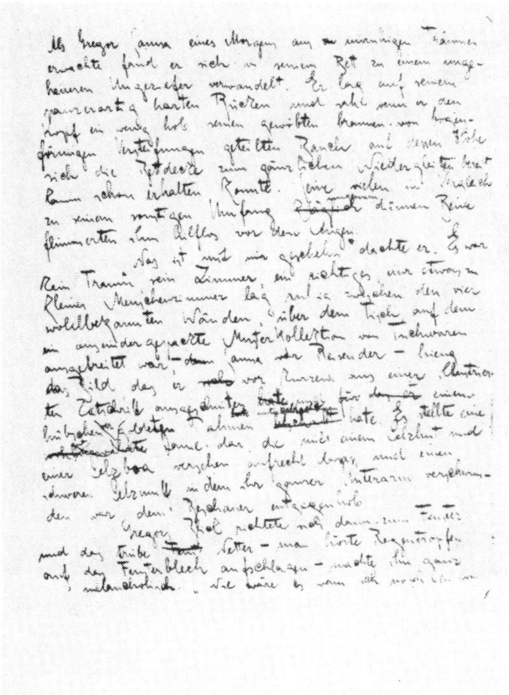

Die erste Manuskriptseite von Kafkas Handschrift Die Verwandlung.

gur des Entsetzens. Durch Regression weicht Gregor der Versklavung aus und kehrt dadurch die parasitäre Rolle um. Jetzt betrachtet ihn die Familie als Parasiten, der beseitigt werden muß. Mit dem von seiner Schwester ausgesprochenen Todesurteil endet das Leben des Verwandelten. Groteskerweise stirbt er versöhnt, denn er ist von der Sinnlosigkeit seiner parasitären Existenz selbst überzeugt. Gregor ist zwar in ein Ungeziefer verwandelt, das sich seiner Umgebung nicht verständlich machen kann, aber er fühlt wie ein Mensch. Jedoch durchschaut er seine Situation nicht, seine Erklärungen stehen im Gegensatz zu seiner wirklichen Lage, denn sein Verhalten entspringt aus Beweggründen, die das Bewußtsein absichtlich verdrängte. So schützt ihn die Verwandlung vor der Selbsterkenntnis; bezeichnenderweise gibt er sich auch keine Mühe, die Ursachen seiner Verwandlung zu ergründen. Aber er fühlt sich schuldig für seine gewollte Isolierung aus Angst vor der Umwelt und für seinen Wunsch nach Auflehnung.
Für Raban und für Gregor ist die Verwandlung in ein Ungeziefer Ausdruck der Selbstbestrafung. Die Familie ist nicht unschuldig an Gregors unglücklicher Existenz. In der unmenschlichen Schreckgestalt tritt ihr ihre eigene Unmenschlichkeit entgegen, die in der Brutalität des wiedererstarkten Vaters gegen den verwandelten Sohn gipfelt. Der sentimentale Schluß der Geschichte macht das wahre Gesicht der Familie deutlich. Das Leben siegt, besonders dann, wenn ihm ein anderes geopfert wurde. Das Entsetzen flüchtete sich in eine »idyllische Lüge« (→ *Emrich*).

Eine Aufführung der Verwandlung *von Steven Berkoff 1983 im Düsseldorfer Schauspielhaus. Hier im Bild Bernd Jeschek und Christiane Gött.*

Deutungen:
1. Die Verwandlung in ein Ungeziefer ist eine Wahnidee des erkrankten Gregor (→ *Beißner*).
2. Sie ist eine Manifestation des masochistischen Selbsthasses als Ausdruck des Todestriebs (→ *Psychologische Deutung*).
3. Die Verwandlung ist Ausdruck einer positiven Entwicklung. Der Mensch befreit sich aus der mechanischen Welt der Geschäfte und der Familie und endet im Durchbruch zum wahren Sein, Gregor stirbt versöhnt (→ *Emrich*).
4. Die Vitalität der Familie triumphiert über den Geist.
5. Die Wahrheit über ein Junggesellendasein, das sich vor der Welt verschließt, wird aufgedeckt.
6. Als umgekehrtes Erlösungsmärchen ist die Geschichte ein → *Antimärchen.*

Von den Gleichnissen
Prosastück, Entstehungszeit 1920/22, Erstdruck in *Beim Bau der Chinesischen Mauer,* Berlin 1931
In einem Gespräch über die Natur der Gleichnisse wird zuerst die Meinung »vieler« wiedergegeben, die der Ansicht sind, daß die gleichnishafte Rede im täglichen Leben nicht angewendet werden könne, weil sich diese Ausdrucksweise nur auf uneigentliche Sachverhalte beziehe. Im Grunde genommen drückten alle Gleichnisse nur eine Tatsache aus, nämlich, daß »das Unfaßbare unfaßbar ist«. Die anschließenden Kommentare verschiedener Sprecher folgen dem Grundmuster des → *paradoxen Zirkels.* Eine Gedankenbewegung, die ohne faßbares Ergebnis zum Ausgangspunkt zurückkehrt, macht die behauptete Unfaß-

barkeit der Gleichnisse unmittelbar einsichtig. Wie häufig in Kafkas Werk, wird das Erkenntnisstreben des Lesers durch eine in der Struktur der Dichtung angelegte Erkenntnisverweigerung beantwortet. Insofern könnte man das Prosastück als Sinnbild für Kafkas Dichtung verstehen.
Deutung:
1. Zwei miteinander unvereinbare Auffassungen von Wirklichkeit, nämlich die dichterische und die alltägliche, stehen einander gegenüber.

Vor dem Gesetz
Erzählung, Entstehungszeit November/Dezember 1914, Erstdruck in der jüdischen Wochenschrift → *Selbstwehr* (9. Jg. vom 7. 9. 1915)
Die → *Parabel,* die Kafka in seinem Tagebuch als »Legende« bezeichnete, wurde später in Kapitel 9 des → *Prozeß*-Romans eingearbeitet. Der Gefängniskaplan erzählt diese Geschichte → *Josef K.*, um ihn darüber aufzuklären, daß er sich über das Gericht täusche. Ein Mann vom Lande möchte in das »Gesetz« eingelassen werden. Ein Türhüter verweigert ihm den Eintritt. Nachdem viele Versuche, hineinzukommen, gescheitert sind und, nachdem der Mann sein ganzes Leben mit Warten vor dem Eingang verbracht hat, teilt der Türhüter dem Sterbenden mit, dieser Eingang sei nur für ihn bestimmt gewesen, und schließt das Tor.
Kafka liebte diese Erzählung besonders, er empfand über sie ein »Zufriedenheits- und Glücksgefühl«. Den Ausspruch → *Flauberts* »Ils sont dans le vrai«, den Kafka häufig zitierte, übersetzte er einmal wörtlich und konkretisierend: »Sie sind im Richtigen.« In ähnlicher Weise ist das Abstraktum »Gesetz« in der vorliegenden Erzählung verdinglicht. Der Türhüter verweigert dem Mann vom Land den Eintritt in das Gesetz. Diese Gestalt entspricht der Figur des »Amha àrez«, des unwissenden Tölpels in der Tradition der jüdischen Gleichniserzählungen. Der Wächter, er ist der unterste in der Rangordnung der Türhüter, kann den Anblick des dritten Türhüters schon nicht mehr ertragen. Aus der Tür des Gesetzes, so erkennt der Mann vom Land kurz vor seinem Tod, bricht unauslöschlicher Glanz. Diese beiden Stellen, die an religiöse Symbolik erinnern, legen eine entsprechende Deutung des Gesetzes nahe. Das Gesetz ist eine Chiffre für das »Richtige«, Sinnbild eines erfüllten Lebens, Ausdruck einer von Gott gewollten, dem Menschen gemäßen Ordnung.
Die Frage, warum der Einlaßsuchende den Zugang zu dieser Ordnung nicht findet, kann nicht zweifelsfrei beantwortet werden, denn Kafka hat eine eindeutige Festlegung durch die sorgfältige, nicht auflösbare Paradoxie der Darstellung verhindert, die im Roman auch durch die angefügte Exegese im Stil des Talmud nicht aufgehoben wird. Der Grundwiderspruch zeigt sich in folgenden Feststellungen: Das Tor zum Gesetz ist zwar immer geöffnet, aber jetzt kann dem Mann der Eintritt nicht gewährt werden, obwohl dieser Eingang nur für ihn bestimmt ist. Dieses immer geöffnete Tor wird dann aber am Schluß vom Türhüter doch geschlossen. Das Zentrum der Parabel wird deutlicher, wenn das Verhalten des Mannes vom Lande kritisch geprüft und als Fehlverhalten erkannt wird. Er versucht nicht, die Behauptungen des Türhüters durch entschlossenes Handeln auf die Probe zu stellen. Er hätte von seiner Freiheit Gebrauch machen sollen, entweder durch Auflehnung oder durch immer wieder erneuerte Bemühungen, sich den Zugang zum Gesetz zu verschaffen, trotz aller einschüchternden Erklärungen des Türhüters.
Deutungen:
1. Der Türhüter ist das Bild des archaischen Vaters, der den Zugang zur Mutter als dem möglichen weiblichen Sexualobjekt verweigert. Die Lehre der Parabel

liegt in der Erkenntnis, daß Selbstverwirklichung nur durch Aufgabe der infantilen Mutter-Fixierung erreicht werden kann (→ *Psychologische Deutung*).
2. Das Gesetz ist das Paradies. Der Türhüter personifiziert die abschreckende Macht der Welt, die überwunden werden muß. Der Mann vom Land ist ein Heimatloser, der die Elemente seines eigenen Wesens nicht mehr erkennt; sie treten ihm als Schreckbilder von außen entgegen. Das Thema der Parabel ist die Gottferne des modernen Menschen (→ *Religiöse Deutung*).

Die Vorüberlaufenden
Prosastück, Entstehungszeit vor 1908, Erstdruck in → *Hyperion* (1. Bd., Heft 1, Jan./Febr. 1908)
Im einleitenden Wenn-Satz erwähnt das Erzähler-Ich die Möglichkeit einer nächtlichen Begegnung. Selbst wenn ein Mann in der nächtlichen Gasse von jemand verfolgt würde und wenn er obendrein noch schwach wäre, würde ihn der Erzähler nicht aufhalten. Im folgenden Teil kommentieren verschiedenartige Überlegungen dieses zuerst nur vorgestellte kleine Ereignis. In sieben Vielleicht-Sätzen zählt der Erzähler mögliche Gründe auf, die seine Passivität rechtfertigen. Inzwischen hat sich die Möglichkeit als Wirklichkeit erwiesen, zwei Männer sind vorübergegangen. Der Vorgang ist dem analytischen Bewußtsein entglitten.

Die Wahrheit über Sancho Pansa
Prosastück, Entstehungszeit Oktober 1917, Erstdruck in *Beim Bau der Chinesischen Mauer*, Berlin 1931
Der kurze Text besteht aus zwei Sätzen, deren Subjekt jedesmal Sancho Pansa ist. Durch Ritter- und Räuberromane gelingt es dem Diener, seinen Herrn, den er seinen Teufel nennt, von sich zu distanzieren. Der Knecht übernimmt die Rolle des Herrn. Kafka bezeichnete einmal sein Schreiben als »das Teuflische«, als süßen Lohn für Eitelkeit und Genußsucht (→ *Selbstverständnis als Schriftsteller*). Don Quixote ist das »teuflische« Ich des Schriftstellers. Sancho Pansa als das empirische Ich übt ironische Kritik an der literarischen Existenz. Wie Sancho Pansa möchte der Autor ein freier Mann sein, er erstrebt die Befreiung von der Last der schriftstellerischen Arbeit. Doch diese Vorstellung bleibt ein Wunschbild, denn Sancho Pansa ist mit dem Leben Don Quixotes so eng verbunden wie der bürgerliche mit dem literarischen Kafka.
Deutungen:
1. Das Verhältnis von Sancho Pansa zu Don Quixote reflektiert die Beziehung zwischen Künstler und Kunst.
2. Sancho Pansa ist ein Faust, dem es gelang, seinen Mephisto zu zähmen.

Robert Walser
* 15. 4. 1878 Biel; † 25. 12. 1956 Herisau
Schweizer Erzähler und Lyriker
Schon die ersten Kritiker stellten Ähnlichkeiten zwischen Walsers und Kafkas Werken fest. → *Robert Musil* bemängelte, Kafkas Sammelband → *Betrachtung* wirke wie eine Nachahmung Walsers. Gemeinsam ist beiden Autoren die Auflösung des überlieferten Verhältnisses zwischen Wort und Sache, die virtuose Gestaltung sprachlicher Miniaturen und die Darstellung des »Prinzips Hoffnungslosigkeit«. Walsers Dichtung war aber nicht Vorbild, sondern Ebenbild von Kafkas Werken. Erst 1909, nach der Entstehung der meisten Stücke der *Betrachtung*, las er wichtige Werke Walsers, z. B. den Roman *Jakob von Gunten*.

Werkausgaben

Schon am 17. 7. 1924 teilte → *Max Brod* in der »Weltbühne« seinen Entschluß mit, die literarischen Arbeiten und die Lebenszeugnisse Kafkas zu publizieren. Brod verfolgte das Ziel, eine lesbare Ausgabe der Werke herauszugeben. Deswegen scheute er auch vor Eingriffen in die vorliegenden Handschriften nicht zurück. Er nahm vom Dichter gestrichene Passagen auf, wenn er glaubte, der Zusammenhang erfordere diese Einfügungen oder eine bestimmte Fassung entspreche der Absicht Kafkas in besonderer Weise. Außerdem setzte er Texte aus verschiedenen Bruchstücken zusammen, ohne Varianten anzugeben. Der Herausgeber hatte nicht die Absicht, eine historisch-kritische Ausgabe zu veröffentlichen, er wollte mit Hilfe einer möglichst abgeschlossen wirkenden Ausgabe der Werke die Öffentlichkeit auf den Dichter Franz Kafka aufmerksam machen. Im Jahre 1925 erschien Kafkas Romanfragment → *Der Prozeß* aus dem Nachlaß im Berliner Verlag »Die Schmiede«. Im nächsten und übernächsten Jahr publizierte → *Kurt Wolff* in seinem Verlag den Roman → *Das Schloß*. → *Der Verschollene* erschien unter dem Titel → *Amerika*. Einen Sammelband Erzählungen brachte 1931 der Kiepenheuer-Verlag unter dem Titel *Beim Bau der Chinesischen Mauer* heraus. 1935 übernahm der jüdische Verlag Schocken in Berlin die Publikation einer Gesamtausgabe der Werke Kafkas. Sie bestand aus den ergänzten Neudrucken der Erzählungen und den drei Romanen. Von den geplanten sechs erschienen vier Bände.

Die nächste Gesamtausgabe im Verlag Mercy in Prag wurde durch die zwei fehlenden Bände ergänzt. Es handelte sich dabei um den Sammelband *Beschreibung eines Kampfes* (Novellen, Skizzen, Aphorismen) aus dem Jahr 1936 und den Band *Tagebücher und Briefe*, der im folgenden Jahr gedruckt vorlag. Eine fünfbändige zweite Gesamtausgabe, die aus einem Nachdruck der ersten mit geringfügigen Ergänzungen, ohne die → *Tagebücher* und → *Briefe* bestand, veröffentlichte der Verlag Schocken, der inzwischen nach New York umgesiedelt war, im Jahr 1946. Als »Lizenzausgabe« des Schocken Verlags erschienen seit 1950 Kafkas *Gesammelte Werke* in elf Einzelbänden im S. Fischer Verlag in Frankfurt. Als Fischer-Taschenbuchausgabe wurde 1983 eine siebenbändige Werkausgabe veröffentlicht, die mit der Ausgabe des Schocken Verlags identisch ist. Für alle diese Ausgaben in verschiedenen Verlagen war Max Brod der verantwortliche Herausgeber. Die Briefe des Dichters an Milena, an Felice und an Ottla und die Familie wurden in Einzelausgaben des Fischer Verlags von verschiedenen Herausgebern veröffentlicht (→ *Briefe an Milena*, → *Briefe an Felice*, → *Briefe an Ottla und die Familie*). Eine wissenschaftliche Kafka-Edition *Franz Kafka. Werke–Tagebücher–Briefe. Kritische Ausgabe.*, herausgegeben von Jürgen Born, Gerhard Neumann, Malcolm Pasley und Jost Schillemeit, ist in Vorbereitung (S. Fischer Verlag). Bis 1984 sind zwei Bände erschienen, *Das Schloß* und *Der Verschollene*.

Wunsch, Indianer zu werden

Prosastück, Entstehungszeit Frühjahr 1912, Erstdruck in → *Betrachtung*, Leipzig 1913

Die Sprachminiatur besteht aus einem einzigen, rhythmisch gegliederten Satz, der vom Konjunktiv in den Indikativ wechselt. Zu Beginn wird mit höchster Eindringlichkeit eine Bewegung entfaltet: Der wilde Ritt eines Indianers erscheint als irrealer Vorgang. Mit dem Wechsel in den Indikativ folgt die Auflösung des aufgebauten Spannungsbogens. Das Ziel der Bewegung ist die vom Reittier losgelöste absolute Bewegung, der Umschlag vom intensiv erlebten Augenblick ins Nichts. In diesem Text verwirklichte der Autor eine literarische Vorstellung seiner Jugend. Das Leben soll in der Weise dargestellt werden, daß es sein natürliches Fallen und Steigen bewahrt, daß es aber gleichzeitig »... als ein Nichts, als ein Traum, als ein Schweben erkannt werde« (→ *Laurenzibergerlebnis*).

Zeichnungen

Von Kafka haben sich zahlreiche Zeichnungen erhalten. Auf Kollegskripten, Tagebuchseiten und Briefbögen zeichnete er rohe und unfertig wirkende Figuren, die eine gewisse Ähnlichkeit zeigen mit den überschlanken, stabähnlichen Figurenplastiken des Schweizer Bildhauers Alberto Giacometti. Ausgemergelte Ge-

Zeichnungen Kafkas.

stalten bewegen sich vor einem kargen Hintergrund und vermitteln eine Atmosphäre von Leere und Stille. Kafka wollte keine realistischen Abbilder schaffen. Er versuchte durch Betonung von Umriß und Bewegung die von ihm als wesentlich empfundenen Elemente sichtbar zu machen. Seine Themen sind vielfältig. Auf der → *Reise nach Weimar* 1912 zeichnete er Goethes Gartenhaus. Im Tagebuch von 1916 ist die Opferung Isaaks durch Abraham abgebildet. Auf einer Postkarte an → *Ottla* hielt er 6 Zeichnungen mit dem Titel »Ansichten aus meinem Leben« fest, die auf seine Schlaflosigkeit, seinen Appetitmangel, seine Gewichtsprobleme und seinen selbstquälerischen Zustand hinweisen. In einem Brief an → *Milena Jesenská* zeichnete er einen Mann, der in der Mitte auseinandergerissen wird, an anderen Stellen finden sich Zeichnungen von Gespenstern, Bittstellern, Jockeys, Säufern und Wanderern. Sechs Figurinen gehören vielleicht in den Umkreis seines Romans → *Der Prozeß*, und eine Reisesänfte mit Baum und sitzender Gestalt erinnert an die Trägerszene in seiner Erzählung → *Beschreibung eines Kampfes*. In einem Gespräch mit → *Gustav Janouch* sagte Kafka einmal von seinen Zeichnungen, sie seien »Eine ganz persönliche Bilderschrift, deren Sinn ich selbst nach einer Zeit nicht mehr entdecken kann«.

Zeitverschiebung
Ein auffälliges Strukturmerkmal in den Romanen → *Das Schloß* und → *Der Prozeß* ist der Wandel im Verhältnis von Erzählzeit und erzählter Zeit. Am Ende des 3. Kapitels des Romans *Das Schloß* ist fast die Hälfte der erzählten Zeit verstrichen, die folgenden 17 Kapitel nehmen den Rest in Anspruch, d.h., es ist eine Verschiebung im Verhältnis von Erzählzeit (d.h. dem Umfang der Seitenzahl der Darstellung) und erzählter Zeit (d.h. dem Quantum an Zeit, das die Darstellung umfaßt) festzustellen. Diese Zeitverschiebung ist in beiden Romanen auf die umfangreichen Gespräche zurückzuführen, die im 2. Teil viel mehr Zeit beanspruchen. Die Gespräche, die nach dem 6. Kapitel des Romans *Der Prozeß* verstärkt auftreten, beziehen sich weitgehend auf Vergangenheit und Zukunft, d.h. auf eine Zeit, die nicht gegenwärtig ist. Die entmutigten Helden unternehmen immer weniger Neues, ihre Aktionen verkümmern. Die Verfügung über die gegenwärtige Zeit als Voraussetzung für eine sinnvolle Zukunft ist ihnen genommen, ihr Zukunftsstreben erweist sich als illusorisch.

Zerstreutes Hinausschauen
Prosastück, Entstehungszeit wahrscheinlich Frühjahr 1907, Erstdruck unter dem Sammeltitel *Betrachtung* ohne eigene Überschrift in → *Hyperion* (1. Band, Heft 1, Januar/Februar 1908)
In dieser impressionistischen Skizze blickt der Erzähler an einem Frühlingstag aus seinem Fenster und beobachtet unten auf der Straße ein Mädchen und einen Mann, der hinter dem Mädchen hergeht, und den Schatten, den die Gestalt des Mannes auf ihr Gesicht wirft. Eigenartig ist die Verwendung des Wortes »schon« im dritten Satz: Die Zeit macht einen Sprung, der Frühlingstag neigt sich plötzlich seinem Ende zu. Die mechanische Zeit wird zur subjektiv erfahrenen Zeit.

Zum Nachdenken für Herrenreiter
Prosastück, Entstehungszeit Winter 1919, Erstdruck in → *Bohemia* (86. Jg. vom 27.3. 1910)
Der Gewinner eines Pferderennens teilt anderen »Herrenreitern« seine Erfahrungen mit, die in der Erkenntnis gipfeln, daß es sich nicht lohne, in einem Ren-

nen den Sieg anzustreben. Für diese Behauptung bringt er verschiedene Argumente vor, die sich auf sein eigenes Erleben und auf das Verhalten der Gegner und der Freunde beziehen. In einem ständigen Wechsel der Blickrichtungen werden die verschiedenen Figuren mit ihren typischen Bewegungen vorgestellt (→ *Gestik und Mimik*). Auf die lächerliche Szene der Siegerehrung, die mit einem Blick auf die stumm gewordenen Verlierer geschildert wird, geht ein Regenguß »aus dem trüb gewordenen Himmel« nieder.

Zur Frage der Gesetze

Prosastück, Entstehungszeit Oktober 1920, Erstdruck in *Beim Bau der Chinesischen Mauer,* Berlin 1931

Ein Angehöriger des Volkes denkt über die Gesetze nach, die das Geheimnis einer kleinen Adelsgruppe sind. Die Unkenntnis der Gesetze ist nachteilig für das Volk. Diese Feststellung wird im Fortgang des Berichts immer wieder relativiert durch Überlegungen, die die bestehenden Verhältnisse rechtfertigen sollen. Der zweite Abschnitt bringt eine entscheidende Wende in der Argumentation des Berichterstatters: Es handelt sich bei diesen Gesetzen eigentlich um »Scheingesetze«, die nur auf Tradition beruhen. Mit dieser Erkenntnis werden die Meinungen, die die Haltung des Adels zu entschuldigen versuchen, als Täuschung entlarvt. Eine kleine Partei ist davon überzeugt, daß das angebliche Gesetz ganz einfach so laute: »Was der Adel tut, ist Gesetz.« Daß diese Leute trotzdem das Existenzrecht des Adels anerkennen wollen, wirkt um so mehr als reine Ironie, als selbst das Volk darauf hofft, daß es eines Tages über die Gesetze verfügen und daß der Adel verschwinden wird. Der Text ist eine Satire auf Obrigkeitsgläubikeit und politische Unmündigkeit. Er attackiert die Repräsentanten einer Autorität, die nicht imstande ist, ihre Herrschaft zu legitimieren.

Resonanz und Rezeption

Theodor W. Adorno
* 11. 9. 1903 Frankfurt/M.; † 6. 8. 1969 Brig (Schweiz)
Philosoph und Soziologe (Hauptwerke: *Dialektik der Aufklärung* [zus. mit M. Horkheimer], 1947; *Negative Dialektik,* 1966)
Adorno deutete das Werk Kafkas als Kritik an der Spätphase des Kapitalismus. Als »Deserteur« wurde der Dichter zum Klassenfeind des untergehenden Bürgertums, dem er das Spiegelbild seiner Dekadenz vorhielt, indem er die verborgene negative Wahrheit sichtbar machte. Kafkas Figuren zeigen die gesellschaftlich bedingte Deformation des Menschen, der durch einen übermächtigen Anpassungsdruck seine Individualität verloren hat und einer schäbigen Dingwelt ausgeliefert ist. Mögliche Erkenntnisse werden durch das Kollektiv verhindert. Diese Erfahrung führt zu Neurose und Depression. Kafka stellt zwar die Korrumpierung des Menschen und sein falsches Bewußtsein dar, aber er zeigt keinen Ausweg aus dieser Situation, sondern begnügt sich mit der Gestaltung der Negation in einer »Parabolik, zu der der Schlüssel entwendet ward«.

Ilse Aichinger
* 1. 11. 1921 Wien
Österreichische Schriftstellerin
Ihre Erzählungen und Hörspiele bewegen sich zwischen Vision und Realität, zwischen Groteske und Traum. Die *Spiegelgeschichte* aus dem Erzählband *Der Gefesselte* zeigt in ihrer paradoxen Vertauschung der Zeitbezüge und in ihrer traumhaften Umdeutung einer alltäglichen Wirklichkeit ins Unheimlich-Bedrohliche den Einfluß Kafkas in besonders ausgeprägter Weise.

Günther Anders
* 12. 7. 1902 Breslau
Schriftsteller (Hauptwerk: *Die Antiquiertheit des Menschen,* 1956)
Anders sieht Kafka als einen »Apotheotiker« der entmenschten Welt, d.h., er fragt nicht nach Gut und Böse und anerkennt die Welt in ihrer ganzen Miserabilität. Macht ist für ihn Recht, der Entrechtete ist schuldig. Kafka macht aus seinem Atheismus eine Theologie. Als Philosoph ist er Agnostiker. Seine Werke lähmen uns, weil er die Übermacht der verdinglichten Welt beschreibt. In seiner pflichteifrigen Gleichschaltung mit dem Bösen, in seiner würdelosen Demütigung vor der Macht war Kafka ein Vorläufer des Faschismus. Seine heutige Wirkung beruht vor allem auf dem faschistischen Element in seinem Werk (→ *Rezeptionsgeschichte*).
Anders beschrieb Kafka als (*Kafka, pro und contra,* 1951) »Mann, der vor einem leeren Teller sitzt und ihn obstinat auslöffelt, um denen, die ihn für gefüllt halten, zu zeigen, daß er wirklich leer ist. [Die ihn] »den leeren Teller auslöffeln sahen, glaubten, sein Essen beweise die Suppe oder beschwöre sie herauf. Er mit ihnen.«

Wystan Hugh Auden
* 21. 2. 1907 York
Englischer Dichter
Er wandte sich zuerst dem Marxismus zu, bekehrte sich später zum Christentum, verarbeitete in seinen Gedichten und Versdramen mystische, fernöstliche

und christliche Einflüsse. Als Höhepunkt seines Schaffens gilt seine pessimistische Vers- und Prosadichtung »Das Zeitalter der Angst« (deutsch 1951). Auden schrieb einen Essay über Kafka unter dem Titel »The Wandering Jew« (1941). Er begreift den Dichter als heimatlosen Juden, der das jüdische Schicksal und damit das moderne Lebensschicksal des unbehausten Menschen überhaupt verkörpert.

Jean-Louis Barrault
* 8. 9. 1910 Le Vésinet
Französischer Schauspieler, Pantomime, Regisseur und Intendant
Er inszenierte 1947 den *Prozeß* in der Bearbeitung von → *André Gide,* 1956 *Das Schloß* und *Amerika* (→ *Dramatisierungen und Verfilmungen*).

Samuel Beckett
* 13. 4. 1906 Dublin
Irisch-französischer Schriftsteller
Schon sein erster französisch geschriebener Roman »Molloy« (1955) wurde mit den Werken von Joyce und Kafka verglichen. Auch in seinem bekanntesten Werk »Warten auf Godot« (deutsch 1953) zeigt sich eine Perspektive, die in gewisser Weise an die Dichtungen Kafkas erinnert. Die beiden Landstreicher Vladimir und Estragon haben ihre Persönlichkeit verloren, sie bewegen sich in einer absurden Zone zwischen Wirklichkeit und Traum. Negativsymbole (Mülltonne, Baum in verkarsteter Landschaft) zeigen die gestörte Beziehung zwischen Ich und Welt. Doch im Gegensatz zu Kafka wird das Irrationale bei Beckett nicht in rationaler Weise zum Ausdruck gebracht. Das Absurde erscheint in absurder Form.

Friedrich Beißner
* 26. 12. 1905 Hameln; † 29. 12. 1977 Tübingen
Literaturwissenschaftler
Als Kafkaforscher wandte er sich gegen die von außen an die Texte herangetragenen Deutungen und forderte eine streng »philologische Interpretation« der Werke, die nicht als Dokumente für Theorien, sondern als Dichtungen zu verstehen sind. Deswegen müssen in erster Linie Stil, Form, Struktur und Erzählweise untersucht werden. Charakteristisch für Kafkas »Erzählkunst« ist die »Einsinnigkeit« des Erzählens, d.h., der Leser erkennt Verhältnisse und Ereignisse nur durch die Augen der Hauptfigur (→ *Erzählperspektive*). Der Erzähler und mit ihm der Leser sind dem Erzählten nie voraus. Diese Einheit der Erzählperspektive ist als konsequenter Ausdruck innerseelischer Erfahrungen, als Darstellung »traumhaften inneren Lebens« zu verstehen (→ *Werkimmanente Deutung*).

Walter Benjamin
* 15. 7. 1892 Berlin; † 27. 9. 1940 Port Bou/Spanien
Schriftsteller, philosophischer Essayist, Literatur- und Zeitkritiker (Hauptwerke: *Das Kunstwerk im Zeitalter seiner technischen Reproduzierbarkeit,* 1936, 1963; *Zur Kritik der Gewalt,* 1965)
Benjamin lehnte psychoanalytisch oder religiös orientierte Deutungen ab und trat für ein soziologisches, materialistisches Verständnis der Werke Kafkas ein. Er versucht die Darstellungen der Gegenwelt, die Machtbereiche der Gerichts- und Schloßbehörden als »Welt der Väter« zu entlarven. Die Väter leben als pa-

rasitäre Machthaber aus der tiefsten Verkommenheit und bemühen sich, ihre Herrschaft mit allen Mitteln zu stabilisieren. Kafka projizierte den persönlichen Konflikt mit seinem Vater auf allgemeine Verhältnisse. Die zentrale Frage in seinem Werk ist die Frage nach der Organisation der Arbeit in der menschlichen Gemeinschaft. Die Organisation ist das Schicksal, von dem die Helden Kafkas abhängig sind. Kafkas Welt muß notwendigerweise entstellt sein, denn die Entstellung des Daseins zeigt die aufs höchste gesteigerte Selbstentfremdung des Menschen in diesem Zeitalter.

Hartmut Binder
* 22. 7. 1937 Schwäbisch Hall
Literaturwissenschaftler
Binder betont die Notwendigkeit, Kafka aus seiner künstlichen Isolation zu befreien und für die Interpretation seiner Dichtungen literaturhistorische, zeit- und lebensgeschichtliche Faktoren zu berücksichtigen. Die Forschung verdankt ihm ausführliche Kommentare zu den Erzählungen und Romanen des Dichters unter Einbeziehung von Entstehungsgeschichte, Quellen, Datierungsproblemen und autobiographischen Bezügen. Er entdeckte Vorlagen zu den Erzählungen → *Das Urteil,* → *Der Dorfschullehrer,* → *Der Jäger Gracchus* und → *Forschungen eines Hundes.*

Biographische Deutung
In letzter Konsequenz betrachtet die biographisch orientierte Interpretation das Werk des Dichters als »verkleidete Autobiographie« (→ *Sokel*). Diesem Ansatz entsprechend erhalten die Selbstaussagen des Autors, Tagebücher, Briefe, Aphorismen als Interpretationshilfen besonderes Gewicht. Lebenssphäre und Werkgestalt werden unmittelbar aufeinander bezogen. So sah z.B. → *Elias Canetti* in der Entlobungsszene im Askanischen Hof in → *Berlin* (→ *Felice Bauer*) die Keimzelle des Romans → *Der Prozeß,* und für → *Hartmut Binder* war der Altstädter Ring in → *Prag* das Modell für den Burgplatz in der Erzählung → *Der Bau.*

Jorge Luis Borges
* 24. 8. 1899 Buenos Aires
Argentinischer Schriftsteller, Lyriker, Erzähler, Essayist
Er übersetzte Kafkas Erzählungen → *Die Verwandlung* und → *Erstes Leid* werkgetreu ins Spanische. Borges verwendete in seinen eigenen Werken Motive Kafkas, das Labyrinth und den Turm von Babel. Er bekannte, seine Erzählung *El congreso* (1975) sei nach dem Vorbild Kafkas geschrieben. Literatur ist für ihn ein gelenkter Traum.

André Breton
* 18. 2. 1896 Tinchebray; † 27. 9. 1966 Paris
Französischer Schriftsteller, Theoretiker und Pragmatiker des → *Surrealismus*
Er veröffentlichte in der Zeitschrift des Surrealismus »Minotaure« einen Artikel »Gewitterhäupter« (Têtes d'orage, 1937), in dem er auf Kafkas Werk hinwies. Kafka wird als Dichter gewürdigt, der alles Dasein in Frage stellt und die Welt in den Schleier des Geheimnisses einhüllt. Nur der Traum gibt ab und zu den Blick frei auf einen tieferen Zusammenhang.

Hermann Broch
* 1. 11. 1886 Wien; † 30. 5. 1951 New Haven, USA
Österreichischer Dichter
Als Hauptwerk Brochs gilt der Roman *Der Tod des Vergil* (1947). Mit dem Hinweis auf Kafkas Werk versuchte Broch die Dunkelheit dieses Romans und seines eigenen Gesamtwerks zu erklären. Als Dichter-Prophet fühlte er sich mit Kafka verwandt. Broch betonte seine Tragik als Schriftsteller: Kafka sei ihm als Dichter zuvorgekommen, in einer Generation seien keine zwei Kafkas möglich.

Martin Buber
* 8. 2. 1878 Wien; † 13. 6. 1965 Jerusalem
Jüdischer Sozialphilosoph
Er war Exponent der zionistischen Bewegung (→ *Zionismus*), Mitherausgeber der Zeitschrift »Der Jude« (1916–1924); er verdeutschte die hebräische Bibel und publizierte chassidische Legenden (→ *Chassidismus*).

Der jüdische Sozialphilosoph Martin Buber

Buber hielt am 18. 1. 1913 in Prag einen Vortrag über den »Mythos der Juden«. Kafka lernte ihn im Anschluß an diesen Vortrag kennen und fand ihn »frisch und einfach und bedeutend«. Unter Hinweis auf Kafkas Grundvorstellungen → *Gericht*, → *Schuld* und → *Strafe* betonte Buber die Nähe Kafkas zur jüdischen Religion.

Albert Camus
* 7. 11. 1913 Mondovi (Algerien); † 4. 1. 1960 bei Sens
Französischer Schriftsteller und Philosoph
In seinem Aufsatz über Kafka deutete er dessen Dichtungen im Sinn des → *Existentialismus* als absurde Kunstwerke, in denen die menschliche Situation zum Ausdruck kommt. Kafkas Helden lieben das, was sie vernichtet, sie sind verurteilt und lassen doch durch einen unvermittelten »Sprung« in einer ausweglosen

Welt Hoffnung aufkommen, indem sie das Absurde anerkennen. Obwohl Kafkas Gott ein verborgener Gott ohne moralische Größe und ohne Güte ist, wirft er sich diesem Gott in die Arme. Die Sinnlosigkeit des Daseins ist nicht zu verstehen, nur zu akzeptieren; in dieser Haltung zeigt sich auch in Kafkas Werk die Würde des Menschen.

Elias Canetti
* 25. 7. 1905 Rustschuk (Bulgarien)
Schriftsteller
Canetti interpretierte Kafkas Roman → *Der Prozeß* auf biographischer Grundlage, indem er die Entlobung als Grundkonstellation des Werkes deutete. Er glaubte eine weitgehende Parallelität zwischen den Lebensumständen des Schriftstellers Kafka und dem Kunstwerk feststellen zu können (→ *Biographische Deutung*).

Dramatisierungen und Verfilmungen
Während → *Max Brod* davon überzeugt war, daß Kafkas dramatische Genialität im Aufbau der Szenen, in der Dialogführung und im Aufrollen dramatischer Konflikte eine Dramatisierung seiner epischen Werke geradezu nahelegten, vertrat → *Friedrich Beißner* einen gegensätzlichen Standpunkt. Eine Dramatisierung widerspreche der Intention des Dichters, weil sie gegen die Struktur der einsinnigen epischen Darstellung des traumhaften inneren Lebens verstoße (→ *Erzählperspektive*). Kafkas Sprache mit ihren facettenreichen Möglichkeiten der Perspektivierung und Ironisierung widersetze sich einer Aufteilung auf mehrere Rollen. Diese Ansicht vertrat auch → *Friedrich Dürrenmatt*. Trotz dieser grundsätzlichen Bedenken regten die Texte Kafkas Schriftsteller, Regisseure und Schauspieler immer wieder zu Bühnen-Bearbeitungen und Verfilmungen an. Eine Auswahl wichtiger Bearbeitungen in zeitlicher Reihenfolge:
Le Procès. Pièce tirée du roman de Kafka. Bearbeitung → *André Gide,* Inszenierung → *Jean Louis* Barrault Théâtre Marigny, Paris (1947)
Der Prozeß. Städtische Bühnen Düsseldorf, Inszenierung Gustaf Gründgens und Ulrich Erfurt (1950)
Das Schloß. Inszenierung nach der Bearbeitung von *Max Brod*. Rudolf Noelte. Schloßpark-Theater Berlin (1953)
Amerika (Der Verschollene) nach einem Roman von *Franz Kafka* von *Max Brod*. Inszenierung Leonhard Steckel (1957)
Ein Bericht für eine Akademie. Inszenierung Willi Schmidt, Studio der Akademie der Künste Berlin (1962)
Das Schloß. Fernsehspiel NDR I Hamburg. Bearbeitung und Regie Sylvain Dhomme (1962)
Le Procès. Film von → *Orson Welles,* Paris 1962
L'Amérique. Pièce d'après l'œuvre de *Franz Kafka*. Bearbeitung von *Jean Louis Barrault* nach dem Stück von *Max Brod*. Inszenierung Antoine Bourseiller. Théâtre de l'Odéon – Théâtre de France, Paris (1965)
Der Bau. Bearbeitung und Inszenierung Karl Merkatz, Theater der Stadt Baden-Baden (1969)
Ein Bericht für eine Akademie. Inszenierung Manfred Hilbig. Die Bühne in Essen (1972)
Der Prozeß. Bearbeitung → *Peter Weiss*. Inszenierung Helm Bindseil. Theater am Goetheplatz Bremen (1975)
Die Verwandlung. Fernsehfilm ZDF. Bearbeitung und Regie Jean Nemec (1975)

Kafkas Traum vom Affen Rotpeter. Bearbeitung Michael Koerber. tri-bühne im Forum 3 Stuttgart (1976)
Hungerkünstler, frei nach *Kafka.* Bearbeitung und Inszenierung George Tabori. Theater der Freien Hansestadt Bremen (1977)
Amerika. Bearbeitung Pavel Kohout und Ivan Klima. Inszenierung Joachim Fontheim. Vereinigte Städtische Bühnen Krefeld (1978)
Klassenverhältnisse nach *Kafkas* Roman *Der Verschollene.* Film von Jean-Marie Straub und Daniele Huillet (1984)

Friedrich Dürrenmatt
* 5. 1. 1921 Konolfingen bei Bern
Schweizer Dramatiker und Erzähler
Vor allem seine Geschichte »Der Tunnel« aus dem Erzählband *Die Stadt* (1952) zeigt in ihrer Irrealität, die sich aus der scheinbaren Normalität der Vorgänge mit verblüffender Konsequenz entfaltet, aber auch in Motivwahl und Atmosphäre eine Verwandtschaft mit Kafkas Erzählung → *Eisenbahnreisende.*

Gottfried von Einem
* 24. 1. 1918 Bern
Österreichischer Komponist
Von Strawinsky beeinflußt, komponierte er Instrumental- und Kammermusik, Chorwerke und Opern. Zu den erfolgreichsten → *Vertonungen* von Kafkas Texten gehört seine Oper »Der Prozeß. Neun Bilder in zwei Teilen.« Die Uraufführung fand 1953 bei den Salzburger Festspielen statt.

Wilhelm Emrich
* 29. 11. 1909 Nieder-Jeutz
Literaturwissenschaftler
Emrich sieht in Kafkas → *Bildsprache* den Ausdruck der Entfremdung des modernen Menschen in der Arbeitswelt. Die zentralen Instanzen, das Gericht im *Prozeß,* die Schloßverwaltung im *Schloß,* sind die Bilder »einer riesenhaften Weltapparatur«, die sämtliche Lebens- und Bewußtseinsvorgänge protokolliert und dirigiert. Kafkas Werk ist ein Modell menschlichen Seins überhaupt, Sinnbild des Weltganzen, allerdings ohne eine Ordnung der Werte. Die Wertsphären verselbständigen und isolieren sich und heben sich manchmal gegenseitig auf: Die ethischen und sozialen Rangordnungen sind pervertiert. Kafkas Werk ist so ein Spiegelbild der Gesellschaftsordnung des 20. Jahrhunderts, die durch moderne Rationalisierungsprozesse bis zur Anarchie irrationalisiert wurde, so daß sie dem Zugriff des einzelnen weitgehend entzogen ist.
Emrich übernahm Gedanken von → *Walter Benjamin* und → *Theodor W. Adorno.* Aber im Gegensatz zu Adorno sah er den Dichter positiv. Die letzte Intention Kafkas ist der Gewinn der Freiheit durch Erkenntnis, die zum »freien Selbst« führt, er ist ein utopischer Moralist.

Max Ernst
* 2. 4. 1891 Brühl bei Köln; † 1. 4. 1976 Paris
Graphiker und Maler
Ernst gehörte 1924 zu den Gründern des → *Surrealismus,* illustrierte einige Werke Kafkas, schuf eine Frottage zu → *Prometheus* (1937), zeichnete Bilder zur Erzählung → *Die Sorge des Hausvaters* (1937) und gestaltete das Frontispiz eines französischen Drucks der Erzählung → *Eine Kreuzung* (1938).

Existentialismus
Diese Richtung der Philosophie versucht die Frage nach dem Zusammenhang zwischen Sein und Existenz sowie die Frage, wie der Mensch in der Welt ist und was er sein kann, durch den Rückgriff auf die Realitäten des Alltags zu beantworten (Existenzerhellung). Kafkas Romane → *Das Schloß* und → *Der Prozeß* wurden als Spiegelung existentialistischer Welterfahrung gedeutet (→ *Philosophische Deutung*). In Kafkas Helden zeigt sich die vergebliche Suche des Menschen nach dem wahren Sein, seine Einsamkeit vor dem Nichts, aus der sich die Grundbefindlichkeit der Angst ergibt.

Expressionismus
→ *Walter Sokel* und andere Interpreten sahen in Kafka einen expressionistischen Dichter. Gegen die Zuordnung Kafkas zu dieser literarischen Bewegung sprechen gewichtige Gründe: die analytisch-exakte Schreibweise des Dichters, sein parabolisches Erzählen stehen im Widerspruch zum Sprach- und Erzählstil des Expressionismus. In seinen Werken stehen weder Gefühle noch Triebbesessenheit im Vordergrund. Seine Kulturkritik beschränkt sich auf das → *Judentum.* Seine Gestaltungen des Vater-Sohn-Problems liegen zeitlich vor den entsprechenden Werken des Expressionismus. In seinen Dichtungen finden sich keine pathetischen Aufbruchstimmungen, kein Wille zur Weltveränderung und keine Liebe zum Dynamischen und Rauschhaften.
So äußerte sich Kafka über die berühmte Anthologie expressionistischer Dichtung von Kurt Pinthus (G. Janouch, *Gespräche mit Kafka*): »Das Buch macht mich traurig. Die Dichter strecken nach den Menschen die Hände aus. Die Menschen sehen aber keine freundschaftlichen Hände, sondern nur krampfhaft geschlossene Fäuste, die nach den Augen und Herzen zielen.«

Erich Fromm
* 23. 3. 1900 Frankfurt/M.; † 18. 3. 1980 Muralto/Schweiz
Soziologe, Sozialphilosoph und Psychologe
In seiner Schrift »Die symbolische Sprache in Mythos, Märchen, Ritual und Roman« analysierte Fromm Kafkas Roman → *Der Prozeß*. Im Sinn einer → *psychologischen Deutung* analysiert er den literarischen Text wie einen Traum, den es auf die psychischen Fakten zurückzuführen gilt. → *K.* wird als Mensch mit einer »rezeptiven Orientierung« betrachtet. Er ist ständig bestrebt, von anderen etwas zu erhalten, ohne selbst etwas zu geben. Er ist zum Untergang verurteilt, weil er das »humanistische Gewissen«, verkörpert im Gefängniskaplan, nicht respektiert und sich statt dessen dem »autoritären Gewissen« (Gerichtshof, Anwälte) unterwirft. Seine Tragik liegt darin, daß er in der Verwirrung seines Herzens nicht fähig ist, zwischen diesen beiden Instanzen zu unterscheiden.

Hans Fronius
* 12. 9. 1903 Sarajevo
Österreichischer Maler, Zeichner, Graphiker
Er illustrierte vor allem »unheimliche« Texte im Stil eines gemäßigten Expressionismus. 1925 entdeckte er Kafkas Erzählungen in einer Wiener Buchhandlung. Im gleichen Jahr schuf er Holzschnitte zum Erzählband → *Ein Landarzt,* 1966 folgten eine fünfteilige Lithomappe zum gleichen Thema und 70 Zeichnungen zum *Schloß-Roman.* 1983 erschien sein illustriertes Buch *Kunst zu Kafka.*

André Gide
* 22. 11. 1869 Paris; † 19. 2. 1951 ebd.
Französischer Schriftsteller
Gides Bearbeitung des Romans → *Der Prozeß* für die Bühne war die erste in der Reihe der → *Dramatisierungen und Verfilmungen* von Kafkas Werken. Nachdem er den *Prozeß* wieder gelesen hatte, trug Gide am 28. August 1940 in sein Tagebuch ein: »(Dieses) Buch spottet jeder rationalen Erklärung; der Realismus seiner Bilder durchdringt immer wieder ihr Phantastisches, und ich könnte nicht sagen, was ich mehr bewundere: die ›naturalistische‹ Wiedergabe eines imaginären Universums, das jedoch durch die minutiöse Präzision seiner Bilder vor unseren Augen deutlich wird, oder die Sicherheit und Kühnheit des Taumelns in eine fremde Welt. Hier ist viel zu lernen.« → *Jean Louis Barrault* brachte diese Bearbeitung im Oktober 1947 auf die Bühne. Die Inszenierung, deren Leitthemen die Absurdität des Lebens, die Existenzangst des modernen Menschen in einer alltäglichen und gleichzeitig phantastischen Welt waren, fand große Resonanz auch in Deutschland. Die Fassung von Gide/Barrault wurde übernommen für die Inszenierungen von Willi Schmidt im Schloßpark-Theater in Berlin und von G. Gründgens und Ulrich Erfurt an den Städtischen Bühnen Düsseldorf.

Eduard Goldstücker
* 30. 5. 1913 Podbiel (Slowakei)
Tschechoslowakischer Diplomat und Literaturwissenschaftler
Er trat als Vorsitzender des tschechoslowakischen Schriftstellerverbands für reformkommunistische Bestrebungen ein, emigrierte nach dem Scheitern des »Prager Frühlings« 1970 nach England. Auf der Konferenz von Liblice im Jahr 1963 forderte Goldstücker eine Neubewertung Kafkas im kommunistischen Machtbereich, indem er den pauschalen Dekadenz-Vorwurf ablehnte (→ *Rezeptionsgeschichte*).

Willy Haas
* 7. 6. 1891 Prag; † 4. 9. 1973 Hamburg
Kritiker und Essayist
Er war Mitgründer der Wochenzeitung »Die Literarische Welt«, die in ihrer Sonderausgabe vom 4. 6. 1926 Kafkas Leben und Werk würdigte. In den → *Herderblättern,* die er zusammen mit Norbert Eisler seit 1911 herausgab, veröffentlichte Haas das erste Kapitel von → *Richard und Samuel.* In seiner Kafkadeutung modifizierte er die → *religiöse Deutung* → *Max Brods.* Er betrachtet den Dichter als »jüdischen Mystiker«, als religiösen Skeptiker, dessen Grundsatz so lautet: »Der Mensch ist immer im Unrecht vor Gott, auch wenn Gott noch so sehr im Unrecht ist vor dem Menschen.« Im Rahmen der von M. Brod betreuten Gesamtausgabe edierte Haas die → *Briefe an Milena.*

Peter Handke
* 6. 12. 1942 Griffen/Kärnten
Österreichischer Schriftsteller
In seiner Erzählung »Die Angst des Tormanns beim Elfmeter« (1970) zeigt sich in der Verwendung des → *absoluten Anfangs,* in der detailgenauen Schilderung und in der Isolierung des problematischen Helden der Einfluß Kafkas. Der Bezug zu Kafka wird noch deutlicher in »Der Prozeß für Franz K.« (1969). In einem geschlossenen Zusammenhang werden die Handlungsvorgänge von Kafkas

Roman → *Der Prozeß* wiedergegeben, aber die Vorlage erfährt eine entscheidende Veränderung. Zwar ist die → *Erzählperspektive* mit der Hauptfigur verbunden, aber der Erzähler distanziert sich immer wieder von ihr und kommentiert und bewertet ihr Verhalten.

Hans Werner Henze
* 1. 7. 1926 Gütersloh
Komponist
Er verarbeitete anfänglich Anregungen von Hindemith und Strawinsky und wandte sich dann der Zwölftontechnik nach dem Vorbild Anton von Weberns zu. 1951 komponierte er eine Funkoper »Ein Landarzt« nach Kafkas gleichnamiger Vorlage, 1964 folgte eine Neubearbeitung unter dem Titel »Konzertantes Monodram für Baritonstimme« (Bühnenfassung 1965). Henze setzte den gesamten Text Kafkas Wort für Wort für eine einzelne Stimme (→ *Vertonungen*).

Illustrationen
Die Werke Kafkas regten zahlreiche bekannte und weniger bekannte Künstler zu Illustrationen an. Zu Lebzeiten des Dichters sind keine bebilderten Ausgaben entstanden. Die Arbeiten von → *Hans Fronius* stammen aus dem Jahr 1925. Gegen Ende der zwanziger Jahre illustrierten Künstler wie Josef Florian (1873–1941), Otto Coester (geb. 1902) und Albert Schamoni (1906–1945) mit Vorliebe Ausgaben von → *Ein Landarzt,* → *Ein altes Blatt* und → *Die Verwandlung*. Das Insekt aus dieser Erzählung wurde neben der Figur des Odradek aus → *Die Sorge des Hausvaters* zu einem der beliebtesten Bildmotive. → *Ottomar Starke* war vom Verleger → *Kurt Wolff* mit der Gestaltung des Umschlags der Erstausgabe der Erzählung *Die Verwandlung* beauftragt worden.
Im Gegensatz zu anderen Zeichnern widerstand Starke der Versuchung, entgegen dem ausdrücklichen Wunsch Kafkas den Käfer abzubilden. Zu der Gruppe von Künstlern, die mit Hilfe moderner Gestaltungsmittel nicht so sehr die visuelle Ergänzung des vorliegenden Textes als vielmehr die eigenschöpferische, souveräne Umsetzung wesentlicher Themen Kafkas anstrebten, gehören Willibald Kramm (* 1891; † 1969), der Mexikaner José Luis Cuevas (* 1933) und Wols (* 1913; † 1951).

kafkaesk
Ein Schlagwort, das Grauen, Angst, Entfremdung und Scheitern zum Ausdruck bringen soll. Es weckt die Vorstellung des Ausgeliefertseins an ein undurchschaubares, sinnloses Schicksal und erinnert an Terror, Schuld und Verzweiflung, an die Bedrohung des Menschen durch bürokratische Organisationen und anonyme Machtstrukturen, die ihn seine Nichtigkeit und Machtlosigkeit fühlen lassen.
Angeblich hat C. D. Lewis dieses Wort zum ersten Mal bei einer Besprechung von Edward Upwards Roman *Journey to the Border* (1938) gebraucht. Nach dem 2. Weltkrieg wurde das Schlagwort auch in der BRD gebräuchlich und im *Duden* verzeichnet. In der DDR existiert nur der Ausdruck »Kafkaismus«, als Synonym für »bürgerliche Dekadenz«. → *Max Brod* wehrte sich gegen dieses Wort: »Kafkaesk ist das, was Kafka nicht war.« Für → *Beißner* ist es ein »läppisches Unwort«, für → *Emrich* eine »modische Wortmißgeburt«.

Kafka-Gedenktafeln

Folgende Gedenktafeln erinnern heute an den Dichter Franz Kafka: Am Geburtshaus in der Prager Karpfengasse wurde 1965 eine Tafel angebracht mit der Inschrift: »ZDE SE 3. 7. 1883 NARODII FRANZ KAFKA«. Der amerikanische Geschäftsträger enthüllte 1976 auch als Protest dagegen, daß Kafka nach der Unterdrückung des »Prager Frühlings« totgeschwiegen wurde, am Schönborn-Palais (dort lebte der Dichter von März bis August 1917), dem Sitz der amerikanischen Botschaft, eine Gedenktafel mit einem Porträt Kafkas und der Inschrift »FRANZ KAFKA / LIVED HERE AND WROTE/ZDE ZIL A PSAL/HIER LEBTE UND SCHRIEB/1917«. Eine weitere Gedenktafel findet sich in Berlin-Steglitz, am Haus Grunewaldstraße 13 mit dem Text: »DIE GUTEN GEHN IM/GLEICHEN SCHRITT/OHNE VON IHNEN ZU/WISSEN TANZEN DIE/ANDERN UM/SIE DIE/TAENZE DER/ZEIT/FRANZ KAFKA/3. Juli 1883/ † 3. Juni 1924 DER DICHTER LEBTE IN DIESEM HAUSE/VOM SPAETSOMMER 1923 BIS ANFANG 1924/GESTIFTET VON DER NOTGEMEINSCHAFT/DER DEUTSCHEN KUNST AUS ANLASS DES/30. TODESTAGES VON FRANZ KAFKA.« Am Sanatorium in Klosterneuburg-Kierling wurde eine Marmortafel mit Goldinschrift angebracht: »IN DIESEM HAUS STARB/FRANZ KAFKA/(3. Juli 1883–3. Juni 1924)/ ÖSTERREICHISCHE GESELLSCHAFT FÜR LITERATUR.«

Kafka-Porträts

Das einzige zeitgenössische Porträt stammt von → *Friedrich Feigl.* Nach Kafkas Tod dienten den Künstlern Fotografien als Vorlage. Zwei Fotos wurden häufig verwendet, das Verlobungsbild von 1917 und ein Bild von 1923, das den todkranken Dichter zeigt. Es wurde in → *Berlin* aufgenommen. Auf diese Fotografie bezog sich z. B. → *Hans Fronius* in seinem Holzschnitt von 1937. Da keine Totenmaske abgenommen wurde und weil die Fotografien den Dichter nicht im Profil zeigen, ist Kafka auf sämtlichen Porträts en face abgebildet. Das trifft auch auf die bekannte Offsetlithographie von Horst Janssen (* 1929) und auf die Porträtradierung von Roger Loewigs (* 1930) zu.

Hermann Kasack

* 24. 7. 1896 Potsdam; † 10. 1. 1966 Stuttgart

Schriftsteller

In seinem Hauptwerk *Die Stadt hinter dem Strom* (1947) zeigt sich nach Gehalt und Stil der starke Einfluß Kafkas. Kasack versucht, die Daseinsform der modernen Gesellschaft zu deuten. Die alltägliche Wirklichkeit wird durchsichtig für eine unheimliche, groteske Welt. In der beängstigenden Vision eines schemenhaften Zwischenreichs spiegelt sich ein bürokratisch organisiertes Machtsystem, das die Menschen in umfassender Weise kontrolliert und ihnen nur noch ein wesenloses Dahinvegetieren erlaubt.

Ernst Krenek

* 23. 8. 1900 Wien

Österreichischer Komponist und Musikschriftsteller

Er komponierte im amerikanischen Exil 1937/38 »Fünf Lieder nach Worten von Franz Kafka für Singstimme und Klavier« (op. 82), denen er aphoristische und lyrische Texte des Dichters zugrunde legte (→ *Vertonungen*).

Alfred Kubin
* 10. 4. 1877 Leitmeritz (Böhmen); † 20. 8. 1959 Zwickledt (Österreich)
Als Buchillustrator bevorzugte Kubin Dichter, die sich mit der Nachtseite des Lebens beschäftigten (E. A. Poe, → *E. T. A. Hoffmann,* → *Dostojewski*). Die Bekanntschaft Kafkas machte er 1911. Er illustrierte die Erzählung → *Ein Landarzt* mit Tuschzeichnungen.

Literatursoziologische Deutung
Die Untersuchung der sozialen und historischen Bedingungen von Kafkas Leben und Werk soll die Beziehung zwischen Literatur und gesellschaftlichem Umfeld erhellen. Kafkas Situation als Jude, der dem → *Judentum* kritisch gegenüberstand und der in der fremden Umwelt des untergehenden Habsburgerreiches zwischen Deutschen und Tschechen lebte, wird als Schlüssel verstanden für bestimmte gesellschaftlich vermittelte Phänomene in seinem Werk.

Georg Lukács
* 13. 4. 1885 Budapest; † 4. 6. 1971 ebd.
Ungarischer Kulturphilosoph und Literaturwissenschaftler
In seinem Buch *Wider den mißverstandenen Realismus* (1958) vertrat er die orthodoxe kommunistische Haltung gegenüber Kafkas Werk. Entsprechend der → *marxistischen Deutung* kritisierte er die Auflösung der Persönlichkeit in Kaf-

Der marxistische Philosoph Georg Lukács.

kas Werk, die Weltlosigkeit der Dichtung und ihre fehlende weltanschauliche Perspektive. Kafkas Gestalten sind erfaßt von einer blinden Angst vor der Wirklichkeit, die von einem transzendenten Nichts bestimmt wird. Jeder Fortschritt wird als sinnlos denunziert. Dadurch begünstigt der Dichter den »kapitalistischen Imperialismus«. Lukács' bittere Erfahrungen im Ungarn-Aufstand von 1956 – er war kurze Zeit Kulturminister im Kabinett von Imre Nagy – veränderten seine Ansichten über den Dichter. 1964 erklärte er, daß Kafka »ein ernst zu nehmender und äußerst wichtiger Künstler« sei.

Thomas Mann
* 6. 6. 1875 Lübeck; † 16. 8. 1955 Kilchberg/Schweiz
Dichter
In einem vielzitierten Vorwort zur amerikanischen Ausgabe von Kafkas Roman → *Das Schloß* (*The Castle*, 1941) bezeichnete Mann den Dichter als »religiösen Humoristen«. Die bürokratische Stilisierung des Göttlichen zeigt den Verfasser als Satiriker, der traumkomische Gebilde schafft. Kafkas Verzweiflung mündet in einen Glauben an die Rettung des Menschen, insofern kommt in seinen Werken trotz aller Hoffnungslosigkeit ein metaphysischer Humor zum Ausdruck.

Thomas Mann.

So schrieb Thomas Mann über Kafka: »Er war ein Träumer, und seine Dichtungen sind oft ganz und gar im Charakter des Traumes konzipiert und gestaltet;

sie ahmen die alogische und beklommene Narretei der Träume, dieser wunderlichen Schattenspiele des Lebens, zum Lachen genau nach. Bedenkt man aber, daß das Lachen, das Träne-Lachen aus höheren Gründen, das Beste ist, was wir haben, was uns bleibt, so wird man mit mir geneigt sein, Kafkas liebevolle Fixierungen zum Lesenswertesten zu rechnen, was die Weltliteratur hervorgebracht hat.«

Marxistische Deutung
Kafkas Werk wird vornehmlich betrachtet als Spiegelung der damaligen Klassenkämpfe in einer Epoche, als die Bourgeoisie ihre imperialistische Politik gegenüber der organisierten Arbeiterschaft durchzusetzen versuchte, die ihrerseits zum Kampf gegen die Ausbeuter antrat. In orthodox-marxistischer Sicht wird zwar Kafkas soziales Gefühl für die Lage der kleinen Leute anerkennend hervorgehoben, aber nach dem Vorbild von → *Georg Lukács* wird Kafka kritisiert, weil er die Entfremdung festgestellt, aber ihre Ursachen nicht ergründet habe. Durch seine pessimistische Weltschau verbaute er sich und seinen Lesern den Weg zur Parteinahme für das Proletariat. Sein Werk, das die Krise der bürgerlichen Gesellschaft zum Ausdruck bringt, ist mit der Ethik des sozialistischen Realismus unvereinbar.

Philosophische Deutung
Vor allem der → *Existentialismus* reklamierte Kafkas Werke für sich. Kafka galt als Prophet der negativen Zeiterfahrung, als Verkünder der »Weltangst«. Man glaubte Leitvorstellungen des Existentialismus aus seinen Dichtungen herauslesen zu können: Ekel, das Nichts, der Tod Gottes, die Absurdität der Welt seien seine großen Themen. Auch die Kategorien des Heideggerschen Denkens »man«, »Dasein«, »Mitsein«, »Existenz« und »Authentizität« versuchte man in seinen Werken nachzuweisen. Eine phänomenologische Deutung sah in Kafkas Dichtungen eine Art »Hieroglyphenschrift« des herrschenden Weltbezugs, die mit philosophischen Mitteln entziffert werden kann.

Heinz Politzer
* 31. 12. 1910 Wien
Literaturwissenschaftler
Er wirkte 1934/36 auf Einladung → *Max Brods* an der Edition der ersten vier Bände von Franz Kafkas *Gesammelten Schriften* mit (→ *Werkausgaben*). In seiner Gesamtdeutung Kafkas bedient sich Politzer der Begrifflichkeit der Psychoanalyse; er verfolgt die Gestaltung der »Vaterimago«, die »Ödipussituation«, analysiert Kafkas »Masochismus« und macht auf den Einfluß des Unbewußten auf Kafkas Dichtungen aufmerksam. Die psychische Problematik des Junggesellen Kafka steht im Vordergrund (→ *Junggesellen*, → *Psychologische Deutung*).

Psychologische Deutung
Im Mittelpunkt psychologischer Analysen stehen folgende Werke: → *Brief an den Vater*, → *In der Strafkolonie* und auch → *Ein Bericht für eine Akademie*. Die Texte werden nicht in erster Linie als literarische Werke, sondern als Manifestationen unbewußter Strebungen, als Zeugnisse der Privatmythologie des Autors betrachtet. Der dem Verfasser unbewußte Gehalt soll durch eine Übersetzung der Symbole in klinische Begriffe sichtbar gemacht werden. Die Untersuchung richtet sich auf die Identifizierung von Sexualsymbolen, analysiert Triebkonstellation und Libidoorganisation, Ödipus-Komplex, Narzißmus und Kastrations-

angst. Das dichterische Schaffen erscheint als eine Form der »Triebeinschränkung«, die Dichtungen werden vorwiegend unter dem Blickwinkel ihrer individualpsychologischen Aussagekraft betrachtet.

Religiöse Deutung
→ Max Brods Kommentare zu den Romanen → *Der Prozeß* und → *Das Schloß* gaben der Interpretation dieser Werke eine bestimmte Richtung. Für Brod war Kafka ein Erneuerer des jüdischen Glaubens, eine Art Religionsstifter. Entsprechend deutete er das Schloß im gleichnamigen Roman als Reich der Gnade, und im Roman *Der Prozeß* handelte es sich nach seiner Meinung um die höchste Gerechtigkeit und gleichzeitig um die Einordnung in ein Gottesreich. In dieser Tradition sah → *Martin Buber* in Kafkas Werk die Grundvorstellungen der jüdischen Religion verwirklicht, die mit den Begriffen Gericht, Gnade, Schuld, Strafe und Sühne umschrieben sind.
Von nichtjüdischen Interpreten wurde der Dichter als »homo religiosus« gesehen. Aus katholischer Sicht aber verfiel Kafkas negative Religiosität im Hinblick auf den fehlenden Erlösungsgedanken der Ablehnung. Seine Werke offenbaren den Zustand der Heillosigkeit, des Abgefallenseins. Seinen sündenbeladenen Helden ist die Möglichkeit zur Reue versperrt. Weil sie ihre Sündhaftigkeit nicht erkennen, kann sie der Himmel nicht retten. So ist Kafka der Dichter der metaphysischen Qual, auf die die Religion eine Antwort zu geben versucht.

Rezeptionsgeschichte
Schon zu seinen Lebzeiten erkannten einige Kritiker die Bedeutung Kafkas, doch in der weiteren literarischen Öffentlichkeit fand sein Werk nur geringe Resonanz. Auch die Verkaufszahlen seiner Bücher waren extrem niedrig. Da man nicht recht wußte, wie der Dichter einzuordnen sei, verglich man ihn mit → *Alfred Kubin*, → *Gustav Meyrink* und → *Robert Walser* und versuchte, ihn in die Bewegung des → *Expressionismus* zu integrieren. Bei der Besprechung von Kafkas Sammelband → *Betrachtung* fiel dem Kritiker der makellose Prosastil auf, ein Urteil, das auch in den vielen späteren Rezensionen immer wieder begegnet. Auch der → *Traumstil* seiner Dichtungen wurde von den Kritikern registriert und kommentiert. Während die Freunde, allen voran → *Max Brod*, die Reinheit, Unbeirrbarkeit, den Ausdruck neuer Religiosität in seinen Erzählungen in hymnischen Tönen priesen, bemängelten andere, wie z. B. Albert Ehrenstein, Kafkas Morbidität und Dekadenz. Ehrenstein nannte ihn sogar einen »Aftermieter des Lebens«.
Spätere Kritiker sahen eine Verwandtschaft zwischen Kafka und → *Kleist* und lobten seine Darstellungsweise, die das Wunderbare durch Einbettung in ein realistisch geschildertes Milieu glaubhaft mache. Von vielen wurde jedoch besonders die Erzählung → *Die Verwandlung* als Zumutung empfunden, weil der gute Geschmack strapaziert werde, und immer wieder wurde darauf hingewiesen, daß es am Schluß der Erzählung → *Das Urteil* nicht klar werde, warum sich der Sohn dem unbegründeten Urteil des Vaters beuge. Aus der Schar der mehr oder weniger bekannten Kritiker ragen Schriftsteller heraus, die die Einzigartigkeit und den literarischen Rang Kafkas schon früh erkannten. Carl Sternheim, der ihm die Geldsumme des Fontanepreises überließ, bewunderte seine Erzählungen, Hermann Hesse, → *Rainer Maria Rilke*, → *Thomas Mann*, → *Robert Musil*, → *André Breton*, → *Albert Camus* und → *André Gide* würdigten Kafka als bedeutenden Künstler, der literarische Meisterwerke schuf.
Mit dem Jahr 1933 endete die erste Phase der Kafka-Rezeption. Die von M.

Brod in Zusammenarbeit mit H. J. Schoeps besorgte Ausgabe der Werke Kafkas fand nicht den erhofften Widerhall (→ *Werkausgaben),* und später verboten die Nazis die Publikation seiner Dichtungen in Deutschland. Erst nach dem zweiten Weltkrieg begann der Weltruhm Kafkas mit der Veröffentlichung der Romane aus dem Nachlaß. Zahlreiche Interpreten suchten nun das Rätsel seiner Dichtungen zu lösen. Unter dem Einfluß Brods stand zuerst die → *religiöse Deutung* im Vordergrund, dann folgten die existentialistische Kafka-Mode (→ *Existentialismus,* → *Philosophische Deutung*) und die → *werkimmanente Deutung.* Schon früher hatte man sich um die → *psychologische Deutung* seiner Werke bemüht. Schließlich erkannte man auch die sozialen und politischen Voraussetzungen und Bedingungen seines Schaffens (→ *Literatursoziologische Deutung,* → *Marxistische Deutung*). In jüngerer Zeit wird die hermeneutische Problematik in Kafkas Dichtungen erforscht und das dialektische Verhältnis zwischen Wahrheitssuche und Erkenntnisverweigerung als Schlüssel für die Interpretation verstanden.

Kafka-Texte wurden dramatisiert und verfilmt (→ *Dramatisierungen und Verfilmungen*). Seine Werke wurden von bedeutenden Künstlern illustriert (→ *Illustrationen*). Viele Schriftsteller, z. B. → *Ilse Aichinger,* → *Samuel Beckett,* → *Jorge Luis Borges,* → *Friedrich Dürrenmatt,* → *Peter Handke,* → *Hermann Kasack,* → *Alain Robbe-Grillet,* → *Martin Walser* und → *Peter Weiss* setzten sich in ihren eigenen Werken mit Thematik und Stil der Kafkaschen Erzählwelt auseinander.

Im Vorfeld des »Prager Frühlings» erhielt Kafkas Werk eine unmittelbare politische Bedeutung. Auf der Konferenz von Liblice am 27. und 28. Mai 1963 kam es zu einer – leider nur vorübergehenden – Neubewertung seiner Dichtung in den kommunistischen Ländern. Der »reaktionäre« und »dekadente« Schriftsteller Kafka wurde mit dem Einsetzen des Tauwetters im Ostblock nun als Symbol künstlerischer und intellektueller Freiheit verstanden und als Teil des kommunistischen Kulturerbes reklamiert.

Wo liegen die Gründe für die weltweite Wirkung Kafkas? Es bleibt das unbestrittene Verdienst Max Brods, daß er durch seine weitreichenden Verbindungen zu Schriftstellern, Verlegern und Politikern und durch seine eigenen Schriften und Vorträge für die Ausbreitung von Kafkas literarischem Ruhm sorgte. Ihm ist auch die Rettung des Nachlasses zu danken (→ *Testament und literarischer Nachlaß*). Zuerst war Kafka in gewisser Weise ein Schriftsteller für Schriftsteller. Künstler und Intellektuelle waren von der Persönlichkeit des Dichters und seiner unbedingten Hingabe an die Kunst tief beeindruckt. Ein entscheidender Faktor für seine Weltgeltung ist in der Struktur seiner Dichtung zu suchen, die durch eine schein-logische Argumentationsweise zur Identifikation einlädt und den Leser, dem der Sinn vorenthalten wird, zur eigenen Sinnstiftung auffordert. Dadurch zwingt sie ihn zur produktiven Auseinandersetzung mit dem Werk. Kafka wertete sein eigenes Leben literarisch aus, aber aus seiner Zeit bezog er die widerspruchsvollen Systeme der gesellschaftlichen Organisationen, die Beziehungen zwischen anonymer Herrschaft und individueller Abhängigkeit, zwischen illegitimer Autorität und ohnmächtiger Auflehnung – Phänomene, die als typisch gelten für die Welt des 20. Jahrhunderts. Seine aus persönlicher Problematik erwachsenen Dichtungen trafen auf den richtigen »historischen Augenblick« und konnten so zum Spiegel und Signum einer ganzen Epoche werden.

Rainer Maria Rilke
* 4. 12. 1875 Prag; † 29. 12. 1926 Val Mont bei Montreux
Österreichischer Dichter.
Im Jahr 1912 las Rilke Kafkas Erzählung → *Ein Landarzt,* und es ist nicht unwahrscheinlich, daß sein Sonett »Rühmt euch, ihr Richtenden« (»Sonette an Orpheus«, II, IX) von Kafkas Erzählung → *In der Strafkolonie* beeinflußt wurde. Vermutlich lernte Kafka Rilke bei einer → *öffentlichen Lesung* dieser Erzählung am 10. 11. 1916 in München kennen. Rilke lobte die Erzählung → *Der Heizer,* aber vermißte bei den Erzählungen → *Die Verwandlung* und → *In der Strafkolonie* die gleiche »Konsequenz«. In einem Brief an den Verleger Kurt Wolff schrieb Rilke: »Ich habe nie eine Zeile von diesem Autor gelesen, die mir nicht auf das eigentümlichste mich angehend oder erstaunend gewesen wäre.«

Alain Robbe-Grillet
* 18. 8. 1922 Brest
Französischer Schriftsteller
Der Vertreter des »Nouveau roman« sah in Kafkas Stil und Weltsicht ein wichtiges Vorbild. Kafka notiere unwichtige Bruchstücke, die als erstarrte Augenblicke von ihrer Wahrscheinlichkeit losgelöst seien. Für Robbe-Grillet ist Kafka ein realistischer Autor, für den nicht eine jenseitige, sondern die sichtbare Welt wirklich ist. Die Evidenz der Realität zeigt sich in Objekten, Gesten und Wörtern. Kafkas Dichtungen sind weder symbolisch noch allegorisch zu verstehen, sie sind unmittelbar in ihrer phantastischen Genauigkeit. In Robbe-Grillets eigenen Romanen zeigt sich die Auswirkung seiner Kafka-Interpretation: er stellt die Dinge in ihrem reinen, objektiven Sein dar, das die Menschen nicht beeinflußen können. Sie werden zu Statisten der sinnentleerten Dinge, von denen sie sich bedroht fühlen (→ *Rezeptionsgeschichte*).

Jean-Paul Sartre
* 21. 6. 1905 Paris; † 15. 4. 1980 ebd.
Französischer Philosoph, Schriftsteller
Der Begründer des atheistischen → *Existentialismus* in Frankreich bezeichnete Kafka als einen »der größten und außerordentlichsten Schriftsteller dieser Zeit«. Er betrachtete den Dichter als existentialistischen Philosophen von »israelitischer Religiosität« (→ *Philosophische Deutung,* → *Rezeptionsgeschichte*).

Walter Sokel
* 17. 12. 1917 Wien
Literaturwissenschaftler
Sokels Deutung von Kafkas Dichtungen verbindet psychologische und soziologische Aspekte. Das Thema seines Werks ist die spezifische Tragik Kafkas, die im Konflikt zwischen Vater und Sohn wurzelt. Der Kampf, der in einem Ritual zwischen Auflehnung und Bestrafung ausgetragen wird, weist auf den latenten Ödipuskonflikt, den der Autor durchlitt. In einer Traumstruktur und mit Hilfe der einsinnigen → *Erzählperspektive* bringt er seine Seelenwirklichkeit zum Ausdruck, die durch das Instrument der Freudschen Kategorien aufgeschlüsselt werden kann (→ *Psychologische Deutung*). Die individuelle Problematik des Dichters erhält universelle Bedeutung durch eine Bilderwelt, die allen Menschen gemeinsam ist (→ *Bildsprache*). Auf diese Weise erscheint der Zustand des deformierten Ich als Spiegelbild einer deformierten Gesellschaft (→ *Literatursoziologische Deutung*).

Ottomar Starke
* 1886; † 1962
Graphiker und Buchillustrator
Er gestaltete das Titelbild für die Erzählung → *Die Verwandlung*. Kafka wandte sich vorsorglich gegen die Vorstellung, der Künstler »könne etwa das Insekt selbst zeichnen wollen«. Starke fand folgende Lösung: eine männliche Gestalt im Schlafrock weicht entsetzt vor der halbgeöffneten Türe zu Gregors Schlafzimmer zurück. Nach seinen eigenen Worten wollte er »den Einbruch einer sehr außerbürgerlichen Katastrophe in ein sehr spießbürgerliches Dasein« zeigen.

Surrealismus
Im zweiten Manifest des Surrealismus hatte → *André Breton* für die surrealistische Literatur das Denk-Diktat ohne jede Kontrolle durch die Vernunft proklamiert. Durch Aufhebung der Grenzen zwischen Wirklichkeit und Traumwelt soll das Reale überwunden und durch paradoxe Kombinationen eine »Überwirklichkeit« dargestellt werden. In der Zusammenhanglosigkeit der Bilder, in der unbestimmbaren Verzweiflung der Helden, in der Grundstimmung der Angst und in der Verbindung von Traum und Wirklichkeit zeigt sich eine gewisse Verwandtschaft zwischen Kafka und den Surrealisten. Aber die Unterschiede sind grundlegend. Der Surrealismus lehnt jede Regel und jeden Zwang ab, Kafkas Helden suchen das »Gesetz«, und seine Dichtungen sind bewußte Schöpfungen. Der Surrealismus ignoriert das Erlebnis des Leidens, und das Wunderbare kommt als exzentrische Erscheinung von außen.

Übersetzungen
→ *Milena Jesenská* war die erste Übersetzerin Kafkas. Ihre Übersetzung der Erzählung → *Der Heizer* ins Tschechische erschien am 22. 4. 1920 in der Zeitschrift *Kmen;* am 16. 7. des gleichen Jahres folgte die Erzählung → *Unglücklichsein,* und am 9. September erschienen sechs Prosastücke aus → *Betrachtung*. Weitere Übersetzungen von Kafka-Texten ins Ungarische, Schwedische und Holländische wurden noch zu Lebzeiten des Dichters publiziert. Nach seinem Tod leiteten Übersetzungen ins Spanische, Italienische, Englische und Französische die Weltgeltung seines Werkes ein. Ein Jahr nach der Konferenz von Liblice im Frühjahr 1963 (→ *Rezeptionsgeschichte*) erschienen auch einige Übersetzungen von Kafkas Erzählungen, darunter → *In der Strafkolonie,* in russischen und ukrainischen Zeitschriften.

Vertonungen
Der erste Komponist, der einen Kafka-Text vertonte, war der vielseitige → *Max Brod*. Er komponierte 1911 eine einfache Melodie zu Kafkas Gedicht »Kleine Seele springst im Tanze« (→ *Lyrik*). Kafkas aphoristische Texte regten → *Ernst Krenek* zu Liedkompositionen an. → *Hans Werner Henze* und → *Gottfried von Einem* schufen mit ihren Literaturopern die erfolgreichsten Kafka-Vertonungen. Auf Roman Haubenstock-Ramatis' (* 1919) Oper »Amerika«, die 1966 uraufgeführt wurde, reagierte das Publikum mit heftiger Kritik, während die musikdramatische Bearbeitung von Kafkas *Prozeß* durch den Amerikaner Gunter A. Schuller (* 1925) bei der Uraufführung in Hamburg im gleichen Jahr große Resonanz fand.
In der Folgezeit wurden vor allem die kleinen Prosatexte aus dem Sammelband *Hochzeitsvorbereitungen auf dem Lande* als Vorlagen für Liedkompositionen verwendet. Zu erwähnen sind die Kompositionen von Lukas Foss (* 1922)

I

IT was late in the evening when K. arrived. The village was deep in snow. The Castle hill was hidden, veiled in mist and darkness, nor was there even a glimmer of light to show that a castle was there. On the wooden bridge leading from the main road to the village K. stood for a long time gazing into the illusory emptiness above him.

Then he went on to find quarters for the night. The inn was still awake, and although the landlord could not provide a room and was upset by such a late and unexpected arrival, he was willing to let K. sleep on a bag of straw in the parlour. K. accepted the offer. Some peasants were still sitting over their beer, but he did not want to talk, and after himself fetching the bag of straw from the attic, lay down beside the stove. It was a warm corner, the peasants were quiet, and letting his weary eyes stray over them he soon fell asleep.

But very shortly he was awakened. A young man dressed like a townsman, with the face of

B [1]

Englische Übersetzung von Kafkas Das Schloß *von Willa und Edwin Muir, London, Martin Secker Verlag 1930.*

»Time Cycle« und Jan Klusak (* 1934) »Vier kleine Stimmübungen« nach Texten von Franz Kafka für Sprechstimme und elf Blasinstrumente.

Klaus Wagenbach
* 11. 7. 1930 Berlin
Literaturwissenschaftler, Verleger
Wagenbach machte in seiner Biographie von Kafkas Jugend die geistige Entwicklung des jungen Kafka deutlich und analysierte die Einflüsse, die ihn bestimmten. Er hob die Sympathie Kafkas für sozialistische Ideen und Gruppen hervor und wandte sich in seinen Forschungen gegen die → *werkimmanente Deutung* von Kafkas Dichtungen. In pragmatischer Weise stellte er Fakten, Fotos und Dokumente in den Vordergrund, schilderte die Prager Atmosphäre in den Jahren 1883–1912 und verfolgte den sozialen Aufstieg von → *Hermann*

Kafka. Die Reinheit von Kafkas → *Sprachstil* versuchte Wagenbach aus der Sprachnot des → *Prager Deutsch* zu erklären.

Martin Walser
* 24. 3. 1927 Wasserburg
Schriftsteller, Literaturwissenschafter
Als Schüler → *Friedrich Beißners* vertrat Walser die Methode der → *werkimmanenten Deutung*. Der Theorie vom autonomen Kunstwerk entsprechend wandte er sich gegen den Rückgriff auf die Biographie des Autors und gegen die Anwendung dichtungsfremder Kategorien bei der Interpretation von Kafkas Dichtungen. Walser untersuchte den Bestand an Wiederkehrendem, Typischem, die Organisation von Kafkas dichterischer Welt, besonders das Verhältnis zwischen Erzähler und Erzähltem (→ *Erzählperspektive)*. Diese Welt zeigt nach der Überzeugung Walsers keinen Fortschritt, ihre Struktur ist bestimmt durch das Gesetz der Addition, durch die »Selbständigkeit der Teile« im Sinn der klassischen Epentheorie. Walsers frühe Prosa wie z. B. der Text *Gefahrenvoller Aufenthalt* (1955) zeigt in Thematik und Stil eine gewisse Nähe zu Kafkas Erzählung → *Die Verwandlung*.

Peter Weiss
* 18. 11. 1916 Nowawes bei Berlin; † 8. 5. 1982 Stockholm
Schriftsteller
In seinem Roman *Fluchtpunkt* berichtet der Erzähler von seiner Begegnung mit Kafkas Roman → *Der Prozeß* im Stockholmer Exil: »Alles, was ich bisher gelesen hatte, trat in den Hintergrund.« Das Thema, die Deutung des eigenen Lebens durch die Lektüre dichterischer Texte, beschäftigt auch die Arbeiter in Weiss' Roman *Die Ästhetik des Widerstands*. Durch die Lektüre des *Prozeß*-Romans gewinnen die drei Arbeiter Einblick in ihre Lage und erkennen ihre Möglichkeiten, gemeinsam Widerstand zu leisten gegen soziale und politische Unterdrückung. Sie verstehen Kafkas Roman als »Proletarierroman«, der die Stimme des Imperialismus hörbar macht.
Weiss bearbeitete den Roman → *Das Schloß* für die Bühne, wobei er die politische Bedeutung des Werkes im Sinn einer sozialen Parteinahme in den Vordergrund stellt. 1975 wurde in Bremen, Krefeld und Mönchengladbach Weiss' Dramatisierung von Kafkas Roman *Der Prozeß* inszeniert. Die Handlung spielt zwischen dem Ausbruch des Balkankriegs und dem Ausbruch des ersten Weltkriegs. Entsprechend der → *marxistischen Deutung* ist der Held → *Josef K.* als Kleinbürger dargestellt, der es versäumt, die Partei des Proletariats zu ergreifen. Seine Blindheit gegenüber dem geschichtsnotwendigen Fortschritt bezahlt er mit seinem Leben (→ *Dramatisierungen und Verfilmungen*).

Orson Welles
* 6. 5. 1915 Kenosha/USA
Amerikanischer Schauspieler, Regisseur, Produzent und Autor
Welles bearbeitete Kafkas Roman → *Der Prozeß* für den Film. In seiner Version von 1962 wird die Schuld → *Josef K.s* darin gesehen, daß er mit einer Gesellschaft paktiert, die das Individuum zerstört. Welles bezog die moderne Zivilisation in die Darstellung der Vorgänge ein (Großraumbüros, Computer, Gerichtshallen). Wie in den Konzentrationslagern tragen die Angeklagten Registriernummern. Am Schluß wird der Angeklagte durch eine Ladung Dynamit in die Luft gesprengt (→ *Dramatisierungen und Verfilmungen*).

Werkimmanente Deutung
Bei dieser Interpretationsweise wird der dichterische Text als autonomes Gebilde betrachtet. Die Deutung konzentriert sich auf die Dichtung selbst, außerliterarische Momente biographischer, historischer, psychologischer oder philosophischer Art werden nur am Rande berücksichtigt. Die Werke sollen aus sich heraus verstehbar gemacht werden, indem Textgestalt, Strukturen, Gattungscharakter, → *Sprachstil,* → *Bildsprache,* Charakterisierungsmethode, → *Erzählperspektive* und → *Handlungsräume* untersucht werden. Die dichterische Persönlichkeit des Autors wird von seiner biographischen Existenz abgehoben.

Zeittafel

1883: Franz Kafka am 3. Juli als Sohn des Kaufmanns Hermann Kafka und seiner Frau Julie geb. Löwy in Prag geboren.

1889–1893: Deutsche Volks- und Bürgerschule am Fleischmarkt.

1893–1901: Altstädter Deutsches Staatsgymnasium.

1897: Dezember: Antisemitische Terroranschläge in Prag (»Dezembersturm«).

1901–1906: Studium an der Deutschen Universität in Prag (Germanistik, dann Jura).

1902: Sommer: Kafka schließt sich dem Brentanistenzirkel an, der alle zwei Wochen im Café Louvre zusammenkommt.
September: Eine Woche Ferienaufenthalt bei Onkel Siegfried, dem Landarzt, in Triesch.
Oktober: Kafka lernt in der »Lese- und Redehalle der deutschen Studenten« in Prag Max Brod kennen.

1904–1905: Die ersten regelmäßigen Zusammenkünfte mit Oskar Baum, Max Brod und Felix Weltsch. Kafka verbringt die Sommerferien 1905 und 1906 in Zuckmantel.
Beschreibung eines Kampfes.

1906: Promotion zum Dr. jur. Advokatur, ab Oktober ein Jahr »Rechtspraxis«.

1907: Oktober: Eintritt in das Versicherungsunternehmen »Assicurazioni Generali« in Prag.
Hochzeitsvorbereitungen auf dem Lande.

1908: Kafka tritt als »Aushilfsbeamter« in die halbstaatliche »Arbeiter-Unfall-Versicherungs-Anstalt für das Königreich Böhmen« in Prag ein. Erste Publikation von acht Prosastücken unter dem Titel *Betrachtung* in der Zeitschrift »Hyperion«.

1909: Ferien mit Max und Otto Brod in Riva. Fahrt nach Brescia.
Die Aeroplane in Brescia in der Prager Zeitung »Bohemia« veröffentlicht.

1910: Frühjahr: Beginn des Tagebuchs. Kafka besucht erstmals Vorstellungen einer jiddischen Schauspieltruppe im Café Savoy. Ferien mit Max und Otto Brod in Paris.

1911: Dienstreisen nach Friedland und Reichenberg. Ferien mit Max Brod in Zürich, Luzern, Lugano, Mailand, Stresa und Paris. Der Versuch, gemeinsam einen Roman *Richard und Samuel* zu schreiben, wird aufgegeben. Kafka freundet sich mit dem Schauspieler Jizchak Löwy an.
Die städtische Welt.

1912: Ferien mit Brod in Leipzig und Weimar. Drei Wochen im Sanatorium

von Jungborn im Harz. Kafka lernt im Hause Brod Felice Bauer kennen. Beginn des Briefwechsels mit Felice.
September: *Das Urteil;* September bis Januar 1913: Die ersten sieben Kapitel des Romans *Der Verschollene;* November/Dezember: *Die Verwandlung;* Dezember: Erste öffentliche Lesung in Prag: *Das Urteil.*

1913: Ostern: Erster Besuch bei Felice Bauer in Berlin. Mai: Zweiter Besuch in Berlin
Bei Kurt Wolff wird *Der Heizer* veröffentlicht. Im Jahrbuch *Arkadia* erscheint *Das Urteil.*

1914: Korrespondenz mit Grete Bloch. Juni: Verlobung mit Felice in Berlin. Juli: Aussprache im Berliner Hotel »Askanischer Hof«, Auflösung des Verlöbnisses. Reise an die Ostsee mit Ernst Weiß und dessen Freundin.
Juli/August: Beginn der Arbeit am *Prozeß.* Oktober: *In der Strafkolonie.* Letztes Kapitel des *Verschollenen.* Dezember: Kafka schreibt *Vor dem Gesetz.*

1915: In Bodenbach Treffen mit Felice. Carl Sternheim gibt die Geldsumme des Fontane-Preises an Kafka.
Dezember: Im Verlag Kurt Wolff kommt *Vor dem Gesetz* heraus.

1916: Juli: Ferien mit Felice in Marienbad. Zweite öffentliche Lesung im November in München: *In der Strafkolonie.* Es entstehen *Der Gruftwächter* und die Fragmente von *Der Jäger Gracchus. Landarzt*-Erzählungen.

1917: Juli: Felice kommt nach Prag, zweite offizielle Verlobung. August: Erster Blutsturz, Diagnose Lungentuberkulose. Im September reist Kafka zu Ottla nach Zürau. Er trifft sich an Weihnachten mit Felice in Prag und löst die Verlobung erneut.
Ein Bericht für eine Akademie; Die Sorge des Hausvaters; Beim Bau der Chinesischen Mauer.

1918: Er fährt mit Oskar Baum nach Zürau. Kafka versucht, seine Arbeit in der Versicherung wieder aufzunehmen, erkrankt jedoch erneut. Ab November in der Pension Stüdl in Schelesen.

1919: Bekanntschaft mit Julie Wohryzek. Im Sommer Verlobung
In der Strafkolonie erscheint, der Erzählband *Ein Landarzt* veröffentlicht; in Schelesen schreibt Kafka den *Brief an den Vater.*

1920: Im Frühjahr Kuraufenthalt in Meran. Beginn des Briefwechsels mit Milena Jesenská, Wien. Auflösung der Verlobung mit Julie Wohryzek. Dezember: Aufbruch nach Matliary in der Hohen Tatra.
Zahlreiche Erzählungen, darunter *Poseidon, Nachts, Zur Frage der Gesetze, Der Kreisel.*

1921: In Matliary lernt Kafka einen Mitpatienten kennen, Robert Klopstock. Im August nimmt er seine Arbeit in Prag wieder auf. Er trifft mehrfach mit Milena zusammen,
Erstes Leid.

1922: Februar in Spindlermühle, dann Prag, vom Ende Juni bis Mitte September in Planá bei der Schwester Ottla. In Prag entstehen:
Ein Hungerkünstler, Fürsprecher, Forschungen eines Hundes, Beginn der Arbeit am *Schloß.*

1923: Sommeraufenthalt in Müritz, Bekanntschaft mit Dora Diamant. Rückkehr nach Schelesen, wo er bei Ottla wohnt. Im September mit Dora Diamant gemeinsame Wohnung in Berlin-Steglitz. *Eine kleine Frau; Der Bau.*

1924: Umzug nach Berlin-Zehlendorf. Kafka fährt mit Klopstock zurück nach

Prag, Wohnung bei den Eltern. Kafka leidet an Kehlkopftuberkulose, er wird ins Sanatorium »Wiener Wald« gebracht und Ende April nach Klosterneuburg ins Sanatorium Kierling. Doras Vater verweigert seine Zustimmung zu einer Eheschließung. Am 3. Juni stirbt Franz Kafka. *Josefine, die Sängerin oder Das Volk der Mäuse;* Veröffentlichung des Erzählbandes *Ein Hungerkünstler.*

Bibliographie

I. Bibliographien

M.L. Caputo-Mayr, *Franz Kafka. Eine Bibliographie der Primärliteratur* (1908–1980), Bern/München 1982.
R. Hemmerle, *Franz Kafka. Eine Bibliographie,* München 1958.
H. Järv, *Die Kafka-Literatur. Eine Bibliographie,* Malmö 1961.

II. Werke

Gesammelte Werke, hg. von Max Brod, New York/Frankfurt 1950ff.
Der Prozeß. Roman, Frankfurt 1950.
Das Schloß. Roman, Frankfurt 1951.
Tagebücher 1910–1923, Frankfurt 1951.
Briefe an Milena, hg. von Willy Haas, Frankfurt 1952.
Erzählungen, Frankfurt 1952.
Amerika. Roman, Frankfurt 1953.
Hochzeitsvorbereitungen auf dem Lande und andere Prosa aus dem Nachlaß, Frankfurt 1953.
Beschreibung eines Kampfes. Novellen, Skizzen, Aphorismen aus dem Nachlaß, Frankfurt 1954.
Briefe 1902–1924, Frankfurt 1958.
Briefe an Felice Bauer und andere Korrespondenz aus der Verlobungszeit, hg. von Erich Heller und Jürgen Born, New York/Frankfurt 1967.
Briefe an Ottla und die Familie, hg. von Hartmut Binder und Klaus Wagenbach, Frankfurt 1981.
Kritische Ausgabe der Werke von Franz Kafka. Schriften, Tagebücher, Briefe, hg. von Jürgen Born, Gerhard Neumann, Malcolm Pasley, Jost Schillemeit, Frankfurt 1982ff.
Das Schloß, hg. von Malcolm Pasley, 2 Bde., 1982.
Der Verschollene, hg. von Jost Schillemeit, 2 Bde., 1983.

III. Sekundärliteratur

Th.W. Adorno, *Aufzeichnungen zu Kafka,* in: Prismen, Kulturkritik und Gesellschaft, Berlin/Frankfurt 1955.
H. Albach, *Zum Bild des Kaufmanns bei Kafka,* in: Der Deutschunterricht 20, 1968, H.5, S. 52–60.
J. Amann, *Franz Kafka,* München 1983.
G. Anders, *Kafka, Pro und Kontra. Die Prozeß-Unterlagen.* München 1963.
P.U. Beicken, *Franz Kafka. Eine kritische Einführung in die Forschung,* Frankfurt 1974.
F. Beißner, *Der Erzähler Franz Kafka,* Stuttgart 1952.
F. Beißner, *Der Schacht von Babel. Zu Kafkas Tagebüchern,* Stuttgart 1963.
F. Beißner, *Kafkas Darstellung des »traumhaft innern Lebens«.* Ein Vortrag. (Bebenhausen, 1972).

W. Benjamin, *Franz Kafka. Zur 10. Wiederkehr seines Todestages,* in: W. Benjamin, Schriften, Bd. II, Frankfurt 1955.
Ch. Bezzel, *Kafka-Chronik. Daten zu Leben und Werk,* München 1983.
Ch. Bezzel, *Natur bei Kafka. Studien zur Ästhetik des poetischen Zeichens,* Erlangen 1964 (Diss.).
H. Binder, *Kafka-Kommentar zu sämtlichen Erzählungen,* München 1977.
H. Binder, *Kafka-Kommentar zu den Romanen, Rezensionen, Aphorismen und zum Brief an den Vater,* München 1976.
H. Binder, *Kafka in neuer Sicht. Mimik, Gestik und Personengefüge als Darstellungsformen des Autobiographischen,* Stuttgart 1976.
H. Binder (Hg.), *Kafka-Handbuch,* 2 Bde., Stuttgart 1979.
J. Born (Hg.), *Franz Kafka. Kritik und Rezeption zu seinen Lebzeiten 1912–1924,* Frankfurt 1979.
J. Born (Hg.), *Franz Kafka. Kritik und Rezeption 1924–1938,* Frankfurt 1983.
J. Born, L. Dietz, M. Pasley, P. Raabe, K. Wagenbach, *Kafka-Symposion,* Berlin 1966.
M. Brod, *Franz Kafka. Eine Biographie,* Frankfurt 1963.
M. Brod, *Der Prager Kreis,* Frankfurt 1979.
M. Buber-Neumann, *Kafkas Freundin Milena,* München 1963.
E. Canetti, *Der andere Prozeß. Kafkas Briefe an Felice,* München 1969.
C. David (Hg.), *Franz Kafka. Themen und Probleme,* Göttingen 1980.
G. Deleuze, F. Guattari, *Kafka. Für eine kleine Literatur,* Frankfurt 1976.
L. Dietz, *Drucke Franz Kafkas bis 1924. Eine Bibliographie mit Anmerkungen,* in: Kafka-Symposion, Berlin 1966, S. 85–126.
L. Dietz, *Franz Kafka,* Stuttgart 1975.
W. Emrich, *Franz Kafka. Das Baugesetz seiner Dichtung. Der mündige Mensch jenseits von Nihilismus und Tradition,* Bonn/Frankfurt 1958.
R. Engerth, *Im Schatten des Hradschin. Kafka und sein Kreis,* Graz/Wien/Köln 1965.
K.H. Fingerhut, *Die Funktion der Tierfiguren im Werk Franz Kafkas. Offene Erzählgerüste und Figurenspiele,* Bonn 1969.
E. Goldstücker (Hg.), *Franz Kafka aus Prager Sicht,* Berlin 1966.
E. Goldstücker (Hg.), *Weltfreunde. Konferenz über die Prager deutsche Literatur,* Prag 1967.
W. Haas, *Die Literarische Welt. Erinnerungen,* München 1957.
R. Hayman, *Kafka. Sein Leben, seine Welt, sein Werk,* München 1983.
H. Haumann, *Das jüdische Prag (1850–1914),* in: Die Juden als Minderheit in der Geschichte, hg. von B. Martin und E. Schulin, München 1981.
E. Heller, J. Beug (Hg.), *Franz Kafka. Der Dichter über sein Werk,* München 1977.
E. Heller, *Franz Kafka,* München 1976.
H.H. Hiebel, *Die Zeichen des Gesetzes. Recht und Macht bei Franz Kafka,* München 1983.
H. Hillmann, *Franz Kafka. Dichtungstheorie und Dichtungsgestalt,* Bonn 1964.
W. Jahn, *Kafka und die Anfänge des Kinos,* in: Jahrbuch der Schillergesellschaft 6 (1962), S. 353ff.
W. Jahn, *Kafkas Roman »Der Verschollene« (»Amerika«),* Stuttgart 1965.
G. Janouch, *Gespräche mit Kafka. Aufzeichnungen und Erinnerungen,* Frankfurt 1951 (Erweiterte Neuausgabe Frankfurt 1981).
R. Jayne, *Erkenntnis und Transzendenz. Zur Hermeneutik literarischer Texte. Kafka: Forschungen eines Hundes,* München 1983.

J. Kobs, *Kafka. Untersuchungen zu Bewußtsein und Sprache seiner Gestalten,* Bad Homburg 1970.
G. Lukács, *Wider den mißverstandenen Realismus,* Hamburg 1958.
G. Neumann, *Umkehrung und Ablenkung. Franz Kafkas »Gleitendes Paradox«,* in: Deutsche Vierteljahresschrift für Literaturwissenschaft und Geistesgeschichte 42, 1968, H. 4, S. 702–744.
P. Neesen, *Vom Louvrezirkel zum »Prozeß«. Franz Kafka und die Psychologie Franz Brentanos,* Erlangen (Diss.) 1964.
K.P. Philippi, *Reflexion und Wirklichkeit. Untersuchungen zu Kafkas Roman »Das Schloß«,* Tübingen 1966.
H. Politzer, *Franz Kafka. Der Künstler,* Frankfurt 1978.
H. Politzer (Hg.), *Franz Kafka (Wege der Forschung),* Darmstadt 1973.
M. Robert, *Das Alte im Neuen. Von Don Quixote zu Franz Kafka,* München 1968.
W. Rothe, *Kafka in der Kunst,* Stuttgart/Zürich 1979.
W.H. Sokel, *Franz Kafka. Tragik und Ironie. Zur Struktur seiner Kunst,* München/Wien 1964.
M. Spann, *Franz Kafka,* Boston 1976.
J.P. Stern (Hg.), *The World of Franz Kafka,* London 1980.
Chr. Stölzl, *Kafkas böses Böhmen. Zur Sozialgeschichte eines Prager Juden,* München 1975.
J. Unseld, *Franz Kafka. Ein Schriftstellerleben,* München 1983.
J. Urzidil, *Da geht Kafka,* München 1966.
K. Wagenbach, *Franz Kafka in Selbstzeugnissen und Bilddokumenten,* Reinbek 1964.
K. Wagenbach, *Franz Kafka. Eine Biographie seiner Jugend 1883–1912,* Bern 1958.
K. Wagenbach, *Franz Kafka. Bilder aus seinem Leben,* Berlin 1983.
M. Walser, *Beschreibung einer Form,* München 1961.

Bildnachweis:

Archiv für Kunst und Geschichte: 5, Archiv Dr. Karkosch: 1, Bermbach, Lore: 1, Bodleian Library: 10, Buhs, Ilse und Jürgen Remmler: 1, Historia-Photo: 15, Preußischer Kulturbesitz: 25, Viollet, Roger: 1, Wagenbach, Klaus: 3.